Zu diesem Buch

Wolfgang und Anna verwirklichen ihren Traum vom mediterranen Leben. Doch bald versinken sie in einem Sumpf aus Intrigen und Korruption und erfahren, dass hinter der freundlichen sonnigen Kulisse des Südens so mancher Abgrund lauert.
Ein spannender Roman über gesellschaftliche Zustände im Süden Europas, der auch auf realen Ereignissen beruht.

Die Autorin

Bea Milana, geboren 1964 in Bern, arbeitete nach ihrem Abitur achtzehn Jahre bei Film und Fernsehen. Nebenbei studierte sie Literatur und Filmdramaturgie, bis sie Zwillinge bekam und mit ihrem Partner eine Firma gründete. Sie lebte fünfzehn Jahre auf Mallorca und arbeitet zur Zeit als freischaffende Autorin in Hamburg.

Bisher veröffentlichte sie auch die Erzählung 30 UNZEN GOLD.
Webseite / Blog: http://beamilana.de/

KOMPLOTT IM SÜDEN

BEA MILANA

Copyright + Autor: © Bea Milana
2. Auflage (print): Februar 2019
Herausgeber: Bea Milana
Umschlaggestaltung: Alexander Schacht, www.alexanderschacht.com
Foto Cover: Manfred Voss, www.voss-fotografie.com
Buchsatz: Jürgen Eglseer, eglseer.de
Lektorat: Hans Peter Roentgen, www.hanspeterroentgen.de
Herstellung und Verlag: BoD – Books on Demand, Norderstedt

ISBN: 978-3-734754975

Bibliografische Information der Deutschen Nationalbibliothek: Die Deutsche Nationalbibliothek verzeichnet diese Publikation in der Deut-schen Nationalbibliografie; detaillierte bibliografische Daten sind im In-ternet über http://dnb.d-nb.de abrufbar.

»Unter den Todsünden ist die Habgier des Menschen die verlässlichste. Sie entzweit Familien, führt Heere gegeneinander, legt Städte in Asche, rottet Völker aus, zerstört die Natur. Worauf man sich am ehesten verlassen kann bei der Habgier, ist ihre immense Schädlichkeit.«
SPIEGEL 7 / 2010

»Hinter der sichtbaren Regierung sitzt auf dem Thron eine unsichtbare Regierung, die dem Volk keine Treue schuldet und keine Verantwortlichkeit anerkennt. Diese unsichtbare Regierung zu vernichten, den gottlosen Bund zwischen korruptem Geschäft und korrupter Politik zu lösen, das ist die Aufgabe des Staatsmannes.«
Theodore Roosevelt, Wahlkampfrede 1912

»Nicht da ist man daheim, wo man seinen Wohnsitz hat, sondern wo man verstanden wird.«
Christian Morgenstern

Teil 1

DIE HÖHLE

Die Nacht war eine von vielen, die den Sommer verabschiedeten, doch den Winter noch nicht ahnten. Die letzten Gäste waren gegangen. Eine warme Brise durchzog die Luft und die Sterne funkelten noch. Pere schloss die Tür seiner Bar ab.

Mit tiefen Atemzügen sog er die Meeresluft, die die Klippen heraufwehte, in sich hinein, als käme sie aus einer seiner filterlosen Zigaretten. Der harzige Duft der Pinien und der salzigen Brandung drang in seine Nase, entfernt vernahm er das Tuckern der ersten Boote, die die Bucht verließen. Nach einigen Minuten des Innehaltens wandte Pere sich ab, doch in dem Rauschen des Windes und der Brandung schwang ein Wimmern, das ihn verunsicherte.

Irritiert lauschte er in die Dunkelheit.

Das Wimmern – oder was immer es auch gewesen sein mochte – war verstummt. Zögerlich ging er in Richtung seines R4, und dann hörte er es wieder. Schwache, hell klingende, lang gezogene Rufe, weit entfernt. Diesmal erkannte er die Richtung aus der sie drangen, und es klang nicht nach einer Möwe. Es klang nach – Mensch.

Von einer merkwürdigen Unruhe erfüllt, stieg er hastig die Stufen zur Außenterrasse hinab. Von den Klippen führte eine in den Fels geschlagene Treppe steil hinunter zum Meer. Mondlicht schimmerte auf den Stufen und der Strahl des Leuchtturms strich in gleichmäßigen Abständen über die schroffe Felswand. Die Böen ließen nach, nur das dumpfe Dröhnen der Brandung stieg von unten herauf.

Und das Wimmern. Es schien jetzt viel näher zu sein.

Pere stolperte die Stufen hinunter und erreichte schließlich den Eingang der ersten der beiden Höhlen. Ein feuchter Modergeruch umfing ihn, als er eintrat. Seine Hand tastete nach dem Kippschalter, aber der kleine Stromgenerator in der Ecke sprang nicht an. Wahrscheinlich hatte niemand Benzin nachgefüllt. Schemenhaft erkannte er die Einrichtungsgegenstände, die er mit seinem Bruder in mühseliger Kleinarbeit hergerichtet hatte: die beiden Betten und den in Stein gehauenen Tisch. Das karge Liebesnest, in dem sich seine Gäste vergnügten und in dem gelegentlich auch Sexpartys stattfanden, war in seiner Abgeschiedenheit und Exklusivität ein gern genutzter Ort der Freude. Ihm war das recht. Solange sie sich hier oben vergnügten, verdiente er daran.

Erneut betätigte er den Kippschalter, aber der Stromgenerator zeigte keine Reaktion. Er ärgerte sich, die Taschenlampe vergessen zu haben. Mehrmals rief er, ob jemand da sei, doch keiner antwortete. So schnell er konnte, denn seine Knie machten ihm zu schaffen, lief er weiter, zur zweiten Höhle nahe der schäumenden Meeresoberfläche. Sie war wesentlich kleiner als die erste und wurde manchmal von den Fischern benutzt, um etwas unterzustellen oder zu verstecken. In dem zerlöcherten Gestein heulte der Wind. Hier wehte der eisige Hauch der Geister, sagte die Legende.

Pere verharrte vor dem Eingang. Alle seine Sinne waren zum Zerreißen gespannt. Es dauerte eine Weile, bis sich seine Augen an die Dunkelheit gewöhnten und allmählich schälten sich Schemen aus dem Mondlicht. Müll lag herum. Und in einer Ecke kauerte eine Gestalt.

Ein Junge.

»Luis?«

Er saß mit nacktem Hintern auf dem feuchten Felsboden. Die Hose war herabgestreift, hing lose um die Fußknöchel. Die angezogenen Knie hielt er mit beiden Armen umklammert. Sein Kopf lag auf den Knien, doch sein Gesicht war von dem langen Haar verdeckt.

»Was ist passiert?« Das Bündel vor ihm reagierte nicht. Pere zog seine Jacke aus, legte sie seinem Neffen um die Schultern und strich ihm mit einer hilflosen zärtlichen Geste die Haare aus dem eiskalten Gesicht.

»Luis, wie geht es dir? Sag was, irgendwas! Sprich doch mit mir! Sprich doch mit mir!«

Doch Luis wimmerte nur, fast unhörbar. Seine Beine zitterten in einem hektischen, aber gleichmäßigen Rhythmus, als würden sie von einem unsichtbaren Motor angetrieben.

Wie er es geschafft hatte, den Jungen die steile Treppe hinauf bis zur Wohnung über der Bar *Paloma* zu tragen? Im Nachhinein schien es ihm eine heldenhafte, fast unmögliche Leistung gewesen zu sein. Sein Schritt glich dem eines Bergsteigers, bedächtig langsam und konzentriert – doch einmal drohte er zu stürzen und konnte sich in allerletzter Sekunde fangen, ohne die Hände, auf denen er Luis trug, zum Abstützen zu benutzen. In der Wohnung war ihm flau und übel geworden. Er reinigte den Jungen von blutigen Exkrementen, wusch ihm die salzige Kruste von der Haut. Stundenlang starrte er in das blasse Gesicht, auf den schmalen Körper. Alles Lebendige schien dem Kind entwichen zu sein.

Wie konnte das geschehen?

Pere versuchte, sich die Nacht in der Bar *Paloma* ins Gedächtnis zu rufen. Seine Erinnerung spielte ihm Streiche.

Es war ein Abend wie jeder andere in den Jahren davor, ein normaler Arbeitstag in seiner Bar. Er hatte die letzten Gläser abgespült und zusammengestellt, als ein Schatten an den Fenstern vorbeigehuscht war. Er hatte die Hand zum Gruß erhoben, ohne zu erkennen, um wen es sich handelte, denn fast täglich empfing die Höhle ihre Besucher. Doch nun fiel ihm auf, dass der Schatten seinen Gruß nicht erwidert hatte.

Wenige Stunden später fiel gleißendes Sonnenlicht durch die schmalen Schlitze der Fensterläden in die Schlafkammer, in der Luis lag. Pere und sein Bruder verließen den spärlich möblierten Raum und setzten sich in der Küche an den Holztisch. Die *Persianer* waren auch hier zugezogen, sodass die Tageshitze des Spätsommers nicht hereindringen konnte. Eine drückende Stille lastete auf dem Raum, nur unterbrochen von einem leisen Seufzer und einem Stuhlknarren. Reden bedeutete, sich einem Konflikt zu nähern, eine Sache anzuerkennen, doch keiner von beiden wagte ein erstes Wort. Pau starrte auf die Fliegen, die sich über die Brote mit *Sobrassada* und über die grünen Oliven hermachten. Schließlich erhob sich Pere, um einen Kaffee mit *Amazonas* zu machen.

»Es ist wahrscheinlich nicht das erste Mal.«

»Was meinst du damit – nicht das erste Mal?«, fragte Pau.

Pere zögerte. »Ich meine, es ist nicht das erste Mal, dass jemand …, dass du weißt schon – «

»Aber dieses Mal hat er meinen Sohn genommen, mein Fleisch und Blut! Damit ist er eindeutig zu weit gegangen!«, rief Pau.

Pere nickte. »Luis ist für mich auch wie ein Sohn, vergiss das nicht.«

»Wäre ich doch bloß heute Nacht nicht fort gewesen!« Pau verbarg sein Gesicht hinter den schwieligen Händen.

»Es ist nicht deine Schuld, verdammt!« Der Ältere schnappte sich das Messer, das neben dem Gasherd lag, und begann rastlos hin- und herzulaufen. »Ich habe dir damals schon gesagt, der ist eine Gefahr für unsere Kinder«, knurrte Pere. »Weißt du noch, die kleine Luisa?« Die Zornesfalten zwischen seinen buschigen Augenbrauen zogen tiefe Furchen.

»Wir wissen nicht sicher, ob *er* es war«, versuchte sein Bruder ihn zu besänftigen.

»Natürlich war er es.« Pere rammte das Messer in die Holztür. »Sie wollen nicht, dass man mit dem Finger auf das Mädchen zeigt. Deshalb schweigen sie. Es ist zum Verzweifeln!« Mit hochrotem Kopf starrte er seinen Bruder an. »Wer könnte es denn sonst gewesen sein, he?«

Pau zuckte mit den Achseln. Seine Augenlider flackerten nervös. Er wusste, dass sein Bruder keinen Widerspruch dulden würde. Schon in ihrer Kindheit war Pere immer derjenige gewesen, der sich gegen Unterdrückung und Unrecht aufgelehnt hatte, während er Konflikten eher aus dem Weg gegangen und sie mit Gleichmut zu ertragen wusste. Das geht vorbei, hatte der Vater immer gesagt.

»Wir können das nicht so einfach hinnehmen, Pau. Wir müssen dem ein Ende setzen!«, rief Pere und Pau wusste, dieses Mal würde die Zeit nicht die Wunden heilen.

Auch am folgenden Tag sprach Luis kein Wort. Immer wieder stieß er schreiend das Laken von sich, um sich dann zitternd zusammenzurollen. Seine Beine durchfuhren starke Schüttelanfälle, wie heftige Böen, die nach einigen Minuten verebbten, aber mit umso größerer Heftigkeit wieder auftauchten.

»Sollten wir nicht lieber zu einem Arzt …?« Pere sah besorgt vom Fieberthermometer hoch. »Vielleicht ist er innen verletzt?«

Mit sorgenvollen Mienen berieten sich die beiden Brüder und beschlossen, noch ein bis zwei Tage zu warten. Sie beteten – inbrünstig wie nie zuvor –, dass das Fieber vorbeigehen möge.

Die Bar *Paloma* war Luis Zuhause und alle Leute, vornehmlich Männer, die dort ein- und ausgingen, Teil seiner Familie. Seine Mutter war bereits früh gestorben und nur wenige Fotos in der Glasvitrine zeugten von ihrer ehemaligen Anwesenheit: eine lächelnde Schönheit mit schwarzem, dichtem, langem Haar, einem Blick voller Sanftmut und einem zierlichen Körper, dessen Haltung Stolz ausdrückte.

Pere schlief nun nicht mehr in seiner Wohnung unten im Hafen, sondern in einer Kammer in der Wohnung von Luis und Pau, direkt über der Bar. Er kümmerte sich rührend um seinen Neffen und unterließ keinen Versuch, ihn aufzumuntern, während Pau in gleichtönige Geschäftigkeit verfiel, um seine Traurigkeit und Resignation nicht nach außen dringen zu lassen.

»Luis, schau, ich hab dir Crema catalana gemacht!« Pere setzte sich ans Bett, in der Hand ein braunes Tongefäß. Der Duft von Vanille und karamellisiertem Zucker zog verführerisch durch den Raum. Luis schaute ihn an. Aber als Pere ihm einen Löffel anbot, drehte er den Kopf weg, die Lippen fest zusammengepresst. Sein Körper – eine einzige Verweigerung. Pere warf ihm einen schelmischen Blick zu und grinste ihn mit gespielter Entrüstung an.

»Luis, das darf doch nicht wahr sein – du lässt doch nicht den alten Pere dein Lieblingsessen aufessen, oder? Ich bitte dich, hilf mir dabei, nur ein ganz kleines bisschen, ja?«

Der Junge glich einer Marmorstatue, kalt und unnahbar, genau wie sein Vater, der sich ebenfalls in die Stille der Isolation zurückgezogen hatte. Pere wollte nicht zulassen, dass sich der Junge mehr und mehr absonderte, andererseits konnte er ihn zu nichts zwingen. Sein Flehen und sein Humor erreichten ihn jedenfalls nicht. Er stellte die Schale neben das Bett. Am liebsten hätte er seinen geliebten Luis in den Arm genommen und gehalten, doch er wagte es nicht, ihn zu berühren. So nahm er das Lieblingsbuch aus seiner Kindheit – ein abgegriffenes Büchlein mit zerfleddertem Einband und dem wohl kürzesten Satz, der je einen Roman eingeleitet hatte:

»Tom!«

Pere wünschte, er könne Luis mit der gleichen Schärfe erreichen, doch dieser hatte im Gegensatz zur Romanfigur nichts ausgefressen. Seine tiefe, aber warme Stimme entführte den Jungen, ob dieser nun wollte oder nicht, in die abenteuerliche Welt von Tom Sawyer und verdrängte zumindest in diesen Stunden die dunklen Schatten, die ihn verfolgten.

Während Luis schlief, betraten eine Etage unter ihm dreizehn Männer die Bar *Paloma*. Keiner wusste, worum es ging, doch allen war klar, dass es einen ernsten Grund für die Versammlung geben musste. Die meisten kamen direkt von der Arbeit, verschwitzt und durstig. Pau hatte alle Hände voll zu tun, für jeden ein Bier zu zapfen, *Pa amb Oli* zuzubereiten oder Tapas in der neuen Mikrowelle aufzuwärmen.

»Pedro, was macht der neue Motor?«, fragte Mateu den Fischer, der sich gerade ein paar gegrillte Sardinen in den Mund stopfte. Im Gegensatz zu den Arbeitern und Handwerkern legte Mateu viel Wert auf ein geschniegeltes Äußeres; mit seinem akurat geschnittenen, kurzen Haar, den faltenfrei gebügelten Hemden und dem Besserwisserblick, der seit seiner Jugend fest in sein Gesicht gemeißelt war, hielt er mit jedem Politiker oder Anwalt mit. Und die Scherze über seine Frau, die wohl seine Unterhosen und Socken mit dem Bügeleisen bearbeite, perlten an seiner Gleichgültigkeit ab.

»Gut, läuft gut, wie geschmiert. Bin jetzt viel schneller zu Hause!«, antwortete Pedro mit vollem Mund und wischte sich die fettigen Finger an der Hose ab.

»Fängst du jetzt auch mehr Fische?«, fragte Mateu.

»Hab heute nur Langostinos und Sepia und ein paar Doraden im Angebot«, gab Pedro lachend zurück. Sein wettergegerbtes Gesicht strahlte Gesundheit und Freude aus. »Aber gestern hatte ich 'nen guten Fang! Einen roten Thun, fast zwanzig Kilo.« Er breitete die Arme aus.

»Mann, da hast du ja vielleicht noch was für mich übrig?«, fragte Mateu.

»Schon alles verkauft«, wehrte Pedro ab und drehte sich zu Miquel, dem Polizisten des Ortes um, der gerade als letzter die Bar betrat. »Miquel! Arbeitest du so viel oder warst du krank?«

»Red nicht, Pedro. Hat diese Hitze denn nie ein Ende?«, stöhnte er.

»Du hockst doch nur drinnen und zählst die Fliegen.«

Miquel nahm das Bier entgegen, das Pere ihm unaufgefordert hingestellt hatte, trank einen kräftigen Schluck und sah sich um. Sein Kumpel Victor, ursprünglich aus Barcelona, saß mit Pau hinten in der Ecke. Ihre Mienen verrieten nichts Gutes.

Auf einmal unterbrachen die hellen Schläge der Schiffsglocke das allgemeine Wortgeplänkel. Das Gemurmel verebbte langsam und eine erwartungsvolle Stille breitete sich in dem verqualmten Raum aus. »Schön, dass ihr alle gekommen seid«, begrüßte Pere die Männer. »Wir, Pau und ich, wissen eure Anwesenheit heute sehr zu schätzen.«

»Was redet der so salbungsvoll daher?«, brummelte Mateu und steckte sich den Zigarrenstumpen an, der wie stets in seinem Mundwinkel klebte.

Pere musterte jeden Einzelnen der Gemeinschaft. Als er sich der ungeteilten Aufmerksamkeit aller gewiss war, sprach er weiter. »Gestern Nacht ist etwas Schreckliches passiert – etwas, dass ich – und ich hoffe auch ihr! – nicht weiter zulassen könnt. Ich bitte euch um Hilfe.« Er spürte, wie die Hitze in ihm hochstieg. »Etwas, das ... «, fuhr er rasch fort, »... was soll man bloß machen mit einem, der ...?« Er brach ab. Seine Kehle schien sich zuzuschnüren, er rang nach den richtigen Worten. »Mit einem, der unseren Sohn, meinen Neffen ...« – Er hüstelte, starrte zu Boden. Dann hob er den Blick, atmete tief durch und schaute in die braungebrannten Männergesichter – »der Luis – missbraucht hat.«

Endlich hatten sie einen Weg hinausgefunden, die Worte, die die Bedeutung von Liebe in das Gegenteil verkehrten, weil sie dem Wahnsinn und inneren Tod gehorchten. Ein paar Augenblicke ratloser Stille erfüllten den Raum. Die Männer blickten ungläubig vor sich hin. Dann brach Gemurmel aus und Miquel fragte leise: »Wann war das?«

»Gestern Nacht«, antwortete Pau für ihn.

»Ich habe ihn nur durch Zufall entdeckt«, ergänzte Pere, »er ist halbtot, fast kein Mensch mehr. Der Mann, der das getan hat, soll dafür büßen, das sag ich euch!« Er kam wieder in Fahrt. »Es ist ja auch nicht das erste Mal gewesen, das wissen wir alle!«, rief er nun deutlich, um das lauter werdende Stimmengemurmel zu übertönen. »Eine Schande ist das!«

Nun hob ein lautes Stimmenwirrwarr an, alle redeten aufeinander ein, ohne darauf zu achten, was andere sagten.

»Weißt du denn, wer es war?«, rief Miquel laut, um sich Gehör zu verschaffen.

Pere nickte stumm.

»Woher?«

Miquel wartete auf eine Antwort, aber Pere machte keine Anstalten mit der Sprache herauszurücken. »Woher willst du das so genau wissen, Pere?«, wiederholte Miquel mit Nachdruck.

»Ist er nicht schon öfter hinter den Kindern hinterhergeschlichen?«

Der Dorfpolizist blickte betroffen zu Boden. Er hatte davon gehört, aber die Sache nicht weiter verfolgt. Es hatte nie eine Anzeige gegeben und deshalb keinen Grund tätig zu werden.

»Wenn wir ihn in den Knast stecken wollen, müssen wir es beweisen können! Und nach ein paar Jahren ist er sowieso wieder draußen ...«

Pere schaute jedem der Männer in die Augen. »Er wird es also wieder tun. Immer wieder.« Er steckte sich eine Zigarette an. »Und dann?«

»Wir könnten die Sache auch anders regeln«, sagte Mateu. Sein Blick wanderte zum Fenster und blieb in der Tiefe der karstigen Steilküste hängen. »Es gibt immer mehrere Möglichkeiten, oder etwa nicht?«

»Wir sollten uns gut überlegen, wie wir ihm einen Denkzettel verpassen«, entgegnete Pedro laut. »Er ist ein Bürger unseres Dorfes, vergesst das nicht!

»Wir dürfen nur eines nicht tun, Männer. Noch länger schweigen und wegschauen«, sagte Pau. »Wir haben doch eine Verantwortung. Was würdest du denn tun, Miquel, wenn es deinen Sohn erwischt hätte?«

Miquel zögerte, bevor er eine Antwort fand. »Ich glaube, ich würde dafür sorgen, dass der Typ verschwindet.«

»Früher wurden die Leute verbannt«, warf Mateu ein und spuckte ein paar Tabakkrümel aus.

»Ja, bringt ihn aufs nächste Schiff nach Argentinien und weg ist er!«, ergänzte Pau.

»Noch besser«, eiferte sich Mateu, »wir schaffen ihn in die Berge, ziehen ihm die Kleider aus und verbrennen die. Dann muss er nackt durchs ganze Dorf rennen. Splitterfasernackt!«

Gelächter erfüllte den Raum. Einige schlugen sich auf die Schenkel bei der Vorstellung, den Kinderschänder nackt durch die Dorfstraßen laufen zu sehen. Mateu blickte in die Runde und wartete, bis wieder Ruhe einkehrte.

»Ich glaube, eine simple Abreibung hilft uns in diesem Fall nicht weiter. Wer ist meiner Meinung?«

Die meisten Männer nickten. Die beiden Brüder der Bar *Paloma* ebenfalls, wenn auch Paus Blick Zweifel und Unsicherheit verrieten.

»Wir haben unsere Angelegenheiten schon immer selbst geregelt. Darauf können wir stolz sein.« Wieder erntete Mateu Zustimmung.

Nur Pedro, der Fischer, ein alter Erzfeind von Mateu, drehte den Kopf zur Seite. Leise zischte er Carlos, der neben ihm hockte, ins Ohr: »Einmal Schlange, immer Schlange! Von wegen selbst geregelt! Der braucht doch immer ´ne Mannschaft im Rücken für die Scheiße, in die er andere reitet.«

Mateu erhob sich und legte Pau seinen Arm um die Schultern, ein deutliches Zeichen des Mitgefühls. Das Stimmengewirr und die Lautstärke im Raum schwollen merklich an. Sie debattierten eine Stunde und am Ende wussten alle, was zu tun war.

In den darauf folgenden Tagen ging es Luis langsam besser. Er nahm in kleinsten Portionen Nahrung zu sich, vorzugsweise Kürbissuppe und feines Kartoffelpüree, sprach aber immer noch nicht. Seine dunkelbraunen Augen blickten stumpf und leer, das Leuchten darin war erloschen. Sein Vater und sein Onkel ließen ihm Zeit und hüteten sich, ihn zum Sprechen zu zwingen. Manchmal versuchten sie durch Tricks, Witze und Späße, ihn zu einer Reaktion zu verleiten – oder durch Rätsel und beiläufige Konversation, der er scheinbar zufällig zuhören durfte. Lang ersehnte Geschenke wurden angeschleppt. Doch Luis wollte nicht sprechen. Mit den Tagen, die seit der Tat vergangen waren, schien auch seine Sprachlosigkeit ein fester Bestandteil seines Lebens geworden zu sein.

Luis Cousine, Cati, kam hin und wieder zu Besuch. Sie hing ständig mit ihrer Puppe Rosa zusammen, deren lange Haare Objekt schier unendlicher Verwandlungskünste waren. Zöpfe flechtend und in sich versunken saß sie auf Luis Bettkante und plapperte in einem fort mit Rosa, ohne ihren Cousin auch nur eines Blickes zu würdigen.

»Rosa, du weißt, es ist an der Zeit, dich mal wieder zu waschen. Vor allem die Haare. Die stinken schon. Weißt du, das gibt sonst Läuse und Flechten und so ein Krabbelgetier und dann sieht dich kein Mensch mehr gerne an.«

Sie schielte zu Luis, der unbeteiligt die Holzbalken der Decke anstarrte.

»Ich weiß schon, du bist wasserscheu, Rosa, aber was sein muss, muss nun mal sein! Ich möchte auch kein Geschrei von dir hören, wie das letzte Mal, hörst du?«

Sie nahm Rosa hoch und fixierte ihre winzigen, runden Stecknadelaugen, die unter der zotteligen Ponymähne hervorschauten, während Luis weiter uninteressiert zur Decke starrte. Doch als Cati begann, ihrer Puppe wegen Unartigseins auf den weichen Stoffpopo zu hauen, schnappte Luis ihr die Puppe weg und ließ sie mit unglaublicher Behändigkeit unter seiner Bettdecke verschwinden.

»Was soll das? Gib mir sofort Rosa wieder!«, schrie sie.

Luis tat, als wäre nichts geschehen und starrte Löcher in die Luft.

»Ich will sofort meine Puppe wieder haben. Hörst du? Gib sie mir zurück. Na los!«

Cati stürzte sich auf das Bett und versuchte ihr Eigentum zurückzuerobern, indem sie mit ihren dünnen Ärmchen auf ihn eindrosch.

Obwohl die ersten Farbfernseher bereits ab 1977 in die spanischen Wohn- und Esszimmer eingezogen waren, führte der Laden für Haushaltsbedarf sie erst seit wenigen Jahren, seit 1981. Die junge Demokratie Spaniens begann gerade auf festen Füßen zu stehen. Pau hatte sich einen lang gehegten Wunsch erfüllt und das neue Prachtmodell, Marke Grundig Supercolor, gekauft. Er war gerade dabei zwei Dübel in der morschen Wand zu befestigen, als er spitze, schrille Schreie hörte. Fluchend legte er die Bohrmaschine zur Seite und lief nach oben in die Wohnung. Cati saß auf Luis und schrie.

»Was ist hier los, was soll das?« Pau ging zum Bett und riss Cati zur Seite.

»Er hat angefangen! Er hat meine Rosa genommen. Es ist meine, meine!« Sie heulte. »Ich will sie wieder haben! Es ist meine!«

Pau schaute Luis fragend an. Dieser schüttelte heftig den Kopf. Seine schwarzen Haare hingen ihm wild ins Gesicht.

»Komm Cati, ich will dir was Tolles zeigen –, lassen wir Luis einen Augenblick alleine mit der Puppe spielen.«

Die Kleine reagierte höchst unwillig, ließ sich aber von Pau mitziehen. Nachdem einige Empfangsstörungen durch das Drehen der Antenne behoben worden waren, saßen beide vor der bunt flimmernden Mattscheibe. Sie schauten »*La bola de cristal*«, »*El tiempo es oro*«, »*Un, dos, tres ... responda otra vez*« und »*Estudio estadio*«. Cati starrte gebannt auf die ungewohnt bunten Bilder; ihr Lieblingsspielzeug hatte sie schnell vergessen.

Luis gab Rosa erst sehr viel später wieder aus den Händen. Wenn keiner zuschaute, spielte er sehr innig mit ihr. Als Ersatz durfte Cati sich eine neue Puppe kaufen. Sie war hochmodern und konnte mit Hilfe einer Batterie sprechen. Ohne Unterlass drückte das Mädchen auf den Knopf auf dem Plastikbauchnabel, um mit Begeisterung drei blecherne Worte zu hören. Pau, der erkannt hatte, dass sein Sohn trotz der Puppe völlig zu vereinsamen drohte, schenkte Luis eine Woche später einen Chihuahua, der ihm in seiner Jugend zu einem treuen Begleiter und Spielgefährten werden sollte und ihm für kurze Momente ein fröhliches Grinsen entlocken konnte.

NICHT EIN WORT

Mateu Colom Sóler wurde hinter vorgehaltener Hand auch »Die Schlange« genannt. Mit großer Beharrlichkeit, Geschicklichkeit und einer gewissen Bauernschläue verfolgte er schon früh das Ziel, seinen Besitz zu vergrößern. Nach dem Ableben seiner Mutter schwatzte Mateu seinen Geschwistern das Erbe für wenig Geld ab – sie hatte kein Testament für die drei Grundstücke hinterlassen. Einige böse Zungen im Dorf behaupteten, er hätte es außerdem zu so viel Reichtum gebracht, weil er Dokumente und Unterschriften gefälscht habe. Aber es wurde immer viel geredet und es meldete sich nie jemand, der versucht hätte, Mateu Colom Sóler seine Besitztümer streitig zu machen.

Im Gegensatz zu vielen seiner Landsleute, die in Frankreich oder Südamerika Arbeit suchen mussten, hatte Mateu nie die Not erfahren, den Ort seiner Geburt verlassen zu müssen. Keiner in seiner Familie musste je Hunger leiden. Mateu besaß Land und kümmerte sich das ganze Jahr um die zahlreichen Zitrus- und Olivenbäume und um den Gemüseanbau. Fleisch, vorzugsweise Lamm und Schwein wurde bei den Nachbarn geschlachtet; Schmalz, Paté und Würste – wie Sobrassada – stellten sie selbst her und Oliven ließen sie in der alten Mühle im Dorf pressen. Seine Frau backte sehr leckere, salzige und süße Kuchen, die sie mit dem selbst gezogenen Gemüse in einem kleinen Laden unweit des Dorfplatzes verkaufte. Was am Ende der Woche verderblich war und keinen Käufer mehr finden würde, schenkten sie dem Kloster, dem Mateu sich aufgrund seiner strengen katholischen Erziehung verpflichtet fühlte. In der Kantine des Klosters wurden die vergammelten Lebensmittel für die Schulkinder zubereitet. Jahrzehnte später erinnerte sich mancher Erwachsene mit Ekel verzerrtem Gesicht an die Maden im weichen Obst und an die Kakerlaken in der Suppe.

Ein junges rumänisches Paar, das das Schicksal in ihre Gegend versprengt hatte, arbeitete für Mateu. Von ihrem ohnehin kargen Lohn zog er den beiden hageren Einwanderern noch die Miete für einen ehemaligen, windschiefen Schafstall ab, den er ihnen als Unterkunft angeboten hatte. Sie schliefen dort auf dem mit Stroh bedeckten Boden. Außerdem stellte er ihnen kostenlos zehn Liter Wasser pro Woche aus seiner Wasserquelle zur Verfügung, damit sie sich notdürftig waschen konnten. Alles in allem eine sehr großzügige Geste, wie er mit Stolz – vor allem nach dem sonntäglichen Gottesdienst – verkündete.

Jeden Freitag fuhr er mit seinem Lieferwagen über die Berge in die anderen Dörfer der Insel, um dort Zitronen und Orangen zu verkaufen. Die Früchte fanden stets reißenden Absatz. Die Zitronen besaßen sehr wenig Säure und trugen ebenso wie die vitaminreichen Orangen die Kraft der Sonne in sich. Seinem Landarbeiter traute Mateu den Verkauf nicht zu. Er fürchtete, dieser könne einen Teil der Einnahmen unterschlagen oder falsch abrechnen. Auch nach Sonnenuntergang war Mateu ständig in Bewegung, ein unermüdlicher, fleißiger Geschäftsmann, der in verschiedenen Gremien tätig war und immer genau wusste, was sich auf kommunaler Ebene tat. Er war stolz darauf, der Armut seiner Kindheit entronnen zu sein und mit seiner Familie ein von Gott gesegnetes Leben führen zu können.

Am Tag nach der Versammlung in der Bar *Paloma* ließ Mateu seinen alten Lieferwagen stehen und marschierte einen circa zwei Kilometer langen Pfad in einem ausgetrockneten Flussbett hinauf, vorbei an großen, vom Wasser rund geschliffenen Felsbrocken und den langen Stangen des wild wuchernden Flussschilfs. Der Weg endete, bevor es steiler nach oben ging, bei mehreren Grundstücken, die direkt an die Uferböschung grenzten. Zu Beginn der regenreichen Zeit, ab November, füllte sich das Flussbett normalerweise rasch mit den Wassermassen aus dem nahe gelegenen Gebirgszug. Mateu hatte Glück, denn der Pfad war noch passierbar und so musste er nicht den längeren und beschwerlicheren Weg am Hang nehmen, auf dem ihn außerdem jeder hätte sehen können. Ungehindert lief er von einem Grundstück zum anderen. Es gab kaum Zäune und die schmalen Eingangstore, die zu den Wasserrinnen führten, standen immer offen.

Die niedrig stehende Sonne warf bereits lange Schatten. Mateu zog seine Mütze über die kurz geschnittenen Haare tiefer ins Gesicht. Leichtfüßig, Steine und Steigung gewohnt, hüpfte er wie eine junge Ziege einen aus Steinen und Sand bestehenden Pfad aufwärts, passierte die am Hang liegenden Terrassen von Don Gaspar mit den riesigen Johannisbrotbäumen, folgte einigen lang gezogenen Kurven abwärts, um schließlich zu zwei Steinhäusern zu gelangen, die nur wenige Meter von einander entfernt lagen. Beide Gebäude hatten ein Schrägdach und waren höchstens fünf Meter breit, wie es typisch für diese Gegend war.

Ein fast völlig von Unkraut überwucherter Pfad führte zur Vorderseite des Hauses *Can Xut* und von dort, ein paar Meter weiter, zu einem Gartentor. Das Steinhaus dahinter war ein Stockwerk kleiner als das vordere. Früher hatte es als Lagerraum und zum Abhängen der Würste gedient. Das ehemalige Grün der geschlossenen Fensterläden war fast gänzlich unter einer Schicht dicken Staubs verschwunden. Die Haine, die dahinter lagen, waren verwuchert. Die Zitronen- und Orangenbäume strotzten vor wilden Trieben und vertrockneten Ästen und waren umgeben von meterhohem, dichtem Unkraut. Ein Jammer, dachte Mateu kopfschüttelnd, dabei kann man doch Geld damit verdienen.

Ein zotteliger Hund, dessen Halsband tief in sein Fell einschnitt, kündigte seine Ankunft durch wütendes Bellen an. Heiser kläffend zerrte der Köter an seiner Kette, die ihm jedoch nur wenige Meter Freiraum ließ. Ohne das Tier eines Blickes zu würdigen, öffnete Mateu das schmale Gatter und betrat die Finca *Can Posteta*. Die schwere Holztür dröhnte, als er mit der Faust dagegen hämmerte, im Haus erklang eine Stimme und wenige Sekunden später öffnete ihm ein korpulenter Mann. Müde und zerschlagen blinzelte dieser sein Gegenüber an, dann streckte er den Kopf heraus und prüfte, ob noch andere Menschen in der Gegend waren.

»Bist du allein?«, entfuhr es Xesc mit barschem Ton.

»Hallo Xesc, wie geht's?«, begrüßte ihn Mateu mit geringschätzendem Blick.

»Was willst du?«

»Mit dir reden.«

»Worüber?«

»Können wir reingehen?«

Mateu bereute seinen Vorschlag, denn innen stank es erbärmlich nach Schimmel, Verwesung und Tier. Eine Katze mit schiefem Auge sprang vom Tisch. Auf dem Boden fristeten altes Zeitungspapier, Müllbeutel, dreckige Lappen und rostige Metallteile ihr Dasein. Spakende Wäsche hing in einer Ecke zum Trocknen. Die Kochecke quoll über von angeschlagenen Tellern, leeren Bierdosen und Gemüseresten. Die Wand über dem offenen Kamin war schwarz von Ruß, Nikotin und Staub. Hier hauste nicht nur ein menschliches Wesen, sondern auch eine Armada von Ameisen und Scharen von Spinnen, Motten, Milben und anderem Insektengetier. Mit einer forschen Handbewegung wischte Mateu die Krümel vom Tisch, auf den dunklen Fliesen der *Entrada* war der Dreck ohnehin nicht zu erkennen. Er war zutiefst erschrocken über den Anblick, der sich ihm hier offenbarte.

Wie die meisten Menschen auf dem Lande, die ihre Arbeit mit den Händen verrichteten und das Tal fast nie verließen, wohnte auch Xesc unter den einfachsten Bedingungen: Wände und Fenster waren nicht isoliert, Strom betrug höchstens 120 Volt und die Möbel stammten in der Regel von den Großeltern. Die Notdurft wurde auf einem Plumpsklo verrichtet. Selten wurde Neues angeschafft. Wozu auch, wenn das Alte noch seinen Dienst tat und das Geld nie reichte. Xesc galt als ein geachteter Landarbeiter, immer einfach, aber sauber gekleidet, und einem brummeligen, aber freundlichen Wesen. Sein Wissen über die hiesigen Pflanzen hatte schon so manchem im Tal geholfen.

Erneut sah Mateu sich um. Hier fehlte jemand, der nach dem Rechten sah – eine Frau.

»Und – warum bist du gekommen?«, fragte Xesc ungeduldig. »Ausgerechnet du?«

Mateu zog den Stumpen Zigarre aus der Hemdtasche, befeuchtete das Ende mit Speichel und zündete die Zigarre umständlich an. Er ließ sich Zeit mit der Antwort. »Um dir ein Geheimnis zu verraten und dir ein Geschäft vorzuschlagen.«

Xescs gerötete Augen verengten sich zu schmalen Schlitzen, aber er schwieg.

»Hast du Probleme?«, fragte der unerwünschte Gast und versuchte, das einzige kleine Fenster zu öffnen. Es klemmte.

»Wer hat die nicht!«, schnappte Xesc.

»Ich kann dir helfen!«, erwiderte Mateu und riss das Fenster mit einem Ruck auf. Es war ihm egal, dass dabei eine Tasse scheppernd zu Boden fiel.

»Keiner kann mir helfen. Auch deine Scheißkirche nicht.«

Mateu bekreuzigte sich. »Ich entnehme deinen Worten die Verzweiflung, die in dir steckt. Aber ich bin gekommen, um dich zu retten. Ich komme als Freund, verstehst du?«

Xesc lachte trocken. »Als Freund ... Du hast doch nur dich selbst als Freund, Mateu. Alle anderen benutzt du doch nur. Und ausgerechnet du willst mich retten? Pah!« Er schüttelte den Kopf.

»Wenn du leben willst, musst du verschwinden«, erwiderte Mateu ruhig. »Weit weg, verstehst du? In spätestens drei Tagen kommen sie und holen dich – den Sohn von Pau hättest du nicht anrühren dürfen.«

Xesc erstarrte. Sekunden später war sein Widerstand gebrochen, er versank in Apathie, hüllte sich minutenlang in Schweigen. Schließlich rüttelte Mateu ihn heftig an der Schulter. Xesc brach in Schluchzen aus und vergrub das Gesicht in den schwieligen Händen. Mateu ertrug diese weinerliche Gefühlsregung nicht und wies ihn scharf zurecht.

»Hör auf mit dem Geheul, Mann! Du musst jetzt handeln! Ich gebe dir Geld. Du verschwindest und kommst nie wieder zurück! Hast du mich verstanden?«

Xesc sah auf, seine Augen waren noch röter als vorher. »Du willst mir Geld geben? Du verschenkst doch sonst nichts!«

Mateu überlegte einen kurzen Moment, und Xesc übersah den Hauch eines Grinsens in seinem Gesicht. »Ich will ja auch was dafür haben.«

»Und was?«

»Deine Finca.«

»Aha, ich wusste es doch!«, fauchte Xesc. »Bei dir gibt es nie was umsonst. Und du kriegst den Hals nicht voll genug, du gieriges Monstrum. Die Posteta kriegst du jedenfalls nicht – eher bringe ich mich um!«

Mateu hatte mit einer solchen Reaktion gerechnet.

»Überleg es dir«, sagte er in abschätzigem Tonfall, »einem toten Mann nützt das hier gar nichts. Du kannst bis morgen Mittag zum Notar gehen. Dort ist auch das Geld hinterlegt. Wenn du sparsam bist, kannst du lange davon leben. Das Schiff nach Frankreich legt übermorgen ab. Vielleicht findest du deinen Frieden. Der Herr sei mit dir!«

»Deinen Herrn kannst du dir sonst wohin schieben. Verpiss dich!«

Mateu hielt es nicht länger aus. Er eilte hinaus an die frische Luft und verschwand so schnell und ungesehen, wie er gekommen war. Der *ca de bou* an der Kette bellte ihm zähnefletschend hinterher.

***

Der darauf folgende Morgen kündigte sich mit Quellwolken an, sie sammelten sich an den Bergrändern und ließen die Felswände, die das Dorf umschlossen, noch höher erscheinen. Hin und wieder drang ein Sonnenstrahl durch die aufgetürmten Wolkenmassen, für kurze Momente leuchtete das Tal in einem dramatischen Licht.

Xesc hatte sich draußen in dem offenen Wasserbecken gewaschen. Er zog sein bestes Hemd an, blau, grün und weiß kariert, nur am Kragen ein wenig verblichen. Er hatte schlecht geschlafen, wie so oft, aber nun war er entschlossen. Es gab nicht viel, was ihn hielt, die Verbundenheit zu der fruchtbaren Erde seines Geburtsortes, die Liebe zu den

Bergen und Pflanzen. Doch die Erinnerungen an das Leben, das er im Tal geführt hatte, besonders die an seinen Stiefvater, lasteten düster auf seiner Seele. Obwohl sich sein Innerstes tief dagegen sträubte, seine Finca ausgerechnet dem Mann zu überlassen, der seine Habgier hinter gerissener Scheinheiligkeit zu verstecken wusste, wollte er fort –, eigentlich schon seit langer Zeit. Als Landarbeiter würde er auch woanders sein Auskommen finden. Und wenn es wirklich wahr wäre, was Mateu gesagt hatte? Offenbar hatte er die Meute im Rücken.

In der einen Hand einen abgewetzten Lederkoffer, den Rucksack geschultert, trat er den Weg in ein neues Leben an – nicht ohne seinem Hund vorher die Freiheit zu schenken. Dieser trabte eine gute halbe Stunde hinter ihm her und ließ sich erst mit Steinwürfen und Tritten davon abhalten, ihn weiter zu begleiten. Schließlich blieb er jaulend in der Kurve, an der sich die Bauernkooperative befand, sitzen, und sah seinen Herrn in Richtung Dorf verschwinden.

In dem kleinen, dunklen Büro des Notars blickte Xesc auf das mit Schreibmaschine vorgelegte Verkaufsdokument, die *escritura de compraventa*. Am 23. September 1988 überschrieb er ohne zu zögern seine Finca *Can Posteta* inklusive 2.000 Quadratmeter Land an Mateu Colom Sóler und erhielt dafür 250.000 Peseten vom Notar. Xesc verstaute das Geld sorgsam in einem Lederbeutel und hängte sich diesen unter sein Hemd. Er streckte seinen geduckten Körper. Ja, er wollte ein neues Leben anfangen. Er würde diesen verdammten Ort verlassen und danach würde alles besser werden, das spürte er deutlich.

***

Feiner Nieselregen hatte die Erde mit einem Schleier aus Feuchtigkeit benetzt. Als sie sich ein paar Stunden nach Anbruch der Dunkelheit versammelten, unter der großen Pinie am Eingang zur Schlucht, leuchtete weder der Mond, noch ertönte ein Laut. Das sonst übliche Brummeln, Schniefen, Rotzen und Rauchen der Männer war verstummt. Sie waren nur zwölf, Pedro fehlte. Aber Miquel, der Dorfpolizist, war mit von der Partie. Vorsichtig sah er sich um. Dann öffnete er den Kofferraum des verbeulten Renault 4.

Dort lag eine Gestalt, zusammengekrümmt, eine dunkle Kapuze über dem Kopf, die Hände hinter dem Rücken gefesselt. Die Gestalt atmete schwer. Vier kräftige Arme packten zu und hievten den Gefangenen aus dem Wagen. Er taumelte. Einer der Männer nahm ein Seil und schlang es um seinen gebeugten Körper. Als er zu protestieren begann, hieb ihm einer mit dem Stock auf den Rücken. Er jaulte vor Schmerzen auf.

»Sei still, du Bestie! Sonst vergess ich mich«, zischte Mateu in die Kapuze.

Die Truppe machte sich auf den Weg. Bergaufwärts. Keiner sprach ein Wort. Der weiche Waldboden schluckte ihre Schritte, nur manchmal knackte ein Ast unter ihrem Gewicht. Mateu und Miquel hatten den Gefangenen in ihre Mitte genommen. Sie griffen ihm unter die Arme, wenn er zu stolpern drohte – was häufig geschah, denn er konnte nichts sehen und stieß oft an Steine und herausragendes Wurzelwerk. Dann schnaubte er wütend. Es war eine mühsame Angelegenheit, aber wie Vieh zerrten sie den Gefangenen an dem Seil vorwärts.

Einige Male schüttelte der Mann seine Hände und versuchte, die Fesseln abzustreifen – klägliche Versuche, die immer mit einem Hieb in den Rücken endeten. Bald hatte er verstanden, dass er ihnen unterlegen war, und unterließ die Versuche sich zu befreien.

Einer Prozession gleich zogen sie den Berg hinauf. Der schmale Pfad zwang sie in einer Linie hintereinander herzugehen, an den Olivenhängen vorbei in die Höhen, in der karges Felsgestrüpp die letzten großen Pinienbäume ablöste. Die Weichheit des Waldbodens war schon lange dem harten Stein gewichen. Die unheimliche Stille wurde nur vom Rascheln der Kleidung, schweren Schritten und keuchendem Atem unterbrochen. Der Pfad führte weiter, steil nach oben, und endete schließlich auf einem moosigen Felsplateau. Kalte Luft wirbelte ihnen in Böen entgegen.

Mateu hielt den Blick gesenkt, als man dem Gefangenen den Sack vom Kopf zog. Xesc sank in sich zusammen und wimmerte. Sein Mund war mit einem breiten Plastikband verklebt. Pere trat auf Xesc zu und riss ihm mit einem heftigen Ruck das Klebeband vom Mund. Er schrie vor Schmerzen auf. Dann zückte er ein gebogenes Jagdmesser und schnitt ihm die Handfesseln auf. Er hob sie vom Boden auf und steckte sie in seine Tasche.

»Warum hast du ihn da unten liegen lassen, du Schwein! Er hätte sterben können.«

Xesc hob flehend die Hände gen Himmel. »Ich hab es nicht gewollt – ich hab es nicht gewollt, glaub mir.«

Die Angst, die er in Xescs Augen sah, traf Pere. »Verschwinde. Ich will dich nie wieder sehen. Los verschwinde! Hau ab!«

Unterdessen hatte die Gruppe der Männer einen Halbkreis gebildet. Xescs weit aufgerissene Augen verrieten Panik. Mit einem verzweifelten, kehligen Schluchzen stolperte er auf den Rand des Plateaus zu, während die Männer den Halbkreis immer enger zogen. Es war der einzige Weg, den sie ihm gelassen hatten.

Einige hielten die Stille nicht mehr aus und riefen dem Kinderschänder »Schwein« und »Du hast es nicht verdient zu leben!« zu. Seine Fußfesseln waren so eng geschnürt, dass er nur kleine Schritte machen konnte. Ein Stein flog und traf Xesc am Kopf. Er taumelte, hob die Hände, um sein Gesicht zu schützen, und stolperte geduckt von ihnen weg – auf den Abgrund zu.

Sekunden gespenstischer Stille, in denen alle verharrten, als hätte jemand die Zeit angehalten, bis ein dumpfes Geräusch in der Tiefe der Schlucht einen Aufprall verkündete.

Mateu stand abseits des Geschehens und musterte den Weg, den sie hochgestiegen waren. Er hatte sich nicht direkt an der Tat beteiligt – es gab immer irgendwelche Idioten, die die Drecksarbeit erledigten. Unter seinem Hemd hing der schwere Lederbeutel von Xesc, den er ihm im Hafen abgenommen, als Pere und Miquel ihn geschnappt hatten. Immer wieder tasteten seine Finger danach, um sich zu vergewissern, ob noch alles an seinem Platz war. Sein Geld – er hatte es wieder. Und die Finca noch dazu!

Mateu lächelte zufrieden.

DER KOMMISSAR

Der Bericht, den der 40-jährige Leiter der Mordkommission in den Händen hielt, sprach eine eindeutige Sprache: Sturz eines an Händen und Füßen gefesselten Mannes aus circa 40 Metern Höhe, Gewicht 85 Kilo, Alter circa 50 Jahre. Schwere innere und äußere Verletzungen, Blutungen mit Todesfolge: subdurales Hämatom in der Schädelfraktur durch Aufprall, rechter Oberschenkelbruch mit Gewebeblutungen, zweiter und dritter Rippenbruch links durch Aufprall, innere Blutungen durch Milzriss, Kopfprellung wahrscheinlich aufgrund prämortaler Einwirkung, Herzstillstand.

Kommissar Francisco José Rodriguez stand in dem kalten, weiß gekachelten Raum der Gerichtsmedizin und las die Akte, die ihm übergeben worden war. Laut Autopsie musste der Mann ein qualvolles Ende erlitten haben.

»Zwei Kletterer entdeckten die Leiche im oberen Teil der Schlucht. Durch das Bellen eines verwahrlosten Hundes sind sie aufmerksam geworden. Alles in deiner alten Gegend!«, rief der Gerichtsmediziner aus einem der hinteren Räume, die durch milchige Glasscheiben von dem Obduktionsraum getrennt waren.

Fluchend verließ Francisco den Raum, um die hundert Kilo seines schweren Körpers mit stampfenden Schritten in den ersten Stock zu befördern. Ein Bild des Königs Juan Carlos zierte neben einem Kreuz die weiß getünchte Wand seines Büros, schwarze Kabelstränge hingen unordentlich in den Ecken herum und der Putz rieselte von den Wänden, als er die brüchige Tür in den noch brüchigeren Rahmen knallte und das Fenster öffnete, um die feucht-miefige Luft herauszulassen. Er hatte die Aufgabe diesen Provinzfall so schnell wie möglich und ohne viel Aufhebens zu lösen, also griff er zum Telefon, um die Fahndung einzuleiten.

»Üble Geschichte, ja, ja, typisch Land ... Was? Natürlich keine Spuren mehr! Alles vom Regen weggewaschen ... Alle Leute aus seiner direkten Umgebung verhören. Wie? Ja, natürlich! Ich will alles von dem Mann wissen, alles! Und der Mann von der Policía Local soll kommen! Ja, heute noch, Mann. Nicht morgen!« Francisco knallte den Hörer auf die Gabel.

Es waren immer die gleichen Anweisungen, die gegeben werden mussten, aber ohne sie würde die Maschine nicht anrollen. Er würde den Mörder kriegen, das stand fest – und wenn er sich als Mäuschen verkleidet in den löchrigen Wänden der Häuser der Dorfbewohner würde einnisten müssen.

Ein außergewöhnlich feines Gespür, List, Hartnäckigkeit und vor allem Durchsetzungsvermögen hatten Francisco dazu verholfen, schneller als andere Verantwortung übernehmen zu können, obwohl er ein Einzelgänger war und prinzipiell jedem misstraute. »El elefante«, wie sie ihn nannten, lehnte sich zurück in seinen Bürostuhl und zog die blaue Uniformjacke fest zu, ihn fröstelte. Er schloss die Augen.

In einem irrealen Abendlicht, die gesamte Umgebung war in gelb-rosa-farbenes Licht getaucht, sah er vor seinem geistigen Auge seinen Vater am Klippenrand der Steilküste stehen, für ihn unerreichbar weit weg. An der Seite seines Vaters ein zweiter Mann, etwas größer. Beide mit erhobenen Händen. Hinter ihnen ein Haufen schwarz gekleideter Männer mit Gewehren im Anschlag. Sekunden der Untätigkeit, die sich später in sein Gedächtnis wie in Zeitlupe einbrannten: Wie Puppen stürzten sie die Klippen hinunter; Bildfetzen, die sich tonlos in einer Schleife wiederholten. Der Junge konnte den Film nicht abschalten oder sagen »Hau ab, Bild! Ich will vergessen, ich will dich nicht gesehen haben.«

Und warum das Ganze? Diese quälende Frage ließ ihn nie los.

In seiner Kindheit in dem kleinen Bergdorf an der Küste hörte er manchmal die Leute sagen, sein Vater sei verschwunden, weil er ein Verräter gewesen sei – ein Separatist, einer der vielen, kleinen Leute auf der schwarzen Liste, die gewagt hatten, soziale Reformen anzustreben und deshalb verfolgt, ermordet oder verschwunden waren.

Ob wohl ein gemeinschaftlich begangener Mord einfacher zu begehen war als einer, der allein ausgeübt wurde?

Als Francisco erwachsen wurde und seine Ausbildung bei der nationalen Polizei im Jahre 1980 mit Erfolg beendete, wusste er sehr wohl um die geschichtlichen und politischen Zusammenhänge und konnte die Tat einordnen. Für die Verbrechen der Franco-Diktatur war bis heute in Spanien kein Verantwortlicher des Regimes vor Gericht gestellt worden. Konservative Kreise hatten ihren enormen Einfluss geltend gemacht und jedwede Aufklärung verhindert. Die Justiz wollte nie etwas davon wissen. Sie stützte sich vor allem auf das Amnestie-Gesetz von 1977, wonach politisch motivierte Straftaten aus der Zeit der Diktatur bis heute straffrei blieben. So wurde aus dem Versöhnungspakt, der die Demokratie ermöglichte, ein Pakt des Schweigens. Seine Klage gegen die Mörder seines Vaters wurde nicht zugelassen und es gab nie eine Chance auch all die anderen Morde gerichtlich aufzuarbeiten.

Francisco ahnte, wie dem Mörder Xescs zumute gewesen sein musste, obwohl er sein Motiv nicht kannte. Dafür kannte er das unstillbare Verlangen, das im Inneren zerrte, bohrte, pikte, ihm den Schlaf raubte und ständig nach Vergeltung rief, der Wunsch nach Ausgleich – wie du mir, so ich dir.

Vor einigen Jahren verlor sich sein Wunsch nach persönlicher Rache, es war ihm gelungen, die Angelegenheit emotional abzuschließen. Seine eindeutige berufliche Haltung half ihm dabei. Er wollte nicht auf der Seite der Mörder stehen und Selbstjustiz üben. Er wollte besser sein – und die Mörder jagen. Klar bekannte er sich zu den Regeln der noch jungen demokratischen Verfassung Spaniens und hielt sich an den Eid, den er geschworen hatte.

Für ihn roch der neue Fall nach einer Hinrichtung. Vielleicht waren es auch mehrere Personen gewesen, die das Opfer in die Tiefe stürzen ließen? Aber was war das Motiv?

Die Bewohner dieses Tals waren ein besonderer Menschenschlag und unterschieden sich erheblich von den anderen der Insel in ihrer Mentalität. Ihr Fleckchen Erde, manche nannten es die *Insel auf einer Insel*, war aufgrund der Unzugänglichkeit durch die Gebirgskette von der Außenwelt weitestgehend abgeschnitten. Es war tief in ihrer Denkweise verankert, Probleme ohne staatliche Instanzen zu regeln oder mit den Funktionären zu kooperieren, wie es den Schmugglern an den Steilküsten gelang und dem berühmten Juan March Ordinas, dessen ökonomische Aktivitäten viel zum Wohl der armen Bevölkerung beigetragen hatten. Jeder Fremde, jede Erneuerung wurde misstrauisch beäugt. Es galt, eine Gemeinschaft zu schützen und zusammenzuhalten. Firmen aus anderen Gegenden der Insel wurden selten für Reparaturen oder anfallende Arbeiten beauftragt, es fand sich immer jemand im Dorf, der Hand anlegte, egal ob es sich um einen Automechaniker, Elektriker, Wassermonteur, Bauunternehmer, Trockenmaurer oder Friseur handelte. Im Dorf herrschten Familienbetriebe und die Kinder erlernten seit Generationen das gleiche Handwerk wie der Vater, damit sie später seinen Betrieb übernehmen konnten. Die Mehrheit der Kinder ging in dem Kloster des Ortes zur Schule. Die Mönche lehrten sie nicht nur die Grundsätze des Katholizismus, sondern neben Lesen, Schreiben und Rechnen – auch die verschiedensten Formen körperlicher Züchtigung.

Nicht selten gab es Streit unter den Erwachsenen, aber sehr selten wurde deshalb ein Gericht bemüht. Ein Sprichwort besagte, dass ohnehin nur der Anwalt davon profitierte. Also versuchte man die Auseinandersetzungen mit der Faust oder einem Schlichter zu regeln – oder blieb jahrzehntelang miteinander verfeindet.

Die Neuigkeit vom Fund der Leiche verbreitete sich zügig, auch die Lokalzeitung berichtete einen Tag später darüber. Routinemäßig befragte Francisco einige Personen aus dem Rathaus der Gemeinde und der Nachbarschaft über den Toten. Die meisten reagierten bestürzt, konnten sich aber die grausamen Umstände, unter denen Xesc zu Tode gekommen war, nicht erklären. Ein unnatürlicher Tod war ein seltenes Ereignis. Aber kaum einer wusste oder wollte etwas über den Toten berichten, Francisco hatte nichts anderes erwartet. Xesc lebte schon lange alleine, wusste viel über Bäume und war angeblich sehr hilfsbereit und verlässlich. Manchmal aß er in der Bar *El Sol* oder im *Paloma* zu Mittag. Feinde? Nein, hatte er nicht. Bestimmt hatte er sich selbst umgebracht, so verschlossen und depressiv, wie er in den letzten Jahren wirkte.

Es gab nicht eine einzige brauchbare Spur, die es zu verfolgen lohnte. Die Fesseln, die Xesc an den Füßen getragen hatte, waren nicht neu und konnten aus jedem Laden für Handwerk, Haushalt oder Bootsbedarf stammen. Die Spurensicherer hatten zahlreiche Stofffasern in seinem Haar entdeckt, außerdem Spuren von Fesseln an den Handgelenken und Klebereste im Mund- und Wangenbereich, die bestätigten, dass er ein Opfer von Gewalt war. Am Fundort war ihnen nichts weiter aufgefallen, keine Fußspuren – auch weiter oben nichts, der Regen hatte alles weggewaschen.

Er beschloss, sich unauffällig umzuhören. Tagelang saß er in den Bars im Zigarettenqualm und den Gerüchen nach Bratfett und Knoblauch und sah den Arbeitern dabei zu, wie sie Karten spielten und morgens ihr erstes Bier oder schwarzen Kaffee mit Rum frühstückten. Manchmal plauderte er kurz mit den Handwerkern, die regelmäßig in ihren Pausen einkehrten, über diese oder jene Belanglosigkeit. Sie fragten sich bereits, was er denn so mache und woher er komme? Geflohen war er damals, aus dem kleinen Nachbardorf an der Küste, angewidert von der Engstirnigkeit und Verlogenheit, mit der sie sich den Franquisten anbiederten oder sich fügten, um ohne Repressalien oder mit Vorteilen zu leben – doch das erzählte er nicht. Er beantwortete ihre Fragen immer mit der gleichen Unwahrheit. Er komme aus der Hauptstadt und mache Urlaub. Vielleicht würde er in ihrem unentdeckten Paradies bald ein Häuschen kaufen. Außerdem versuche er mal wieder abzunehmen, hundert Kilo die Berge hochzuschleppen sei wahrlich keine Leichtigkeit. Bei letzterem erntete er mitleidige, auf seine Körpermitte gerichtete Blicke.

Am Ende der ersten Woche des Nichtstuns, Francisco hatte gerade sein *menu del día* gezahlt und war in dem mit Kieseln ausgelegten Innenhof auf die Toilette gegangen, vernahm er durch das kleine, geöffnete Fenster zufällig ein Gespräch. Es waren weibliche Stimmen, wahrscheinlich die der Köchinnen, die sich eine Zigarette im Hof gönnten und sich wunderten, dass ein gewisser Luis von der Bar *Paloma* schon seit einem Monat nicht mehr in der Schule gewesen sei, da er wohl unter einer schweren Krankheit litt.

Francisco hielt inne und blieb in angespannter Haltung sitzen. Er wagte nicht, durch Geräusche auf sich aufmerksam zu machen und hätte der Unterhaltung keine weitere Beachtung geschenkt, wäre nicht der Name Xesc in diesem Zusammenhang gefallen. Was Francisco weiter angestrengt horchen ließ, war der Umstand, dass die Frauen sich leise, aber vernehmlich über Xesc und seine auffällige Hingabe zu Kindern unterhielten. Sie hielten seinen Tod für gerecht, weil das nun endlich ein Ende habe. Das vertrauliche Gespräch wurde jäh unterbrochen, als sich eine männliche Stimme darüber ärgerte, dass der Abfluss noch immer nicht in Ordnung sei. Es stinke erbärmlich und es sei ein Wunder, dass die Gäste immer noch kämen – was wohl ausschließlich ihrer Kochkunst zu verdanken sei. Eine klappende Tür verriet das Ende ihrer Konversation. Es herrschte wieder Stille in dem Hof.

Francisco betätigte die Spülung. Beim Waschen rieb er sich die Hände vor Freude. Er verschob sein Vorhaben, dem Dorfpolizisten einen Besuch abzustatten, denn nun zog es ihn magisch in Richtung Hafen.

Im Winter hatte die Gegend etwas Geisterhaftes. Die Schaufenster und Türen der Gebäude in erster Meereslinie waren mit Holzplatten verrammelt und die heruntergezogenen Jalousien trotzten der sturmgepeitschten Gischt, die weit über den Strand hinausfegte.

Francisco kurvte die halbrunde Bucht entlang und wurde dabei von heftigen Böen und der Gischt der Wellen getroffen. Die kräftige Brise begleitete ihn, je höher sein Motorrad die Serpentinen zur Bar *Paloma* hinauffuhr. Oben angekommen fegte ein stürmischer Wind die vertrockneten Blätter aus den Ecken über den Erdboden, ließ Metall klingend aneinanderschlagen und rüttelte auch sonst an allem, was nicht niet- und nagelfest war.

Er stellte die alte *Bultaco* in einem geschützten Winkel ab, wo sie nicht umzufallen drohte. Dann ging er zur gläsernen Eingangstür der Bar *Paloma*. Sie war verschlossen. Francisco spähte durch das Glas. Er sah einen Fernseher in der hintersten Ecke des Raumes flimmern, aber es war niemand zu sehen. Also versuchte er durch Klopfen auf sich aufmerksam zu machen. Ein Jungengesicht tauchte mit erschrockenem Blick hinter einer Sofalehne auf, und kurz danach erschien ein Mann an der Tür, der ihm öffnete.

»Guten Abend, wir haben geschlossen, tut mir leid.«

»Das macht nichts, ich habe nur ein paar Fragen an Sie.« Francisco zeigt seinen Ausweis.

Pere ließ das Dokument unbeachtet und musterte ihn. »Ja, gut. Womit kann ich Ihnen helfen?«

»Es geht um den Tod von Xesc. Sie haben ja sicher schon davon gehört?«

»Hm.«

»Er kam öfter hierher, nicht wahr?«

»Ja, hier kommen viele Leute oft her. Der Laden brummt.«

»Kannten Sie den Toten?«

»Nein, nur vom Sehen.« Pere fummelte sich eine Zigarette aus einer verknitterten Packung und zündete sie geschickt an.

»Haben Sie eine Vermutung, was ihm widerfahren sein könnte?«

»Xesc? Nein, bei Gott, das habe ich nicht.«

»Gibt es irgendeine Erklärung, warum er gestorben ist?«

»Woher soll ich das wissen?«

»Schade.« Nachdenklich schaute Francisco sich um. »Ist das ihr Kind da hinten?« Er deutete in Richtung Sofa.

»Nein, das ist Luis, der Sohn meines Bruders. Es ... ähm, es geht ihm momentan nicht so gut.«

»Was hat er denn?«

»Das wissen wir nicht. Leider.« Pere blies Francisco den Rauch ins Gesicht.

»Tut mir leid.«

»Ja, dann ... « Mit einem »Was willst du sonst noch?«-Blick guckte Pere den Kriminalbeamten an.

»Danke. Schönen Abend noch.« Francisco prägte sich das Gesicht des Jungen ein und nickte ihm zu. Dann schwang er sich wieder auf seinen motorisierten Esel.

Nach kurzer Fahrt durch die vom Sturm gepeitschte Bucht gelangte er über die Verbindungsstraße in die schmalen Gassen des weiter im Tal gelegenen Ortes. Die herabgefallenen Blätter der Platanen führten einen wilden Tanz auf dem Marktplatz auf.

Francisco betrat das Büro der Ortspolizei. Ein langer Tresen trennte den vorderen Bereich von dem Arbeitsraum dahinter. Miquel war gerade dabei, das kalte Neonlicht zu löschen und seine Tasche zu nehmen, er war spät dran und wollte Feierabend machen, als Francisco mit einem lauten Knall die hölzerne Durchgangsluke fallen ließ und sich auf die Kante eines Schreibtisches setzte.

»Guten Abend, Miquel. Wie steht's?«

»Was führt Sie zu mir?«, wollte Miquel ohne Umschweife wissen. Schon bei ihrem ersten Treffen zu Beginn der Untersuchungen mochte er diese Spürnase nicht leiden. Er fühlte sich ihm gegenüber minderwertig.

»Wo ist denn dein Kollege?«

»Ist immer noch krank«, antwortete Miquel.

Sein ungebetener Besucher taxierte die Unterlagen, die auf den Tischen lagen. Dann setzte er sich mit dem Rücken zur Wand in einen Bürostuhl, legte bequem die Füße auf den Schreibtisch und ließ den Blick durch den Raum schweifen. »Dein Vater war auch bei der lokalen Polizei, stimmt´s, Miquel?«

»Ja.«

»Der hat damals gut nebenbei verdient, nicht wahr?«

Miquel starrte Francisco mit leerem Blick an, so als wollte er sagen, du kannst mich mal! Doch er schwieg.

»Wusstest du eigentlich, dass ich vom Kap komme?«

Miquels Gesichtsausdruck hellte sich ein wenig auf. Er war erstaunt darüber, dass sein Gegenüber aus dem Nachbardorf an der Steilküste stammte. Francisco war also ein Einheimischer, das änderte vieles.

»Ich weiß ganz gut, wo die Schmuggler den Schnaps, den Kaffee und die Massen von Zigaretten versteckten – und wer auf welcher Seite stand ... tja, das waren noch Zeiten, was? Da konnte man noch ungehindert in die eigene Tasche wirtschaften.«

»Das tun die Leute heute auch noch, und? Was hat das mit mir zu tun?«

»Nicht viel, du hast recht«, antwortete Francisco und legte weiter sein Netz aus. »Ich war gerade oben in der Bar *Paloma*.« Er wartete ab, bevor er weitersprach. »Ist ´ne böse Geschichte ...«

»So?«

»Schon komisch, das mit dem Jungen ... Ich bin froh, dass es nicht meinen Jungen erwischt hat.«

»Hast du denn einen?«, fragte Miquel misstrauisch.

»Nein, ich habe keinen Sohn«, antwortete Francisco. »Trotzdem, das wünscht man keinem.«

Er machte eine lange Pause, bevor er nachdenklich fortfuhr. »Hat der Mord etwas mit dem Jungen oben in der Bar *Paloma* zu tun, was meinst du?«

Miquel dachte nach. »Keine Ahnung ...«, sagte er achselzuckend.

»Du kennst doch die Leute hier ganz gut, nicht wahr?«

»Ja, schon ... alles normale Leute. Wenn es Ärger gibt, dann mit den Ausländern.«

»Und wieso?«

»Na ja, bis vor Kurzem hatte ich nie viel zu tun. Aber neuerdings gibt es öfter mal einen Diebstahl oder Einbruch – oder einfach Streit. Die Probleme kommen von denen von außerhalb.«

Francisco nickte verständnisvoll. »Es gibt Neuigkeiten von den Spurensicherern, die wollte ich dir nicht vorenthalten. Schließlich verfolgen wir beide ja die gleichen Ziele.«

»Aha?« In Miquels Augen flackerte Neugierde.

»Wir haben auf dem Pfad, der zum Plateau oberhalb der Schlucht führt, etwas gefunden. Es ist der Fetzen eines Stoffes, offenbar von einer Polizeihose. Sie ist hängen geblieben am Dornengestrüpp oben beim Coll punt negre.« Diese Sätze waren gelogen, verfehlten aber nicht ihre Wirkung.

Verstohlen schaute Miquel nach unten auf seine Hose. »Ja, und?«

Francisco ließ den Polizisten nicht aus den Augen. »Du musst mir nichts vormachen, Miquel. Wir wissen doch beide, was Sache ist. Glaubst du im Ernst, ich wüsste nicht, was hier gespielt wird? Du steckst mittendrin in der Scheiße.«

Miquel starrte auf die blanke Wand. Ein Nerv ließ seinen rechten Mundwinkel zucken und brachte ihn aus dem Gleichgewicht. Francisco verhaarte in der Zuhörerpose, doch nachdem Miquel es vorzog, nicht den ersten Schritt zu wagen, zog er seine Dame ins Mittelfeld. Verhöre waren nichts anderes wie Schachspiele. Vor Spielbeginn galt es genau zu überlegen, welche Eröffnung man wählt und welche Art der Kriegsführung der Gegner beherrscht. Nur wenige Menschen waren in der Lage, mehr als drei Züge im Voraus zu denken.

»Ich schlag dir ein Geschäft vor, Miquel«, sagte er nach einer Weile.

Miquel war nun so nervös, dass er mit dem Daumen und Zeigefinger seine Nase knetete, die ihn zu jucken schien, während die Hand seinen zuckenden Mundnerv abzudecken versuchte.

»Weißt du, ich könnte euch alle in das schwarze Loch stecken oder euch mit dem Kreuz die Eier platt hauen«, wieder machte Francisco eine nachdenkliche Pause, »aber, es reicht, wenn einer von euch amigos sich stellt. Ich will nur einen Einzigen. Er wird nach ein paar Jahren wieder rauskommen, dafür werde ich sorgen. Es wäre im Interesse aller, wenn einer von euch die Verantwortung übernimmt. Dann herrscht Ruhe, und die Sache ist erledigt. Ich finde, das ist ein sehr großzügiges Angebot – was meinst du, Miquel?«

Für einen kurzen Moment presste der Polizeibeamte die Lippen aufeinander. Seine Augen flackerten unruhig. Aber dann gewann er seine Fassung wieder.

»Außerdem könnte ich davon absehen, dich irgendwo in die Wüste versetzen zu lassen, oder möchtest du lieber suspendiert werden und als Putze die Tische der Touristen abwischen?«

Miquel nahm seine Schlüssel und ging zur Tür. »Ich muss jetzt gehen, meine Familie wartet.«

Doch Francisco dachte nicht daran ihm zu folgen und blieb sitzen. »Früher oder später kriege ich euch«, sagte er betont freundlich, »euch alle! Ihr werdet umkippen wie die Dominosteine. Ich gebe dir eine Woche. Genau eine Woche.«

Seine Worte hallten in dem schummrigen Raum nach. Schließlich erhob sich der Kommissar und ging wortlos an Miquel vorbei, nach draußen. Er hatte die Leine ausgeworfen. Einer der Fische würde anbeißen, dessen war er sich sicher.

Noch in der gleichen Nacht fuhr Miquel mit seinem verbeulten Renault 4 zur Bar *Paloma*. Die Gestalt, die schon seit geraumer Weile im Dunkel eine Kurve stand, und den Eingang zur Bar fest im Blick hatte, bemerkte er nicht. Nervös erklärte Miquel den beiden Brüdern, dass Francisco Bescheid wüsste und ihn unter Druck gesetzt habe, einen Mann auszuliefern, sonst wären sie alle dran. Pere war entsetzt, wie schnell sich Miquel hatte einschüchtern lassen, schließlich hatte die Mordkommission doch gar keine Beweise.

»Doch«, jammerte der Polizist. »sie haben was gefunden. Ausgerechnet von mir. Ich kann doch meinen Jungen nicht alleine lassen. Das könnt ihr nicht von mir verlangen.«

Die beiden Brüder schimpften mit Miquel, rieten zur Ruhe und Besonnenheit und beschlossen, sich in den nächsten Tagen mit den anderen zu beraten.

Francisco konnte die drei Männer trotz der Entfernung gut erkennen. Er spürte förmlich die erhitzte Diskussion, die sich hinter der Glasscheibe abspielte. Noch bevor Miquel die Bar verlassen hatte, trat der Kommissar den Heimweg an.

Eine Woche später lasen die Dorfbewohner in einer kleinen Randnotiz ihres Lokalblatts folgende vier Zeilen: »*Der Besitzer der Bar Paloma, Pere Ramon Gaspar, hat sich in die Hände der Guardia Civil begeben und zugegeben, mit dem Tod des Landarbeiters Xesc in Verbindung zu stehen. Die laufenden Ermittlungen wurden bis auf Weiteres unterbrochen.*«

Diese Neuigkeit wurde mit viel Gerede und ungläubigem Kopfschütteln kommentiert. Pere war doch von allen im Ort der Beliebteste und Vernünftigste, auch wenn sein aufbrausender Charakter manchmal mit ihm durchging. Es konnte sich nur um einen Irrtum handeln. Die meisten waren sicher, dass sich bald alles aufklären würde und sie, wie früher, gemeinsam in der *Paloma* ihren Alltag verbringen und bei den beiden Brüdern ihre Feste feiern konnten.

Nur einige wenige unter ihnen, genau zwölf Männer, lebten mit der Gewissheit, Pere vorerst nicht wiederzusehen. Beim Einschlafen wanderten ihre Gedanken zuweilen zu dem Mann, der sich stellvertretend für alle ins Gefängnis begeben hatte, dankbar darüber, dass er sie nicht verpfiffen und die Justiz sich mit einem Bauernopfer zufrieden gegeben hatte. Wer wollte schon gerne in einer Zelle sitzen, nur weil er geholfen hatte ...

Die Gerüchteküche brodelte ebenso mächtig, als bekannt wurde, dass Mateu Colom Sóler Besitzer der Finca *Can Posteta* geworden war. In den Bars im Hafen und im Ort zerbrach man sich die Köpfe, wie er es wohl fertig gebracht hatte, sich auch diese Finca unter den Nagel zu reißen. Waghalsige Mutmaßungen über die Höhe seines Verdienstes kursierten und Spekulationen, wem *Can Posteta* vorher gehört hatte. Einige behaupteten, Xesc wäre der Eigentümer gewesen, andere wiederum meinten, Xesc hätte nie irgendetwas besessen – außer seiner besagten Besessenheit und dem Recht, auf Lebenszeit in der Finca zu wohnen. Manche deuteten einen Zusammenhang zwischen dem Tod von Xesc und dem Kauf der Finca an, aber solche Vermutungen wurden nur hinter verschlossenen Türen geäußert. Wollte man von Mateu Einzelheiten über den Kauf der Finca wissen, sprach er von einem exzellenten Angebot, dass er nicht abschlagen wollte. Der Fall war erledigt und der Kommissar längst mit einer anderen Straftat beschäftigt.

Mateus Sohn Joan mistete das Haus von Xesc aus, renovierte und vergrößerte es an der Querseite durch einen Anbau. Im darauf folgenden Frühjahr zog er schließlich mit seiner schwangeren Frau Lucia und ihrem Sohn, dem Kind einer früheren Beziehung, in *Can Posteta* ein. Mateu fürchtete um das Ansehen der Familie, gab jedoch nach der Heirat die Widerstände gegen Lucia auf. Nie wäre er morgens um sechs durch die Hintertür in die Kirche geschlichen, um im letzten Moment den kirchlichen Segen für die Konsequenzen der ersten Liebeserfahrungen zu bitten, wie es vielen in seiner Jugend widerfahren war. Aber sein Sohn, der scherte sich nicht darum, obwohl er längst erwachsen und aufgeklärt war. Er schämte sich.

Die junge Familie baute ein Gartenhäuschen für die Lagerung des Gemüses, des Düngers und der Gartengeräte. Mateu führte das Regiment über das Land. Als Erstes veränderte er die Grundstücksgrenzen zu seinen Gunsten. Da es zu dem Nachbargrundstück noch keine Zäune gab, sondern nur eine unregelmäßige Reihe lose in die Erde gesteckter flacher Steine, die im Lauf der Jahre umgekippt waren, verlegte er eine Grundstückslinie drei Meter nach hinten und die andere, fast fünfzig Meter lange Längsseite, um zwei Meter in das angrenzende Nachbargrundstück hinein. Anschließend markierte er die neue Grundstücksgrenze durch ein knöchelhohes Steinmäuerchen, sodass er im Handumdrehen 200 Quadratmeter und einige Zitrusbäume mehr besaß. Kein Mensch würde sich in ein paar Jahren noch daran erinnern, wo genau die dürftige Grundstücksmarkierung gewesen war. Nur Zeugen hätten den ehemaligen Verlauf benennen können, doch die gab es nicht. Die anderen, weiter entfernt liegenden Fincas waren unbewohnt, ebenso das Nachbarhaus *Can Xut*. Die Katasterpläne waren ebenso wie die handschriftlichen Aufzeichnungen altertümlich und stimmten mit der Wirklichkeit nur grob überein.

Zu gerne hätten Vater und Sohn die Finca *Can Xut* dazu gekauft. Doch María verlangte einen utopischen Preis und wartete mit Engelsgeduld und stoischer Beharrlichkeit auf einen zahlungskräftigen Käufer. Sie verfügte weder über die finanziellen Mittel noch über die Kraft, das Haus bewohnbar zu machen oder das Land zu bewirtschaften, aber ihre Bauernschläue stand der von Mateu in nichts nach; eine Ecke ihres Grundstücks hatte sie an einen südlich angrenzenden Nachbarn verkauft, damit dieser seine Zufahrt verbreitern konnte: ohne Vertrag, per Handschlag, genauso, wie ihre Väter und Großväter Änderungen besiegelt hatten.

Außerdem hätte Mateu gerne das kurze Stück Weg, das von *Can Xut* zu *Can Posteta* führte, auf seinen Besitz eingetragen, doch sein entschlossener Wille zur Sparsamkeit und seine Bauernschläue hielten ihn davon ab, María den Teil offiziell abzukaufen. Er würde diese Fläche erstmal benutzen, indem er sein Holz und die Zitronenkisten dort abstellte. Durch diese Art der Bewirtschaftung würde das Land nach spätestens zwanzig Jahren in sein Eigentum übergehen und er musste weder die Gebühren für die Eintragung im Grundbuch- und Katasteramt, noch den Notar, geschweige denn die Grundsteuer zahlen.

***

Als Pere nach einigen Jahren aus dem Gefängnis freikam, hatten sich die Zeiten geändert. Er führte mit seinem Bruder Pau die Bar *Paloma* weiter und half Luis bei den Hausaufgaben. Der Junge hatte seine Sprache wiedergefunden, doch sie fuhr stotternd und holprig, wie ein Auto ohne Stoßdämpfer auf einer Straße mit Schlaglöchern. Er blieb ein Sonderling und wurde von den anderen Kindern gemieden.

Inzwischen wagte kaum noch jemand den steilen Weg zu ihnen hoch. Die Wassermassen hatten mit den Jahren tiefe Rinnen und Schlaglöcher in die Erde gezogen, das Geröll der losen Steine und Steinchen türmte sich an einigen Stellen zu Hindernissen auf. Die Einnahmen reichten kaum zum Leben. Im Hafen feierten zahlreiche neue Bars ihre Eröffnung und die Einheimischen und vielen Touristen, die mit den Ausflugsbooten von anderen Orten der Insel anreisten, zogen es vor, auf Meereshöhe in der Sonne zu sitzen. Umgeben von blauen Fischernetzen, die zum Trocknen auf dem Boden lagen, und hölzernen Fischerbooten, die aufgebockt auf einen Anstrich warteten, genossen sie mediterranes Flair und das betuliche Leben im sonnendurchfluteten Hafen.

Am Ende des zwanzigsten Jahrhunderts erzielten die Immobilien auf der Insel kontinuierlich Höchstpreise; unermessliche Summen schwarzen und weißen Geldes landeten in den südlichen Gefilden. Auch das verschlafene Dorf im Schatten der Berge wurde von der Außenwelt entdeckt. Die Zeit des Geldrausches begann.

Teil 2

DAS PARADIES

»Ach, das ist ja soooo schön! Riechst du das auch?«

Die junge Frau mit dem langen goldbraunen Haar wandte den Blick zu ihrem Liebsten, in ihren grünen Augen spiegelten sich die Reflexe der Sonne. Ein leichter Wind ließ den Stoff ihres Kleides im Hippie-Look kräuseln und umschmeichelte ihren sportlichen Körper.

Sie stand unter einem hohen Kaki-Baum auf dem Vorplatz eines alten, zweistöckigen Steinhauses mit dem typischen Schrägdach aus arabischen Dachziegeln und schaute sich um. Neben dem abgerundeten Eingangsportal lud eine verwitterte Bank aus Olivenholz zum Verweilen ein. Auf einer bunt bemalten Kachel rechts neben dem Eingang prangte der Name des Hauses: *Can Xut*. Zu ihrer Linken wurde die Vorderterrasse von einem Tor begrenzt, das zu der Nachbarfinca *Can Posteta* führte. Direkt vor ihr lag, ein paar Stufen abwärts, ein Hain mit vielen blühenden Orangenbäumen. Ein Bild, wie sie es in Wohnzeitschriften unter dem Motto »Wohnen wie im Süden« gesehen hatte, mit dem einzigen Unterschied, dass hier die dekorativen Möbel und Accessoires fehlten und der Gärtner seit mehreren Jahren durch Abwesenheit glänzte. Die Natur hatte das Regiment übernommen und sich in Freiheit ausbreiten können.

»Guck mal, hier oben wächst wilder Fenchel und da hinten – ein Feigenbaum! Und all die Orangenbäume!

Wusstest du, dass die Orangenbäume gleichzeitig Früchte und Blüten tragen?«

Auch diese Frage verhallte ungehört. Hin- und hergerissen vor Freude und Aufregung lief sie hüpfend herum, schnupperte an den weißen, süß duftenden Blüten, inspizierte den Wildwuchs, zupfte die vertrockneten Blätter von Sträuchern, die ihren Lebenswillen schon aufgegeben hatten, und breitete die Arme aus, um mit einem tiefen Atemzug die Fülle des süßlichen Duftes einzuatmen.

»Das ist ein magischer Ort, Wolfgang – wir müssen das kaufen!«, rief sie ihm von der Terrasse aus zu, doch er war im Innern des alten Steinhauses verschwunden.

Als Handwerker warf er einen ganz anderen Blick auf das Objekt als sie. Ihn interessierten Rohre und Leitungen, Elektrizität und Wasser, Bausubstanz und Stabilität. Was er sah, waren zerbrochene Fenster, marode Fensterläden, alte Stromleitungen ... Das Haus war eigentlich unbewohnbar.

Seit Jahren stand es zum Verkauf, der Preis war total übertreuert und die Informationen der Maklerin eher dürftig. Schauen Sie es sich in Ruhe an, hatte sie gesagt, es ist das erste Haus auf der rechten Seite mit einem kleineren Haus direkt daneben, in der eine junge einheimische Familie wohnt. Es liegt in der *zona rural protegida,* in dieser Zone darf nicht gebaut werden; 3000 Quadratmeter Land gehören dazu. Sie hatte ihnen den Schlüssel gegeben und es nicht einmal für nötig gehalten, ihnen das Objekt zu zeigen. Ist vielleicht auch besser so, dachte Wolfgang, so quatscht einem keiner rein. Mit Schönreden war hier sowieso nicht viel zu machen.

»Die Lage ist einmalig und so ruhig! Es ist soooo schön hier!« Anna stürmte in den Eingangsbereich des Hauses und fand dort ihren Liebsten, der die Wände und die dunklen Holzbalken abklopfte. Es war schwer, sich gegen ihre

Begeisterung durchzusetzen, ihr Wille und ihre Sturheit waren, wie ihre Kochkünste, nicht zu übertreffen.

»Schatz, was meinst du?«, fragte sie ihn.

»Hör mal, die Wand klingt hohl, aber die Balken sind okay.« Er wischte sich den Staub des herabrieselnden Gipses von der Jeans.

»Egal, wer das nicht kauft, ist selber schuld«, antwortete sie.

»Aber das wird teuer! Das Geld von deiner Oma wird nicht reichen.«

»Dann müssen wir die Maklerin halt runterhandeln«, entgegnete sie. »Es ist das Beste, was wir bisher gesehen haben. Mir gefällt es. Sogar sehr!« Verliebt schaute sie ihm in die Augen. Ihre Hände suchten nach seinen und hielten sie fest umklammert. Sie meinte es ernst.

Monatelang hatten sie mit der einzigen deutschen Maklerin das Tal abgesucht, alte Ruinen besichtigt, die Wolfgang fast die Hoffnung an das Gelingen ihres Vorhabens geraubt hatten: Ein Haus im Süden. Ihm war, als hätte dieser Wunsch schon immer in ihm geschlummert. Neue Herausforderungen annehmen, eine andere Sprache und eine andere Lebensart kennen lernen, einfach mal anders leben, einfacher leben, selbstbestimmt leben, mit mehr Sonne von oben und mit Anna, der anderen Sonne an seiner Seite. Das war eine lohnende Lebensperspektive. Das Geld aus der Erbschaft von Annas Großmutter und der nötige Arbeitswille sollten ihnen helfen, ihren gemeinsamen Traum zu verwirklichen und ein kleines Gästehaus aufzumachen. Falls das nicht klappen sollte, würden sie auch so Arbeit finden, dessen war er sicher. Als Heizungsmonteur und Klimatechniker würde er bei reichen, ausländischen Bauherren seine fundierten Kenntnisse anbringen können. Und Anna konnte notfalls auch als Gärtnerin selbstständig arbeiten.

»Alles Schrott hier. Weißt du eigentlich, wie viel Arbeit das ist? Da sind wir mindestens ein Jahr nur am Renovieren! Weißt du, was das bedeutet?«

Anna wusste es nicht und schwieg. Sie dachte daran, wie sie in ihrer Wohnung in Berlin die Tapeten abgerissen und gestrichen hatte, und schob die unangenehme Erinnerung daran schnell zur Seite. Sie zog die Arbeit im Freien vor.

»Hier gibt es nicht mal ´ne Heizung.« Er guckte sich suchend um.

»Brauchen wir denn eine?«

»Wäre schon besser.«

»Hier können wir eine Küche einbauen. Eine ganz moderne, so wie ich sie schon immer haben wollte«, stellte sie begeistert fest. »Das Gute an so einem Umbau ist ja, dass man alles so machen kann, wie man will.« Vor ihrem inneren Auge war alles schon fertig und sie konnten einziehen.

»Ja, aber ob wir das machen müssen? Außerdem ist da noch der Nachbar nebenan. Vergiss den nicht!«

»Ach du wieder, immer so negativ. Meine Großmutter hätte es auch gut gefunden. Sie hat immer bis spät abends in der Erde gewühlt und war alles andere als unglücklich dabei!«

Er würde bis zum Abend warten müssen, um sachliche Argumente ins Feld zu führen. Aber auch ihm gefielen das Steinhaus, das Grundstück und die ruhige Lage abseits vom Dorf, ein idealer Ausgangspunkt für Wanderungen in die Berge.

Sie begutachteten die beiden oberen Stockwerke. Annas Einrichtungsfantasien schlugen Kapriolen und steckten ihn an. Platz hatten sie wahrlich genug, auch für Gäste und eventuellen Nachwuchs. Wolfgang sah sehr wohl das Potenzial, das in dem alten Gemäuer steckte.

Die darauf folgenden Nächte verbrachte das junge Paar in einer Herberge im Dorf, nur wenige Kilometer entfernt. Der Gedanke an das Steinhaus ließ sie beide nicht mehr los und begleitete sie bei ihren Erkundungszügen durch die Gassen des Dorfes und seiner Umgebung. Sie waren fasziniert von der stillen Schönheit der Berge, dem quirligen Miteinander auf dem Marktplatz und dem beständig herrlichen Wetter. Der Herbst zeigte sich mit angenehmen Temperaturen, einem schmeichelnden Wind und milder Sonne von seiner angenehmen Seite. Alte Männer saßen auf den Bänken vor dem Rathaus, Kinder spielten auf dem Marktplatz Fußball, junge Frauen mit Kinderwagen tauschten sich in den Cafés aus. Das entsprach ihrem Lebensideal eines friedvollen, gelassenen Miteinanders der Generationen eher als jenes, welches sie nur in den Sommermonaten aus Deutschland kannten. Die Einheimischen begegneten ihnen mit einer Langsamkeit, die sie nicht gewohnt waren, aber freundlich und zuvorkommend. Ihnen gefiel das einfache Leben. Alles, so kam es ihnen vor, strahlte vor Schönheit und Friedlichkeit, sodass ihr Wunsch, sich hier niederzulassen, jeden Zweifel hinwegfegte. In ihren Diskussionen über das Für und Wider von *Can Xut* entwarf Anna so viele Argumente für den Kauf des Hauses und für das Abenteuer, einmal im Süden Europas zu leben (»Wenn nicht jetzt, wann dann?«), dass Wolfgang bald seine Widerstände aufgab und einwilligte.

Das Gespräch mit der Maklerin war positiv und unkompliziert. Einen Tag später erhielten sie den Zuschlag für einen verminderten Kaufpreis. Wolfgang fand ihn nach wie vor zu hoch, immerhin lief der Nachbar ja auch vorne über ihr Grundstück. Aber nur zu Fuß, stellte die Maklerin klar, und weiter würde die Besitzerin den Kaufpreis nicht reduzieren.

Seit einem Jahr würden ihr die Leute die Bude einrennen, die Nachfrage sei groß. Wenn sie dieses Schmuckstück in einer der begehrtesten Gegenden nicht kaufen wollten, dann würde es eben bald ein anderer tun. Sie müssten sich deshalb schnell entscheiden.

Schon am nächsten Tag prüften die beiden die Grundbuchauszüge und andere Unterlagen im Maklerbüro. Die Finca war frei von Lasten und Eintragungen, frei von Hypotheken oder noch ausstehenden Steuerschulden, sie war frei von Vermietungen und besaß zwei Stunden Wasserrechte. Die Verhandlungen über ein Hypothekendarlehen bei der einzigen deutschsprachigen Bank gestalteten sich schwierig. Leider, sagte der Direktor, könne man ihnen nur eine Finanzierung von 70 Prozent bewilligen. Wolfgang und Anna nahmen das Angebot an. Mit dem Geld der Oma zahlten sie die restlichen 30 Prozent an, und so blieb ihnen noch ein wenig für die Instandsetzung und Renovierung. Danach mussten sie sehen, wie sie klar kamen.

***

Fahles Licht dämmerte in das kleine Wartezimmer des Notars. Das kubistische Auf und Ab des Häusermeers mit seinen arabischen Dachziegeln glänzte von der Feuchtigkeit des leichten, fast unhörbaren Nieselregens.

Anna gegenüber saß eine kleinwüchsige Frau, deren graues Haar im Nacken zu einem Knoten gebunden war. Ihr schmächtiger Körper steckte in einem hoch geschlossenen, schwarzen Kleid, die Falten und Furchen ihres Gesichtes ließen ein Alter um die siebzig vermuten. Ein dünnes, goldenes Kreuz hing über dem Kragen, die runzligen Hände lagen ruhig zusammengelegt im Schoß. War sie die Besitzerin? Anna wollte die Frau ansprechen, mit ihr ins

Gespräch kommen, doch sie traute sich nicht. Ihre Spanischkenntnisse waren miserabel, und sie wollte sich keine Blöße geben. Wolfgang blätterte lustlos in langweiligen Fachzeitschriften herum, die er nicht verstand, da er weder Spanisch noch Katalanisch gelernt hatte.

Schließlich unterbrach ein Herr in perfekt gebügeltem weißem Hemd und Cordhose mit Bundfalten die Stille und geleitete die Drei in das geräumige Notarzimmer. Annas Nervosität wuchs. Dies war ein bedeutender Moment in ihrem 28 Jahre alten Leben. Noch nie zuvor hatte sie ein Haus gekauft, sich aber durch Fachliteratur zum Thema »Immobilienkauf in Spanien« vorbereitet. Trotzdem war sie nervös. Bei allem, was man zum ersten Mal macht, taucht dieses verdammte Gefühl der Unsicherheit auf, dachte sie. In den Büchern steht nie drin, was alles schiefgehen kann und was man unbedingt wissen sollte. Das Leben schreibt andere Geschichten.

Der Notar begrüßte jeden von ihnen mit einem festen Händedruck und prüfendem Blick durch die schwarz umrandete Brille und bat sie, sich zu setzen. Er verlangte ihre Ausweise und überprüfte die Daten mit dem Papier vor sich. Danach las er laut in rasender Geschwindigkeit den spanischen Text der Kaufurkunde vor, die deutsche Übersetzung hatten sie vorher schon gelesen, und bat um die Unterschrift. Anna und Wolfgang tauschten einen bedeutungsvollen Blick untereinander aus und setzten ihre Namen sowie das Datum auf die Kaufurkunde: 07. Dezember 2000. Der Notar nahm den Scheck der Bank entgegen, bestätigte den Empfang und reichte diesen an die ältere Frau in dem schwarzen Kleid weiter. Mit wenigen Strichen setzte sie ihre Unterschrift in den vorgezeichneten Abschnitt des Verkäufers: María Antonia Mayol Sabater.

Wenige Minuten später standen sie sich auf dem muffigen, dunklen Flur gegenüber, unschlüssig und unsicher, wie sie sich voneinander verabschieden sollten. Señora Mayol schwieg. Anna hielt ihr die Hand zum Abschied entgegen. Ohne den Blick vom Boden zu heben, legte die Frau irritiert ihre Hand für einen kurzen, kraftlosen Moment in die von Anna, um dann wortlos und von plötzlicher Eile getrieben zu entschwinden.

»Ich glaube, ich muss jetzt etwas trinken«, flüsterte Anna Wolfgang zu.

Keine Menschenseele begegnete ihnen in den Gassen. Der Ort wirkte wie ausgestorben. Nur der Geruch von verbranntem Holz lag schwer in der Luft und verriet die Anwesenheit weiterer Anwohner, die die klamme Kälte mit einem Feuer im Kamin vertreiben wollten. Regentropfen zeichneten unendlich viele kleine Kreise auf dem glatten Steinboden, in dem sich der orangefarbene Schein der schmiedeeisernen Straßenlampen reflektierte. Ihr schummriges Licht strahlte eine Wärme in die Gassen des Ortes, die in krassem Widerspruch zu der messbaren Temperatur stand. Hand in Hand gelangten Anna und Wolfgang zu dem kreisrunden Marktplatz, an dem die jungen Platanen ihre Blätter längst abgeworfen hatten. Sie betraten das einzige erleuchtete Café, das Café Central.

»Die Frau, unsere Vorbesitzerin, hat nicht ein Wort zu uns gesagt, und gelächelt hat sie auch nicht«, brummelte Anna, als sie sich auf die Holzbank setzte. Sie waren die einzigen Gäste, eine Kellnerin stand hinter dem Tresen und polierte Gläser.

»Vielleicht war sie traurig, dass sie ihren Familienbesitz verkauft hat.«

»Kann sein.« Er bestellte zwei Gläser Sekt.

»Aber sie hat ja auch einen Haufen Geld dafür bekommen. Hast du gesehen, wie schnell sie den Scheck in ihrer Handtasche verschwinden ließ?«

Wolfgang hatte es nicht gesehen, aber die Frau hatte ihm nicht in die Augen geguckt, seiner Meinung nach ein Zeichen von Verschlagenheit. Er nahm ihre Hände und drückte sie fest. »Ich wollte schon immer mit dir vor einem Haus im Süden sitzen.«

»Willst du wissen, was mein Vater mal zu mir gesagt hat?«, fragte sie ihn. Er nickte.

»Als er schon sehr krank war, ein paar Wochen vor seinem Tod, sagte er: Ich habe mir immer gewünscht, dass du in die Welt hinausziehst. Mit offenen Augen und offenem Herzen, genau so, wie ich es selbst als junger Mann getan habe. Ich bin fest davon überzeugt, dass du das Richtige tun wirst in deinem Leben. Mein Vertrauen wird dich immer begleiten.«

Die Kellnerin kam und stellte die Gläser vor sie hin.

»Komm, lass uns anstoßen!« Wolfgang hob sein Glas. »Jetzt bist du eine spanische Fincabesitzerin!«, sagte er voller Stolz und entlockte ihr damit das Lächeln, das er so liebte.

Ihre beiden Grübchen tanzten um die Wette und ihre grün gesprenkelten Augen leuchteten wieder.

»Ja, wir haben das getan, wovon andere nur träumen. Das ist schon was!« Sie stießen mit den Sektgläsern an und beide nahmen einen großen Schluck.

Danach bestellten sie noch ein paar Tapas, und während sie darauf warteten, rief Anna ihre Mutter an. »Wir haben es getan, wir haben unterschrieben!« Annas Mutter wünschte beiden viel Glück und alles Gute. »Sagt mir Bescheid, wenn ihr mich braucht. Ach, Anna, noch was: Ich bin mit dem netten Mann, von dem ich dir erzählt habe, mit dem Boot unterwegs. Er ist Segler. Wenn du mich nicht erreichen kannst, liegt es daran, dass wir auf dem Wasser sind ...« Ihre Worte wurden von einem starken Rauschen in der Leitung übertönt, dann war die Verbindung unterbrochen.

»Meine Mutter, ich weiß nicht, was ich getan habe ... Ich glaube, ich habe meine Großmutter viel lieber gehabt. Die hatte wenigstens Zeit für mich!«

»Nun hast du ja mich, mein Schatz!«

»Was für ein Vergleich!«, kicherte sie, »da bist du mir aber viel lieber!«

Er küsste sie auf die Nasenspitze, eine Geste, die sie besonders gern mochte.

»Hoffentlich schaffen wir das alles, Wolfgang.«

Obwohl Anna sich auf die Bekanntschaft mit Neuem freute – es war aufregend, spannend und eine Herausforderung – beschlich sie auf einmal die Furcht in einem Land zu leben, in dem sie nicht aufgewachsen war. Ihre Finger tasteten nach Wolfgangs Hand und klammerten sich fest, während ihr Blick sorgenvoll in eine ungewisse Zukunft schweifte.

DIE NACHBARN

Wenige Monate nach dem Kauf kündigten sie die gemeinsame Wohnung und verkauften Annas Auto. Mit Wolfgangs altem Jeep, bis auf den letzten Zentimeter beladen, fuhren sie zweitausend Kilometer durch Frankreich und Spanien, setzten mit der Fähre von Barcelona auf die Insel über, krochen die Serpentinenstraße über das Gebirge hinauf- und wieder hinunter, um endlich an ihrem neuen Lebensmittelpunkt anzukommen. Sie parkten auf dem schmalen Hof vor ihrem Haus. Zwei Kinder saßen nebenan auf der gepflügten, braunen Erde und bewarfen sich mit Erdklumpen. Ein älterer Mann fuhr auf einem klapprigen Mofa an ihnen vorbei; sie grüßten ihn freundlich mit der Hand. Der Mann stellte sein Mofa auf dem kurzen, schmalen Pfad ab, der beide Häuser miteinander verband, und Wolfgang wunderte sich darüber, dass er es vor dem Tor und nicht dahinter parkte.

»Yo, me llamo Anna. Anna. Y el se llama Wolfgang!« Anna streckte dem Alten die Hand entgegen. Dieser zeigte auf sich und sagte: »Mateu.«

Im Hintergrund reckte der Rest der Familie die Köpfe. Einer nach dem anderen kam durch das Tor auf den Weg, um sich vorzustellen: Joan, der 35-jährige Sohn von Mateu, gefolgt von seiner jungen Frau Lucia und den Kindern Jordi und Magdalena. Alle trugen T-Shirts, bis auf Mateu, der ein kurzärmliges Hemd an hatte.

»Tja, nun sind wir wohl Nachbarn«, stellte Joan fest.

Anna versuchte mit ihren wenigen Spanischvokabeln zu erklären, dass sie aus einer großen Stadt aus Deutschland kämen, wo es viel Verkehr gäbe und sehr laut sei. Hier nicht, antwortete Lucia auf Spanisch, dabei lachte sie laut und freundlich. Sogleich wollte sie wissen, ob sie vorhätten, immer hier zu leben. Ja immer, nicht nur in den Ferien, antwortete Anna. Gerne würde sie die Nachbarn zu einem Essen einladen, aber die Küche sei noch nicht fertig. Kein Problem. Poco a poco – Schritt für Schritt, munterte Joan sie freundlich auf. Die Neuankömmlinge schleppten ihre Koffer und Kisten ins Haus und jeder ihrer Schritte wurde aufmerksam von den Nachbarn verfolgt.

Wenig später, Wolfgang war gerade dabei, die maroden, schiefen Zaunpfähle zur Straße zu begutachten, schallte Annas Stimme durch den Garten. Er mochte es nicht, wenn Anna ihn aus großer Distanz rief, und eilte verärgert in das Haus zurück.

»Wir haben kein Wasser!« Anna stand mit verdreckten Händen vor dem Wasserhahn im Badezimmer und drehte ihn auf, aber es lief kein einziger Tropfen heraus.

»Lass mal sehen.« Er prüfte die Leitungen und stellte den gleichen Mangel fest. Ein schwarzer Schlauch führte aus dem Fenster über ein Dach aus Weinreben hinunter zu einem alten Steinbrunnen. »Vielleicht ist was mit der Pumpe?« Beide liefen hinaus.

Mateu, der in der Nähe des Zauns gearbeitet hatte, kam zu ihnen an den Brunnen, schloss die Abdeckung mit einem winzigen Schlüssel auf und ließ einen verbeulten Metalleimer an einer Kette in den tiefen Schlund rasseln. Dann zog er ihn langsam, über eine kleine Winde, wieder hinauf, goss ein wenig von dem kühlen Nass in einen Becher und bot den Neulingen stolz das Getränk an.

»Muy bueno! Refresco!« Er bleckte seine gelben, schiefen Zähne, trank lächelnd seinen Becher in einem Zuge leer und wartete, dass Wolfgang es ihm gleichtat. Dieser nippte kurz. Das Wasser war herrlich kühl und frisch, schmeckte angenehm neutral und weich.

»Gracias.«

»Poco agua! Poco!« Der Alte zeigte auf seinen Eimer, der sehr wenig Wasser enthielt, »bomba rota.«

Eine kaputte Pumpe, auch das noch, dachte Wolfgang und kurbelte, um sie hochzuziehen. »Agua de pueblo?«

»No agua del pueblo! No, No! Aqui no!« Mateu schüttelte den Kopf und brach in ein heiseres Lachen aus. Was die Leute von außerhalb immer so denken, kommen aufs Land und meinen, sie müssten nur den Wasserhahn aufdrehen, sagte sein Kopfschütteln.

»En verano, poco agua!«, erklärte er, im Sommer wenig Wasser.

»Aber, wir brauchen doch Wasser!«, war Annas entsetzte Reaktion.

»Agua del fuente!«, erwiderte Mateu und lief, von beiden gefolgt, zu einem offenen Wasserbecken in der hintersten Ecke großen Grundstücks. Dunkles Wasser mit grünen Algen und kleinen Fischen dümpelte dort vor sich hin.

»Das ist ja schon umgekippt.« Anna schüttelte angeekelt den Kopf.

»Das liegt daran, dass das Becken offen ist und Licht einfällt.« Wolfgang umrundete das in Stein gemauerte Becken. »Das ist das Wasser aus der Bergquelle, das die Leute hier zum Bewässern ihrer Gärten benutzen. Aber es scheint keine Verbindung zum Haus zu geben.«

»Aber wie haben sie denn dann Wasser im Haus gehabt?«, fragte Anna.

»Wahrscheinlich das Brunnenwasser. Über die provisorische Wasserleitung, die über die Weinreben zum oberen Fenster führt«, antwortete Wolfgang. »Einfacher und billiger geht's nicht. Wir müssen als Erstes eine Wasserleitung legen und das Wasser analysieren lassen.«

»Dann können wir ja gar nicht hier wohnen!«

»Nein, es sei denn, du willst jedes Mal ins Schwimmbad, um zu duschen.«

»Hier gibt es kein Schwimmbad, du Witzbold. Aber warum du das nicht vorher gewusst hast, he?«

»Anna, ich habe einen Wasserhahn gesehen! Woher kann ich wissen, dass wir nicht an die öffentliche Wasserversorgung angeschlossen sind?« Kleinlaut fügte er hinzu: »Damit habe ich nicht im geringsten gerechnet.«

So hatte sich Anna den Einzug nicht vorgestellt. Sie wollte abends mit Wolfgang vor dem Haus sitzen, die Wärme der Nächte genießen und den Sternhimmel bewundern. Nun hieß es warten und die Nächte woanders verbringen, was zusätzliche Kosten verursachen würde. Außerdem mussten sie zusätzlich Handwerker beauftragen.

»Anna, beruhige dich – das werden wir schon hinkriegen!«, versicherte ihr Wolfgang. »Wo gehobelt wird, da fallen Späne! Wir geben doch nicht gleich bei den ersten Schwierigkeiten auf, oder?« Er umarmte sie fest.

Mateu hatte die ganze Zeit der Unterhaltung beigewohnt und, ohne die Sprache zu verstehen, verstand er wohl ihr Problem.

»Agua del fuente«, erklärend zeigte er auf die Berge. »A las siete vamos. Vamos arriba.« Er hielt sieben Finger in den Wind und zeigte auf sein Handgelenk, dann auf die Hügelkette, hinter den beiden Häusern. Um sieben würden sie hochgehen, Anna und Wolfgang nickten zustimmend.

Am Abend folgten sie dem alten Mann den Berg hinauf. Oben angelangt zeigte er auf offene Wasserkanäle, die sich am Rande eines Trampelpfades entlangzogen. Sie waren bereits vor Hunderten von Jahren von den Arabern angelegt worden, um das Quellwasser aus dem Berg hinunter zu den einzelnen Grundstücken ins Tal zu leiten und so die Wasserversorgung sicherzustellen. Ein weit verzweigtes Leitungssystem aus steinernen Kanälen, dessen Verlauf durch kleine, von Hand zu betätigende Tore oder Schleusen gesteuert werden konnte; eine Wasserversorgung, die aus einer Quelle aus dem Berg gespeist wurde und bis heute funktionierte. Wolfgang war beeindruckt. Erst jetzt verstand er, warum sie zwei Stunden Wasserrechte besaßen und wie wichtig dies sein würde. Ohne Wasserrechte blieb ihnen nur noch die Möglichkeit abgefülltes Wasser zu kaufen, das mit Tanklastern geliefert wurde.

»Wann haben wir Wasser?«, fragte Anna den Alten.

»Von drei bis halb fünf Uhr morgens jede Mittwochnacht«, antwortete er.

Oh nein, mitten in der Nacht aufstehen, den Berg hinauflaufen, um die Wasserverbindung einzurichten, das waren keine erfreulichen Nachrichten für Stadtmenschen und Langschläfer, die gewohnt waren, den Wasserhahn einfach aufzudrehen.

***

Ein ganzes Jahr wühlten sie im Dreck, ließen die Erde für eine Wasserverbindung vom Becken zum Haus aufreißen und legten eine Sickergrube an. Vorher gab es nur ein Außenplumpsklo, das die Fäkalien direkt in einer Erdgrube verschwinden ließ. Sie bauten eine Zentralheizung und Fenster mit Doppelverglasung ein, schleppten Steine – unglaublich, wie viele Steine diese Erde hergab – schliffen und strichen die Fensterläden, ölten die Holzbalken, vernichteten Ameisenautobahnen und schmiedeten unendlich viele Pläne. In ihrem ersten Winter, der ungewöhnlich kalt und niederschlagsreich war, lernten sie, was das Wort Isolation bedeutete. Die einen Meter dicken Steinwände bewahrten im Sommer zwar die Kühle im Haus, doch im Winter sogen sie die Feuchtigkeit und Kälte in sich hinein und gaben sie nach innen ab. An einigen Stellen zeigten sich graue Flecken. Das Dach bestand nur aus den alten Dachziegeln, die auf Tonplatten lagen, die wiederum auf den Holzbalken lagen. Die erzeugte Wärme verpuffte sofort nach außen, und so mussten sie ständig nachfeuern, um das Haus warm zu halten.

So ein altes Steingemäuer ist ein Fass ohne Boden, pflegte Wolfgang oft zu sagen, wenn seine Resignation aufgrund der Kosten und der nie endenden Arbeit überhandnahm. Anna machte ihm Vorwürfe, dass er das Wasserproblem bei der Vorbesichtigung nicht erkannt habe. Du hättest es ja trotzdem gekauft, lautete seine Antwort. Und außerdem stellten Käufer oft hinterher irgendwelche Mängel fest, die unentdeckt geblieben waren. »Was meinst du, Anna, wie viele Familien in Deutschland in ihr neu gebautes Eigenheim ziehen wollen und nicht können, weil Pfusch am Bau ist. Oft dauert es Jahre, bis die Käufer Recht bekommen, vorausgesetzt, sie haben überhaupt das Geld für einen langen Prozess und die Baufirma ist nicht schon längst pleite.«

Die immense Lautstärke der gewaltigen Wetterausbrüche waren ebenso gewöhnungsbedürftig wie die unerfreuliche Tatsache, dass es an einigen Stellen hineinregnete. So manche Nacht lagen sie hellwach und ängstlich in ihrem Bett im obersten Stockwerk und hofften mit eingezogenen Köpfen, dass der gewaltige Donner, die Blitze und der trommelnde Regen bald aufhören möge. Doch tags darauf zeigte sich die Umgebung wieder in dem gewohnt sonnigen Glanz, die Wassermassen waren vom Erdboden verschwunden, als wären sie nie da gewesen, und nichts erinnerte mehr an das vorangegangene Unwetter.

Die Kosten der Renovierung überstiegen ihre Schätzungen bei Weitem. Im Frühjahr gaben sie ihr letztes Geld für eine Dachisolation aus, eine teure, aber notwendige Maßnahme, die sie nie bereuten. Außerdem absolvierten beide mehrere Intensivkurse Spanisch und konnten sich mittlerweile einigermaßen verständigen.

Wolfgang riefen häufig Nichtspanier mit der Bitte an, ein Wasser- oder Heizungsproblem möglichst schnell zu lösen. Je mehr er jedoch auswärts arbeitete, umso weniger kamen sie mit ihrer eigenen Renovierung voran. In den Ferienanlagen im Hafen oder auf den großen Fincas gab es häufig defekte Wasserpumpen oder verkalkte Leitungen, leckende Swimmingpools, nicht funktionierende Heizungen oder andere bautechnische Probleme, die Wolfgang einen Einblick in die Denkweise des hiesigen Bauhandwerks gab. Er lernte es zu schätzen, dass er seinen Handwerksberuf vernünftig gelernt hatte und sich auch in den angrenzenden Berufsfeldern auskannte, dennoch wurde er auf den Baustellen mit Misstrauen beäugt. Die meisten einheimischen Handwerker wollten nicht belehrt werden oder etwas Neues dazulernen und fanden die Ausländer arrogant und überheblich.

Trotz der schweren körperlichen Arbeit, der Rückenschmerzen, dem Dreck unter den Fingernägeln und dem Schweiß in den Gesichtern fühlten Anna und Wolfgang abends eine tiefe Befriedigung und vor allem Stolz, wenn sie auf ihr Paradies schauten. Aus einem heruntergekommen, ungepflegten Hain war innerhalb eines Jahres ein wunderschöner Garten voller Obstbäume geworden, in dem sich Schmetterlinge, Bienen, Vögel, Fledermäuse, Echsen und Katzen tummelten.

An einem lauen Frühlingsabend führten sie die Nachbarsfamilie, wie am Tag ihrer Ankunft versprochen, im Haus herum. Lucia bewunderte die fünf altmodischen Sessel, die Anna in quietschenden Farben neu bezogen hatte, und schaute sich eingehend um. Stein, Holz und der große, offene Kamin ließen dem hohen Raum seinen rustikalen Charakter, der gebrochen wurde durch das moderne Design der Innenausstattung.

»Wir bevorzugen die alten und einfachen Geräte«, sagte Joan, dem die sehnsuchtsvollen Blicke seiner Frau nicht entgangen waren, »ein Kühlschrank und ein Gasherd, das reicht doch. Es ist heutzutage viel schwerer, die modernen Dinge zu reparieren, nicht wahr?«. Sein Blick streifte die hochmoderne Einrichtung der Küche, »mit einem Kamin kriegt man das Haus auch warm.«

»Ja natürlich«, bekräftigte Wolfgang, »aber ich habe zusätzlich noch eine Zentralheizung eingebaut. Wir werden nicht immer Zeit haben, Holz zu hacken.«

Gerne hätte er noch mehr mit Joan über die neuesten Entwicklungen im Heizbereich gesprochen, aber es fiel ihm schwer, dies auf Spanisch zu vermitteln. Seine Arbeit wurde zwar von den Kunden geschätzt, nicht aber von den einheimischen Firmen und Handwerkern. Manche redeten ihm übel nach und so entging ihm auch nicht, dass sein Nachbar nicht sonderlich interessiert war, mehr zu diesem Thema zu hören.

Über eine ausgetretene Steintreppe gelangten sie in den ersten Stock, in dem drei Zimmer mit Bad lagen, die den Gästen des Hauses vorbehalten waren. Im zweiten Stock unter dem Schrägdach lag das Reich von Anna und Wolfgang. Die Nachbarn schauten in alle Ecken und äußerten sich wohlwollend über die Qualität der Arbeit und die vielen Details.

Anna hatte viel Zeit für die Zubereitung des Menüs verbracht: Vorweg gab es eine Orangenkarottenignwer-Suppe, danach zwei Lammkeulen im Gemüsebett langsam geschmort und zum Dessert Mousse au Chocolat mit Orangenfilets. Eine Pizza hätte auch gereicht, meinte Lucia. Die beiden Kinder, Jordi und die kleinere Magdalena, gaben sich Mühe ordentlich zu essen. Sie beäugten die Ausländer misstrauisch, waren aber ausgeschlossen von der Unterhaltung, die in holprigem Spanisch stattfand, eine Sprache, die sie kaum beherrschten. Wie alle Kinder sprachen sie mit ihren Eltern Mallorquin, ein Dialekt des Katalanischen. Joan erzählte lachend und in überheblichen Ton von den Ausländern, die zuhauf in diese Gegend kamen, ihre technischen Errungenschaften mitbrächten und nicht wüssten, dass die Dinge hier anders funktionierten.

Schon an diesem ersten gemeinsamen Abend wurde eine Kluft zwischen ihnen spürbar, die nicht nur an den unvollkommenen Spanischkenntnissen lag. Unter all den netten Komplimenten und den Fragen herrschte Anspannung und Vorsicht, wie man sie bei Raubtieren finden kann, wenn sie langsam ihren Gegner umkreisen, um ihn zu verjagen.

»Ihr habt ein schönes Haus geschaffen, darin lässt es sich gut leben«, sagte Joan.

»Danke, ich freue mich, dass es euch gefällt«, sagte Anna. »Es war ein hartes Stück Arbeit und nicht gerade billig. Vielleicht bauen wir später noch das Gartenhäuschen aus. Braucht man dafür eigentlich eine Genehmigung?«, fragte sie Joan.

»Ach was, hier draußen fragt keiner. Ich habe auch alles ohne Lizenz gemacht. Da wird man doch nur Geld an die Gemeinde los«, sagte er lachend. Dann senkte er die Stimme und sagte zu Wolfgang: »Es kommt auch immer darauf an, wen man mit dem Bau beauftragt.«

Wolfgang horchte auf. »Ach so?«

»Ich habe zum Beispiel gute Kontakte. Wir helfen uns alle gegenseitig, vor allem unter Nachbarn.«

»Eigentlich wollten wir das selbst machen, um Geld zu sparen, aber vielleicht kommen wir darauf zurück.«

Joan nickte. »Wollt ihr euch Tiere halten? Hühner oder Schafe?«

»Nein, davon haben wir keine Ahnung«, antwortete Anna, »vielleicht später mal?« Sie grinste. »Dann hätten wir täglich frische Eier. Bio Eier. Das wäre doch was!«

Wolfgang zuckte die Schultern, schenkte den bereits geöffneten Rotwein ein und erhob sein Glas. »Auf eine gute und friedvolle Nachbarschaft!«

Alle prosteten sich zu und wünschten einander viel Glück. Während Joan Anekdoten aus seinem Leben erzählte, schubste Magdalena unter dem Tisch fortwährend das Bein ihres Bruders, worauf dieser heftig rülpste und sie mit Brotkrumen bewarf. Offensichtlich war Joan der Typ Mann, der es schätzte, im Mittelpunkt zu stehen und sich gerne reden hörte, denn er redete ununterbochen, doch irgendwann zu später Stunde drängte ihn seine Frau zum Gehen, die Kleine war schon eingeschlafen.

»Warum stellt ihr so viele Tische und Stühle auf den Hof?«, fragte Lucia, als sie sich vor der Haustür verabschiedeten.

»Wir möchten zwei bis drei Zimmer vermieten. Auf der Terrasse vor dem Haus kann man so wunderbar entspannt sitzen und die mediterrane Umgebung genießen. Es soll ein

Ort der Kommunikation werden. Jeder ist bei uns willkommen«, antwortete Anna, doch im gleichen Moment fragte sie sich, ob sie auch wirklich jeden meinte. Heute klang alles merkwürdig falsch. Joan und Lucia wechselten einen vielsagenden Blick, unterließen es aber darauf zu antworten.

ERSTE SCHATTEN

Die Schafe trugen immer noch ihr dickes Winterkleid, als von einem Tag auf den anderen und ohne Vorankündigung eine bleierne, nicht enden wollende Hitze das Leben radikal veränderte. Als hätte ein unbekanntes Wesen einen Schalter umgelegt und mit einem Schlag die Temperatur von zwanzig auf vierzig Grad Celsius hochgetrieben, dabei aber unterlassen, den Wind einzuschalten und die Nächte auf ein erträgliches Maß herunter zu dimmen.

Ebenso wie die Kälte war die Hitze ein beliebtes Gesprächsthema und der Aufhänger eines jeden Gesprächs. Im Winter sprachen alle davon, wie der gemeine Frost ihnen zusetzte. Im Sommer hörten sie die gleichen Klagen, nur über die Hitze. Keine Menschenseele ließ sich tagsüber blicken, selbst streunende Hunde und Katzen hatten sich im Schatten verkrochen. Erst am frühen Abend löste sich die Lethargie des Tages und bei Sonnenuntergang sprudelten die Straßen vor Aktivitäten. Das gesellige Leben, Essen, Spielen, Freizeit, Sport, Unterhaltung, verschob sich tief in die Nacht. Doch in den frühen Morgenstunden drang der Schweiß wieder aus den Poren. Den Menschen, besonders jenen, die nicht in klimatisierten Räumen, sondern in der Glut im Schatten arbeiteten, schwanden die Kräfte bereits nach wenigen Stunden. Am schlimmsten aber war: Der silberne Strich auf dem Thermostat fiel auch nach Sonnenuntergang nicht unter fünfunddreißig Grad Celsius. Eine brütende, schwelende Hitze, ohne den geringsten Hauch einer Luftbewegung, hielt den Süden Europas besetzt und versetzte alles Lebendige in Starre und Stagnation, die man nur von der Kälte kannte. Bilder von ausgedörrten, dem Tod geweihten Landschaften fluteten neben katastrophalen Meldungen aus der Landwirtschaft die Fernsehnachrichten. Die Erde war hart und rissig, wie schlecht angerührter Beton, den höchstens ein Pressluftbohrer durchbohren konnte.

Anna und Wolfgang warfen sich nackt und verschwitzt auf ihren Bettlaken umher und fanden nur in Etappen in den Schlaf. Die Fenster standen weit offen, doch der ersehnte Luftzug blieb aus. Anna bedauerte zutiefst, dass Wolfgang keine Klimaanlage eingebaut hatte. Wolfgang stellte Ventilatoren auf, doch das klappernde Surren und Rattern hinderte Anna am Einschlafen und half wenig. So zog sie nach unten und schlief auf einer Gartenmatratze neben der Waschmaschine auf dem kalten Steinboden. Mehrmals am Tag und auch nachts duschte sie sich kalt ab. Am liebsten wäre sie in den Kühlschrank gekrochen, nur nicht mehr im eigenen Saft schmoren wie ein langsam garendes Stück Fleisch im Ofen. Davon erzählte nie jemand in den Hochglanzzeitschriften, in denen sich die Schönen und Reichen in ihren Flattergewändern in der Nähe von gekühlten Pools bewundern ließen, oder in den Medien, in denen von glücklichen Aussteigern berichtet wurde. Die fleißige Mittelschicht war dort nie ein Thema. Nach einem Jahr Schufterei war Anna dünn und kraftlos geworden.

»Ich sehe aus wie ein ausgemergeltes Maultier«, kommentierte sie ihr eigenes Spiegelbild. Zum ersten Mal in ihrem Leben bemerkte sie erste feine Linien unter den Augen. Die Strahlen der südlichen Sonne hatten ihre Haut braun werden lassen. Lucia nebenan kreischte laut und hysterisch ihren Jungen an, bis dieser vor Schmerz heulend aufschrie und Anna, steif vor Schreck, vergaß sich weiter zu bemitleiden.

Ein getöpfertes Schild am Haus, »Zimmer zu vermieten«, wies Wanderpärchen auf die Unterkunft hin. Die Genehmigungen für die Vermietung hatten sie alle erhalten. Sabine, eine Landsmännin mittleren Alters, würde bei Bedarf aushelfen, in dem sie die Zimmer der Gäste reinigte und die Bettwäsche mangelte.

Den ersten Gästen, ein älteres Ehepaar aus England, gefiel die Ursprünglichkeit abseits des Massentourismus, wohl auch der niedrige Preis und die familiäre Atmosphäre in *Can Xut*. Stundenlang saßen die beiden im Schatten unter dem hohen Kaki-Baum und dem Laub der Weinreben vor dem Haus, tranken frisch gepressten Orangensaft, lasen oder schauten hinunter auf die Ebene, in der sich der Garten mit den immergrünen Bäumen erstreckte. Die Luft war erfüllt von dem betörenden Duft des Jasmins und der Orangenblüten und dem Surren der Bienen.

»Wir haben es sehr genossen, hier bei Euch zu sein – es ist ein Paradies«, sagte die Frau beim Abschied. Anna drückte ihr eine Tüte mit Orangen und Zitronen in die Hand.

»Die werden wir mit nach Liverpool nehmen und unseren Kindern geben. Sie sind zwar schon erwachsen«, versprach sie gerührt »aber bei uns wächst so etwas Schönes nicht.«

Am nächsten Morgen erschien Wolfgang mit einer Flasche Champagner und einem Picknickkorb in der Küche: Tomaten, Oliven und Meersalz aus dem Süden der Insel, knuspriges Baguette, Ziegenkäse und *Membrilla*, russischer Salat und gekochte *Langostinos*. Anna war gerade aufgestanden und trank einen Kaffee. Er zauberte einen Strauß Sonnenblumen hinter seinem Rücken hervor und küsste sie zärtlich auf die Wange.

»Für meine Sonne. Herzlichen Glückwunsch!«

Vergnügt drehte Anna sich im Kreis. Keine Gäste und das Haus voller Köstlichkeiten –, sie würden den Tag im Bett verbringen und sich lieben, wie früher, als die Ziele noch in ferner Zukunft lagen. Sie strahlte ihn an und fiel ihm um den Hals.

»Heute sind wir faul und lassen es uns gut gehen.«

Froh gelaunt und übermütig öffnete er die Flasche. Der Korken knallte an die Decke und das schäumende Nass sprudelte aus der Flasche.

»Ich liebe dich«, sagte sie und presste ihren Körper an seinen. Er schlang seine Arme um sie und vergrub sein Gesicht in ihrem langen Haar und ihren Brüsten.

»Komm, lass uns nach oben gehen«, flüsterte er und hauchte einen Schwall heißen Atem in ihr Ohr. Er spürte, wie sein Blut langsam zu pochen begann und das Verlangen ihn immer mehr durchströmte. »Komm, gehen wir nach oben. Komm!«

Erst zog, dann trug er sie nach oben, warf sie auf ihr gemeinsames Bett und sich selbst auf sie, während er sie mit Küssen über und über bedeckte. Ihre beiden Herzen schlugen wie verrückt – ein anderes Herzschlagen als das des joggenden Herzens, wenn es den Berg hinauf lief oder des vor Schreck den Oberkörper zersprengenden Herzens – ein rasendes, vor Glück hüpfendes, sich überschlagendes, aufgeregtes Hämmern des Herzens, das die Lust vorantrieb. Ein berauschendes Gefühl von Zusammengehörigkeit durchströmte sie beide, als er endlich in sie eindrang und sie dem Höhepunkt entgegen fieberten.

Sie verbrachten den halben Tag im Bett und schleckten sich gegenseitig die Schokolade und andere Leckerbissen vom Körper. Bis ihre Becken wieder den Weg zueinander suchten und er in ihr warmes Inneres tauchte. Er liebte die Wärme ihres Pos, ihrer Schenkel. Vielleicht war es doch die vollkommene Hingabe und Liebe der eigenen Mutter, die er als Baby und Kind erfahren durfte und in der körperlichen Liebe bei der Frau seines Vertrauens wiederfand. Sie wiederum liebte es, nach dem Sex in seinen Armen zu liegen und im Halbschlaf zu dösen, fühlte sich wie ein Kind in den beschützenden Armen des Vaters. Die Stärke und Wärme seines Körpers zu spüren, schenkte ihr tiefe innere Ruhe.

Mehrere Stunden danach ging Anna nach unten in die Küche und bemerkte, wie Joan einen Mann im Anzug und Aktenkoffer zu seinem Wagen geleitete, der in der Parkbucht außerhalb des Grundstücks parkte. Wenige Minuten später klopfte es an der Eingangstür. Hastig warf sie sich eine Jacke über und öffnete.

»Hallo, Anna«, begrüßte sie Joan. Er trug wie immer Arbeitskleidung. »Mein Anwalt war eben hier. Es bestätigte mir, dass wir ein Wegerecht zu Fuß, mit dem Auto und mit dem Tier besitzen. Ich wollte euch das nur vorab sagen.«

»Aha«, sagte Anna, »und was bedeutet das?«

»Ihr werdet einen Brief von ihm bekommen«, stieß er mit ernstem Gesichtsausdruck von sich und verschwand durch die Pforte auf sein Grundstück. Anna schaute ihm hinterher. Sein kurzer Besuch schien nichts Gutes zu bedeuten und warf Fragen auf. Aber heute war ihr Tag. Sie würde sich ihn durch nichts vermiesen lassen.

Der angekündigte Brief ließ nicht lange auf sich warten. Joans Anwalt, Señor Gabriel Coll, teilte ihnen in zwei Sätzen mit, dass es eine Eintragung im Grundbuchamt über eine sogenannte Dienstbarkeit zugunsten des Nachbarhauses gab. Vor ihrem Haus musste alles frei bleiben, damit das Wegerecht mit dem Fahrzeug nicht behindert wurde. Anna verstand die Aufforderung nicht und schaute sofort in ihrer Kaufurkunde nach. Dort war zwar ein Wegerecht zu Fuß eingetragen, zugunsten einer namentlich genannten Frau, aber in den Grundbuchauszügen war das Wegerecht vor ihrem Kauf mit amtlichem Vermerk gelöscht worden. In ihrem Grundbuchauszug waren keine Belastungen oder Eintragungen erwähnt, die wichtigen Worte *sin cargas* am Ende des Auszugs bestätigten das.

Aber warum stand die Behauptung in dem Brief in krassem Widerspruch zu ihren amtlichen Verkaufsdokumenten?

Bei einem der vielen Spaziergänge in den Bergen hatte Anna eine junge Frau kennengelernt, die Wandergruppen durch das Gebirge führte. Margalida war Tochter eines katalanischen Vaters und einer deutschen Mutter. Sie lebte allein in einem Häuschen am Hang oberhalb von *Can Xut*, arbeitete in einem Hotel im Hafen als Wanderführerin und besuchte Anna manchmal nach ihrer Arbeit; sie kannte in der Gegend nicht nur jeden Stein, sondern auch jeden Bewohner und vermittelte hin und wieder den einen oder anderen Gast an ihr kleines Gästehaus.

Am Ende eines heißen Tages, die Luft war wider Erwarten um ein paar Grad abgekühlt, erzählte Anna ihrer neuen Freundin von dem Problem.

»Du solltest eines wissen«, antwortete ihr Marga, »auf der ganzen Insel, aber besonders in diesem Tal, streiten sich sehr viele Menschen wegen eines Wegerechtsproblems. Manchmal dauern die Streitigkeiten Jahrzehnte.«

»Um Gottes Willen, aber warum denn?«

»Das Land ist in privater Hand und damit auch die Wege. Früher gab es meist nur einen einzigen Weg, der zu einem Haus führte. Dann wurden Häuser angebaut oder bestehende geteilt und verkauft. Es kam zu Streitigkeiten. Oft sind Rechte nicht eingetragen worden, aber sie existieren.«

»Tja, und dann noch die Wanderer, die sich überall Einlass verschaffen und ihren Müll in die Gegend schmeißen, und die Fahrradfahrer, die überall hin pissen. Ich kann verstehen, dass die Besitzer die Schnauze vollhaben, wenn alle Welt auf ihrem Grund und Boden unterwegs ist.«

»Ja, das ist die eine Seite«, ergänzte Marga. »Was du gerade erwähnt hast, betrifft die Wege, die auf privatem Grund, aber von öffentlichem Interesse sind. Es gibt auch noch eine andere Art Weg: Das sind die Wasserwege.«

»Bei unserem Einzug hat Mateu uns den Weg der Wasserleitungen aus der Bergquelle gezeigt.«

»Ja, dieses einzigartige Wassersystem haben die Araber damals angelegt, und bis heute müssen die Wege entlang der Wasserkanäle für denjenigen, der Wasserrechte besitzt, immer offen sein.« Sie machte eine Pause. »Aber auch hier kam es zu Streitigkeiten, denn manchmal wurden zum Beispiel Wasserrechte verkauft und nicht ausgetragen.«

»Ohne Wasser zu sein, das ist das Ende.« Anna schüttelte den Kopf.

»Es ist auf jeden Fall besser, wenn du dich mit den Leuten von hier einigst, sonst wirst du ständig Probleme haben und deines Lebens nicht mehr froh.«

Anna dachte über die letzten Worte ihrer Inselfreundin nach.

»Wir wollen uns ja einigen, aber ich lass mir auch nicht auf der Nase herumtanzen. Unsere Nachbarn sind noch nie über den Vorhof unseres Hauses gefahren, in den drei Jahren, die wir nun hier sind, nicht ein einziges Mal. Es ist doch idiotisch und respektlos, so etwas anderen aus heiterem Himmel zuzumuten. Wie kann man behaupten, man hätte das Recht dazu? Und dann gleich mit einem Anwalt!« Marga zuckte die Schultern. »Anna, ich würde beim Grundbuchamt eure Grundbuchauszüge und die von den Nachbarn beantragen und sie beide überprüfen. Ansonsten möchte ich dir empfehlen herauszubekommen, was deine Nachbarn wollen. Die Leute wollen immer irgendetwas, weißt du?« Sie zwinkerte mit den Augen.

Noch am selben Tag versuchte Wolfgang, mit Joan ins Gespräch zu kommen. Dieser kam erst gegen späten Abend von der Arbeit wieder, müde und von der Hitze ausgelaugt, aber zu einem Gespräch bereit. Wolfgang ging mit ihm durch den Orangenhain zu dem unteren Teil ihres Grundstücks, um ihm dort eine Stelle zu einer alternativen Zufahrt zu zeigen, bekräftigte er den Willen zu einer guten Nachbarschaft und dem Wunsch nach einer einvernehmlichen Lösung. Joan hörte aufmerksam zu und schlug eine Zufahrt vor, die mitten durch das Grundstück von *Can Xut* führen sollte und es dadurch in zwei Stücke teilte. Wolfgang schüttelte entsetzt den Kopf und lehnte seinen Vorschlag ab. Daraufhin ging Joan mit den Worten, er würde mit seinem Vater darüber sprechen, von dannen.

Die Grillen zirpten unaufhörlich ihr monotones Lied in der Hitze, die das Mittelmeer fest besetzt hielt.

DER AUFTRAG

Allmählich wurde er nervös. Der weiße Plastikstuhl, auf dem er María, der ehemaligen Besitzerin von *Can Xut*, gegenüber saß, ließ seine Shorts an sein Gesäß kleben. Wenigstens herrschte in ihrem Innenhof angenehmer Schatten. Die schiefen umliegenden Häuser, das dichte, dunkle Grün der Palmenblätter und die vielen Pflanzen rundherum absorbierten Feuchtigkeit und Kühle.

»Was für eine Hitze!« Die alte Frau saß neben ihrer Haustür und fächerte sich Luft zu.

»Ja, was für eine Hitze! So heiß war es letztes Jahr nicht.« Joan nickte und rutschte unruhig hin- und her. An seinem Haaransatz glänzte der Schweiß. Seit einer Viertelstunde führte er mit María Smalltalk, der sich darauf beschränkte, ihr zuzuhören und Interesse für das harte Leben einer alleinstehenden Frau zu heucheln, deren Söhne nicht nach ihr geraten waren. Er nahm sein Handy hervor und sah, dass er den nächsten Termin bereits um eine halbe Stunde verpasst hatte.

»María, wir haben leider Ärger. Mit den Neuen neben uns. Die wollen uns den Zugang zu unserem Haus verbieten.«

Marías kleine, stechende Augen, die für gewöhnlich an den Augen ihres Gegenübers vorbeischielten, blieben für einige Sekunden bei ihm hängen.

»So, aber doch nur mit dem Auto, nicht wahr? Deine Nachbarin, die ... , na wie heißt sie noch, die ... «

»Anna.«

María nickte. »Ja richtig, die Anna. Die war auch schon hier.«

»Ach ja?« Joan blickte überrascht auf. »Und was wollte sie?«

»Naja, sie wollte einiges wissen von früher. Über die Grundstücksgrenzen und Gewohnheiten und so. Sie meinte, es gäbe Dinge, die nicht eingetragen worden sind. Veränderungen, über die ich sie hätte informieren müssen. Sie hat mir Vorwürfe gemacht. Geweint hat sie auch. Am Ende hat sie mir sogar gedroht. Kaum zu glauben nicht wahr?«

Joan guckte sie entgeistert an.

»Betrug hat sie gesagt. Und das nicht nur einmal.«

»Da siehst du, was das für Leute sind!« Joans Stimme zog erheblich an. »Wir leben hier seit Generationen und die Zuwanderer, häh? Die werden bevorzugt. Nehmen uns die Arbeit weg ... « Er schnaubte. »Ich habe schon immer gesagt, dass die uns berauben wollen. Unseres Landes, unserer Sprache, unserer Identität.«

»Ich kann doch wirklich nichts dafür.« María legte die Hände in ihren Schoß.

»Natürlich nicht. Und dann ... was hast du ihr geantwortet?«

Doch María ließ sich Zeit mit einer Antwort.

»Hat dein Vater dich geschickt, Joan?«

Er senkte fast unmerklich den Kopf.

»Weißt du, wenn ich mich recht erinnere, hat Mateu immer so getan, als hätte er alle Rechte dieser Welt. Aufgrund unserer guten Nachbarschaft haben wir ihn gewähren lassen. Aber ob er das Recht für den Weg damit erworben hat, wage ich zu bezweifeln.«

Joan kratzte sich am Kinn.

»Ich habe immer alles mündlich geregelt, Hand auf Hand, das weißt du doch. Aber ich habe der Anna versprochen nachzuschauen, ob ich irgendwelche schriftliche Unterlagen habe. Vielleicht hat mein Mann damals ... «, sie zuckte mit den Schultern. »Das muss allerdings meine Tochter prüfen, die kennt sich besser damit aus.«

Sie stand auf, nahm die Gießkanne und benetzte die Erde der Topfpflanzen mit Wasser.

»Aber wir sind doch schon immer den Weg vor dem Haus gegangen.« Joan war aufgesprungen und rief aus voller Entrüstung mit erhobener Faust. »Schon immer!«

»Ja natürlich, wie sollt ihr denn sonst zu eurem Haus kommen.«

»Das kann man uns doch nicht verbieten!«

»Eigentlich nicht«, meinte María. »Der Weg war ja immer schon da.«

»Kannst du uns einen Gefallen tun? Du bist ja jetzt nicht mehr die Besitzerin.«

María unterbrach ihre Gießtätigkeit.

»Du gehst zum Notar und bestätigst, dass wir immer schon diesen Weg benutzt haben. Das würde uns helfen.« Er war sich sicher, dass María nicht verstehen würde, was sein Anwalt ihr zur Unterschrift vorlegen würde. Er selbst verstand diese juristischen Details ja kaum. Man munkelte sogar, dass María des Lesens und Schreibens nicht fähig war.

»Hm.«

Joan wertete das als Zustimmung und war im Begriff zu gehen. Doch dann schoss unvermutet die Wut aus María heraus. Sie zischte wie eine Schlange. »Andreu, meinem Sohn, dem habt ihr damals auch geholfen, richtig? Als wir ihn fast verloren glaubten, da habt ihr hinter unserem Rücken geredet und uns gemieden, als wäre unsere Familie von der Pest befallen.« Sie wischte sich ein paar Krümel vom Kittel und schluckte mehrmals, als wollte sie den Kummer schnell herunterschlucken. »Das war eine schwere Zeit – ohne meinen Mann. Die Peseten hat er uns geklaut, alles was wir mühsam gespart hatten. Unser eigener Sohn!« Sie setzte sich und faltete die knochigen Finger ineinander, um sich zu beruhigen. »Und als sich endlich einen Käufer für *Can Xut* fand, da hagelte es nur so an Vorwürfen. Die verkauft an Ausländer, hieß es – dabei tun das doch alle!«

»Das stimmt nicht, María.« Joans Zeigefinger fuchtelte ein mehrfaches Nein. »Mein Vater war damals nicht lange verärgert, weil du nicht an uns verkauft hast.«

»Dein Vater hat nicht lockergelassen. Aber er wollte nur einen Bruchteil von dem zahlen, was ich jetzt bekommen habe.« Sie stand auf. »Sein Pech.«

Sie zerrieb ein paar vertrocknete Seitentriebe ihrer lilafarbenen Bougainvillea. »Und deine Mutter hat mich auch auf die nachbarschaftliche Hilfe angesprochen. Nur Mateu nicht. Hat er dir Can Posteta schon vorzeitig vererbt?«

Joan kniff die Lippen zusammen und versuchte die letzte Frage zu ignorieren. »Mach dir nicht die Mühe, Mateu hat viel zu tun, momentan. Für uns reicht deine Bestätigung vor dem Notar. Unser Anwalt hat bereits alles vorbereitet.«

Doch María hatte sich bereits abgewandt. »Wenn du mal Zeit hast ... du siehst, die Mauer hier ist eingefallen. Vielleicht könntest du da mal was tun, einverstanden? *Adeu.*«

Joan kam sie vor wie eine Hexe, die nun gebückt durch den niedrigen Eingang im Innern ihrer Behausung verschwand. Er würde einen seiner Arbeiter vorbeischicken müssen. Und seinen Vater. Es ärgerte ihn, dass er ständig im Schatten seines Vaters agieren und seine Taten berichtigen sollte. Fast hätte er seinen Helm und Zündschlüssel vergessen, als er schnellen Schrittes die Terrasse durch das Gartentor verließ.

Auf der Straße empfing Joan gleißendes Licht und ein Zementmischer, der mit hoher Geschwindigkeit dicht an seinem parkenden Motocross Motorrad vorbeifuhr. Um ein Haar hätte der Koloss ihn mitgerissen. Doch das kümmerte Joan nicht. Er knatterte zu einer Bar, stellte seine Maschine gegenüber von zwei Pferden ab, die an einem Geländer unweit des Eingangs festgebunden waren, und teilte einem völlig verdutzten Guillem am Tresen mit, dass ihre Besprechung erst am Abend stattfinden könne.

Anna kam vom Einkaufen zurück und traute ihren Augen nicht, als sie durch die Einfahrt bog. Ihre neuen Korbstühle und die kleinen Tischchen, die sonst das Terrain vor der Eingangstür zierten, lagen verstreut in den Blumen und Kräuterrabatten. Der Renault der Nachbarn stand nicht wie sonst in der Parkbucht am Weg außerhalb des Grundstücks, sondern auf dem Pfad zwischen den beiden Häusern. Sie wollte hinüberlaufen, um sich zu beschweren, schreckte jedoch jäh zurück. Kehlig-heisere Schmerzensschreie drangen aus dem Zitronenhain in ihr Ohr.

Joan band gerade eine Ziege mit Stricken an den Hinterläufen an einem Baum fest. Das Tier zuckte und wimmerte vor sich hin, und bald danach erstarb jedes Leben in ihm. Anna beobachtete voll Abscheu das Tun des Nachbarn; sie fragte sich, warum das Tier beim Sterben so lange leiden musste. Joan schnitt mit einem großen, langen Messer den Bauch und die Läufe auf, um ihm das Fell abzuziehen. Plötzlich hielt er inne. Er musste bemerkt haben, wie sie ihn anstarrte, obwohl sie, fast bewegungslos, zwischen den Orangenbäumen stand. Langsam hob er das lange Messer in die Luft und drohte: »Verschwinde.« Anna bekam es mit der Angst zu tun und lief in ihr Haus zurück. Mit zittrigen Fingern rief sie Wolfgang an, der bei einem Residenten ein Problem mit der Solartechnik lösen sollte.

»Hey Joan, was soll das?«, fragte Wolfgang seinen Nachbarn, als er mittags eintraf. Joan war gerade in seinen Renault gestiegen und wollte vom Hof fahren.

»Was redest du?«

»Du weißt genau, was ich meine. Du hast nicht das Recht, hier zu fahren. Das ist keine Straße.«

»Du siehst doch, wie das geht.« Joan grinste und setzte den Rückwärtsgang ein, und gab Gas.

Wolfgang hob einen der Tische und setzte ihn wieder an seine ursprüngliche Stelle – ihm in den Weg, worauf Joan aus seinem Wagen sprang, den Tisch mit einer heftigen Bewegung zur Seite riss und ein paar Schritte auf Wolfgang zuging.

»Das machst du nicht noch einmal, mein Freund, sonst rufe ich die Guardia Civil, verstanden?« Joan hob die Faust und hielt sie direkt vor Wolfgangs Gesicht. Der schlug die Faust zur Seite. Beide Männer standen sich mit angespannten Muskeln und eiskaltem Blick gegenüber.

»Wenn du Eier in der Hose hast, schlägst du jetzt zu«, brüllte Joan und lachte.

»Das hättest du wohl gerne was? Und dann rennst du zu deinen Freunden bei der Guardia Civil und denunzierst mich als Gewalttäter, das könnte dir so passen. Schlag du doch zuerst! Los!« Wolfgang ging noch näher an ihn heran. Ein knapper Meter Distanz lag zwischen ihnen. »Meine Frau guckt von oben zu, vielleicht hat sie sogar schon ein paar Fotos gemacht.«

Joan schielte nach oben, konnte aber aufgrund der starken Sonneneinstrahlung nichts erkennen. Mit wuchtigen

Schritten stiefelte er zu seinem Wagen und fuhr mit aufheulendem Motor vom Hof. Nachdem wieder Ruhe eingekehrt war, band Wolfgang die eine Hälfte ihres Eingangstores mit einer Kette und einem Schloss so zu, dass nur die andere Hälfte für den Durchgang zu Fuß geöffnet werden konnte. Die Tische und Stühle stellte er wieder vor das Haus.

Kurz danach traf sich Joan mit Mateu und Onofre, oberhalb des Hafens an der Steilküste. Es ging um den Erwerb zweier erstklassiger Grundstücke. Das eine lag direkt vor ihnen und bot sowohl einen Blick in das Tal als auch auf das Mittelmeer. Stolz zeigte Onofre auf die weite Fläche des von niedrigen Büschen und Steinen durchzogenen Landes, als wäre er schon der Besitzer. Das andere Grundstück lag an der Straße, die zum Hafen führte. Die Besitzerin, eine Französin, habe für diese beiden Grundstücke seit Jahrzehnten keine Grundsteuer an die Gemeinde entrichtet. Man habe die Frau mehrfach angeschrieben, diese war jedoch bis zum heutigen Tag eine Antwort schuldig geblieben.

»Sie ist also verschollen! Es gibt sie nicht mehr«, erklärte er triumphierend. Mateu und Joan verstanden zunächst nicht, worauf Onofre hinaus wollte.

»Ist sie tot?«, fragte Joan.

»Das wissen wir nicht, aber wir werden sie als verschwunden deklarieren«, fuhr er sehr bestimmt fort, wobei sein triumphierender Blick nicht nachließ. »Den Tod muss man beweisen, und hat außerdem die Erben am Hals. Aber – «, erneut leuchteten die Augen hinter seiner dicken Brille, »durch einen hohen Schuldeintrag wird beides zur Versteigerung freigegeben und wir können günstig kaufen. Der Käufer muss zwar die unbezahlten Grundsteuern nachzahlen, aber das rechnet sich trotzdem. Ist alles ziemlich legal, außerdem soll man uns erst einmal das Gegenteil beweisen. Die Gemeinde hat ja ihre Gründe.« Er klopfte sich auf die Schenkel vor Freude.

»Und dann?«

»Nach Ablauf einer gewissen Frist werden wir dann die beiden Grundstücke auf uns überschreiben lassen. Dabei muss uns der Notar helfen. Aber das macht er. Ich kenn ihn gut und er ist mir noch eine Gefälligkeit schuldig.«

»Und dann?«

»Dann sind wir die Besitzer. Joan, du beantragst eine Baugenehmigung für das Land an der Straße, die du bekommen wirst, und baust dort Häuser mit mehreren Wohnungen. Nach der Fertigstellung verkaufst du sie, bis auf drei oder vier.«

»Die sind für uns und die Kinder.« Mateu nahm sich eine neue Zigarre aus seinem Etui und steckte sie an.

Joan fragte zweifelnd: »Aber was ist, wenn die Frau doch irgendwann auftaucht?«

»Sie ist jetzt über zwanzig Jahre nicht mehr hier gewesen. Sie hat auch keine Kinder. Außerdem: Kein Geschäft ohne Risiko!«

Die drei Männer waren mittlerweile bei ihren Fahrzeugen angelangt.

»Onkel, kannst du uns nicht bei dem Wegerecht helfen?«, fragte Joan und schielte zu seinem Vater hinüber.

»Ach, das hätte ich ja fast vergessen«, rief Onofre und zog einen Bogen Papier aus seiner Aktentasche. Joan warf begierig einen Blick darauf. Es handelte sich um eine amtliche Bescheinigung der Gemeinde über das Verbot zur Erschließung neuer Wege in der Zone, in der sie wohnten. Stempel und Unterschrift vom Bürgermeister persönlich.

***

Wie Marga es ihr geraten hatte, machte Anna sich am darauf folgenden Tag auf den Weg in die Hauptstadt, um bei dem Grundbuchamt die *nota simple*, die Kurzfassung des letzten Grundbuchauszugs zu erfragen. Sie musste zwei Stunden warten, worüber sie dankbar war. Spanische Behörden wurden fast ausnahmslos von stoischer Ignoranz geführt, die Beamten vertrösteten oder verschoben ihre Bittsteller auf die nächsten Tage oder Wochen, obwohl sie laut Statistik die meisten Staatsbediensteten pro Einwohner in Europa beschäftigten. Gespannt darauf, was ihr Antrag beim Grundbuchamt ergeben würde, ließ Anna sich durch die Einkaufsstraßen und Gruppen leicht bekleideter Touristen treiben. Mit jeder Minute, die näher rückte, klopfte ihr Herz lauter.

Wenig später bestätigte die Dame hinter der Glasscheibe ihr sowohl schriftlich als auch mündlich, das weder bei ihnen noch bei den Nachbarn ein Wegerecht eingetragen war. Anna fragte mehrmals nach, um sicherzugehen. Kein Wegerecht! Also hatte Gabriel Coll, der Anwalt von Joan, in seinem Schreiben gelogen. Juhuu, sie waren frei! Voller Freude über die positive Nachricht und enttäuscht über die Boshaftigkeit des Anwalts fuhr sie, von lauter Musik begleitet, nach Hause zurück. Wie immer schien die Sonne, doch dieses Mal strahlte sie besonders hell.

Auf dem Zubringerweg, kurz vor ihrem Zuhause, begegnete sie Xisca und ihren Kindern. Ihre Nachbarin drehte sich nur kurz um und beachtete sie nicht. Sie hielt ihre beiden Kinder rechts und links fest in der Hand und lief genau in der Mitte des Weges. Anna konnte nicht an ihnen vorbeifahren und musste im Schritttempo hinter ihnen fahren. Die Kleinen schauten sich wiederholt ängstlich nach hinten um, aber ihre Mutter brachte sie mit einem harschen Wort und heftigen Ruck sofort wieder auf Linie. Nach einem Kilometer fand Anna endlich die Gelegenheit, sie an einer breiteren Stelle zu überholen.

Damit habt ihr euer wahres Gesicht gezeigt, dachte sie, so stur ist ja nicht einmal ein Esel.

ALLEIN

Achtzehn Millionen Menschen frequentierten jährlich den Flughafen der Insel und entsprechend groß war das Gedränge vor und zwischen den Parkplätzen. In der Halle behinderten sich mit Gepäck beladene Wagen gegenseitig und jede Minute spuckten neue Busse weitere Menschen aus.

Annas Jeep stand mit eingeschaltetem Warnblinklicht in zweiter Reihe vor dem Abfluggebäude, die Autos hinter ihnen hupten. Wolfgang küsste zärtlich ein paar von Annas Tränen weg. Dann verschwand er in der weiten Halle in dem Menschengewühl. Er freute sich darauf, in die alte Heimat zu fliegen, noch dazu auf Einladung einer großen Herstellerfirma für Wärme- und Energietechniken. Da er bei deutschen und englischen Kunden etliche ihrer Geräte installiert hatte, wollte die Firma ihn als Vertreter auf der Insel halten.

Mit einem Gefühl von Missstimmung und leichter Eifersucht fuhr Anna auf die Autobahn zurück. Zum ersten Mal nach langer Zeit würden sie voneinander getrennt sein, sie bekam Bauchschmerzen von dem Gefühl, ihn nicht mehr an ihrer Seite zu wissen. Gitarrenklänge und die sehnsuchtsvolle Stimme des *Buena vista social club* klangen aus dem Radio, es war das Lied, das sie in Andalusien auf ihrer ersten gemeinsamen Reise immer gehört hatten. Drei aufregende Jahre waren seitdem vergangen. Drei Jahre, in denen sie die Augen nicht voneinander lassen konnten und ihre Blicke sich ständig gesucht und gekreuzt hatten. Sie war so glücklich gewesen, sich gegen die übermächtige Anzahl hübscher Studentinnen durchsetzen zu können. Seit dieser Reise waren sie unzertrennlich – eine tiefe, innere Verbundenheit, wie sie manche Zwillingspaare füreinander fühlten, und die viel mehr war als das aufregende Beben der Verliebtheit. Ohne Wolfgang zu sein erinnerte sie an die Einsamkeit ihrer Kindheit, an die Leere in dem schönen großen Haus, das weder Stimmen noch Leben erhellte, da ihre Eltern bis spät abends am Arbeiten oder beruflich unterwegs waren. Wolfgangs Abwesenheit löste tiefes Unbehagen in ihr aus.

Sie schnappte sich einen Einkaufswagen und betrat einen der Mega-Supermärkte. Am Nachmittag würden neue Gäste kommen, sie musste sich mit dem längst überfälligen Großeinkauf beeilen. Lange Schlangen überfüllter Einkaufswagen bildeten sich vor sechs der insgesamt zwanzig Kassen, die Kunden warteten mit Engelsgeduld und stoischen Mienen auf Abfertigung dieser unerlässlichen Alltagspflicht. Der Großeinkauf war eine Tortur. Heute wog er besonders schwer; Wolfgang, der sonst die schweren Acht-Liter-Wasserflaschen einlud, mit dem sie nach dem Einkaufen immer einen *cortado* trank und über dessen Witze sie sich während der Heimfahrt amüsieren konnte, überflog nun die Alpen. Ihr war zum Heulen zumute.

Als sie nach langer Fahrt über die Serpentinen des Gebirges zu Hause ankam, begrüßten sie beißender Gestank und dicke, schwarze Qualmwolken. Mateu hatte ein großes Feuer entfacht und verbrannte Müll und Kunststoffflaschen. Der Gestank war unerträglich. Die frisch gewaschene Bettwäsche, die zum Trocknen unter den Orangenbäumen hing, war von schwarzen Flocken übersät. Anna lud so schnell sie konnte aus und flüchtete ins Haus. Später, als die Qualmerei ein Ende gefunden hatte, stellte sie Mateu zur Rede. Sie sah ein, dass es schwierig sei, den Plastikmüll zu entsorgen, denn es gab immer noch keine Recyclingcontainer auf der Insel, aber verbrennen? Es gäbe ja auch die normalen Müllcontainer.

»So haben wir das schon immer gemacht, alle verbrennen hier ihr Zeug«, lautet seine Antwort.

»Aber doch keinen Kunststoff, das ist giftig!«, antwortete sie ihm.

Er wandte sich brummelnd und kopfschüttelnd von ihr ab. »Ihr Ausländer wisst immer alles besser, was?« Mit verächtlicher Handbewegung schmiss er den platten Reifen einer Schubkarre in die Feuerstelle.

Die neuen Gäste hatten Pech gehabt. Die Traumfinca, die sie im Internet gebucht und angezahlt hatten, existierte nicht, und so waren sie auf der Suche nach einer Unterkunft und durch eine Empfehlung Margas im *Can Xut* gelandet. Die modebetonte Frau hatte sich fest vorgenommen ihren gesamten Urlaub auf einer gut gepolsterten Liege an einem Pool zu verbringen, doch die Unterkunft besaß keinen Pool und alle anderen in der Gegend waren ausgebucht. Missgelaunt stritt sie sich mit ihrem Partner, der aus der Not das Beste machen und etwas unternehmen wollte. Anna beantwortete mit Engelsgeduld seine Fragen und riet ihm zu dem Besuch einiger Aussichtspunkte und Sehenswürdigkeiten.

Als sich der Tag endlich zu Ende neigte, fiel Anna erschöpft in ihr Bett. Manche Tage sind eben keine Glückstage, versuchte sie sich aufzumuntern. Welche Katastrophe wird mich morgen überraschen? Ein Unwetter, ein Erdbeben, ein Seitensprung?

Sie rief Wolfgang an. Er saß an der Bar eines Hotels, erzählte begeistert von den neuesten Entwicklungen, die vorgestellt worden waren. Ein anderer Kollege von der Insel sei ebenfalls dabei, alles sei hochinformativ und es gehe ihm sehr gut. Anna freute sich für ihn und wünschte ihm eine gute Nacht. Müde fiel sie in einen unruhigen Schlaf.

Am nächsten Morgen stand Anna unter der Dusche und drehte den Hahn. Vereinzelte Tropfen Wasser fielen aus der gurgelnden Leitung, dann kam nur noch Luft. Wie sie kurz danach feststellte, gab es im ganzen Haus keinen Strom. Sie konnte weder Kaffee noch Eier kochen, weder Baguette aufbacken, noch vom Festnetz telefonieren. Die Gäste würden bald aufwachen und frühstücken wollen. Außerdem hatte sie vergessen am Abend vorher ihr Handy aufzuladen. Hilfe suchend rief sie Wolfgang mit dem Handy in der alten Heimat an. Sein Seminar hatte gerade begonnen und er war kurz angebunden.

»Brennt bei den Nachbarn Licht?«, wollte er wissen.

»Ja.«

»Hast du die Sicherungen kontrolliert?«

»Ja. Der FI ist rausgesprungen.«

»Zieh bitte die Stecker aus den elektrischen Geräten, Wasserkocher, Bügeleisen, Toaster ... Dann checkst du den FI erneut, ok? Ich bleib solange am Handy.«

Anna tat wie ihr geheißen, doch es trat keine Veränderung ein. *Can Xut* blieb ohne Strom.

»Merkwürdig«, fand Wolfgang. »Dann kannst du nur noch bei der Gemeinde anrufen. Ich muss jetzt wieder in den Kurs. Viel Glück.«

Anna fragte bei dem Stromversorger nach, ob die Leitung wegen Wartungs- oder Reparaturarbeiten unterbrochen wurde, erhielt jedoch keine befriedigende Antwort.

Dann quittierte ihr Handy seinen Dienst.

Das reizende Paar, das kurz danach Kaffee orderte, lud sie zu einem Frühstück auf dem Marktplatz des Ortes ein. Mediterranes Leben pur, erklärte sie mit Begeisterung, Entschuldigungen murmelnd. Doch die Frau wäre nur durch einen Pool wieder zu einem zufriedenen Gesichtsausdruck zu bewegen gewesen. Sie zog die Lippen herunter und verlangte von ihrem Begleiter die sofortige Abreise. Dieser stimmte notgedrungen ein und so verließen die beiden *Can Xut*, ohne dass Anna auch nur einen Cent eingenommen hatte. Das größere Problem war allerdings die Tiefkühlkost, die sie tags zuvor in Mengen eingekauft hatte und die nun zu schmelzen begann. Den einzigen Elektriker, den es im Ort gab, konnte sie nicht erreichen.

Doch endlich, gegen Abend, sie hatte die Hoffnung schon fast aufgegeben, tauchte Guillem bei ihr auf. Er versprach das Problem zu lösen, immerhin kannte er sich bestens aus, weil er ja die neuen Leitungen gelegt hatte. Nachdem alle Sicherungen kontrolliert waren, prüfte er schließlich die Leitungen an dem Zähler-Hauptkasten, der sich draußen an der Mauer hinter einer kleinen Tür befand. Mit einem verhaltenen Grinsen im Gesicht teilte er ihr mit, dass die Hauptsicherung nicht in Ordnung gewesen sei. Er verlangte vierzig Euro plus Mehrwertsteuer und düste von dannen.

Erleichtert und ausgelassen feierte Anna die Stromzufuhr bei lauter Musik. Als Zimmervermieter konnten sie es sich nicht leisten, ins Mittelalter zurückgeworfen zu werden. Wolfgang reagierte ebenso erleichtert über die gute Nachricht. Doch als er hörte, dass sich Guillem auch die Mehrwertsteuer in die Tasche gesteckt hatte, schimpfte er lauthals.

***

Anna steckte in verdreckten Gummistiefeln in gebückter Haltung unter den Orangenbäumen und rupfte Unkraut, als sie vom Hupen eines offenen Geländewagens aufschreckte und ihre quirlige Inselfreundin Marga erblickte. Sie freute sich immer sie zu sehen, ihre fröhliche Ausstrahlung steckte an.

Diesmal hielt sie ein Bündel Briefe in die Luft und wedelte ihr, geheimnisvoll lächelnd, damit zu. Beide begrüßten sich mit einem flüchtigen Wangenkuss.

»Der Postbote hat heute bei uns im Hotel Post für euch abgegeben – hier …« Sie überreichte einen Stapel Briefe.

Anna sah die Adressaten durch. Nur neun der vierzehn Briefe waren an sie gerichtet, die anderen Adressaten kannte sie nicht.

»Diese hier sind gar nicht für uns, und diese hier sind vom Januar und Februar. Jetzt haben wir Mai. Fährt der Postbote drei Monate Briefe spazieren?« Fassungslos schüttelte sie den Kopf. »Warum gibt er die Briefe bei dir ab und nicht direkt bei mir?«

»Er sagt, er wollte euch einen Gefallen tun, und deshalb hat er sie mir gegeben. Mich kennt er. Er weiß, dass wir uns öfter mal sehen.«

»Ich verstehe nicht, wieso das ein Gefallen sein soll?«

»Er sagte, ihr hättet euer Postfach nicht bezahlt. Deshalb können sie eure Post nicht mehr aufbewahren.«

»Aber wir haben das Postfach doch bezahlt!«, widersprach Anna entrüstet.

»Er sagt, es ist nicht bezahlt.«

»Aber wir zahlen immer – im Januar –, so bald die Rechnung für das neue Jahr fällig ist. Soll ich dir die Quittung zeigen?«

»Nein, ich glaube dir ja. Der Postbote fährt aber nicht in eure Gegend, dort muss er nämlich nicht ausliefern. Das ist ländliches Gebiet.«

Anna guckte ihre Freundin ungläubig an. Ein Umschlag trug das Siegel der Gemeinde. Sie öffnete ihn hastig. »Er ist in Katalanisch geschrieben.«

Nahezu vierzig Jahre war die katalanische Sprache unterdrückt worden. Aus Pere wurde Pedro, aus Joan wurde Juan. Die tief verwurzelte Abneigung der Diktatur gegenüber der Sprache der Separatisten, die die Einheit Spaniens mit ihrem Katalanisch bedrohten, führte zu einer Verdrängung ihrer Kultur und einer Hispanisierung des öffentlichen Straßenbildes. Nun, fast dreißig Jahre später, feierten die katalanischen Wörter ihre Rückkehr in die Gesellschaft.

»Könntest du es mir bitte übersetzen?«

Marga überflog den Text. Anna wurde aufgefordert, innerhalb von zehn Tagen eine Summe wegen eines fehlenden Eingangs zu überweisen. Dieser Brief war zwei Monate alt. Ein anderer Brief kam vom Gericht. Auch hier eine Aufforderung, innerhalb von zehn Tagen zu erscheinen, um ein Dokument abzuholen.

»Der kann doch nicht einfach die Post monatelang in der Gegend herumfahren und dann irgendwo abgeben. Wo gibt es denn so was?«, fragte sie.

Marga schaute sie mit einem ernsten Blick an. »Bei uns. Weißt du, auf diese Art und Weise haben früher schon viele einfache Leute, die Land in den Bergen besessen haben, alles verloren. Sie kamen nur manchmal ins Dorf hinunter. Oft wussten sie nicht, dass jemand Forderungen gerichtlich gegen sie durchsetzen wollte. Sie haben die Klage nicht erhalten, auch die öffentlichen Aushänge nicht gelesen oder zu spät, und dann war die Sache gelaufen. Sie haben verloren, weil sie nicht erschienen sind.«

»Das kann doch nicht wahr sein! Das ist ja wie aus dem vorherigen Jahrhundert.«

»So läuft das aber hier.« Nachdenklich schaute sie auf die Bergkette, die sich im dunstigem Nachmittagslicht als blau-graue Wand hinter dem Dorf erhob. »Das ist ein kleiner Ort. Abgeschlossen, weißt du? Hier kennt jeder jeden!«

Anna dachte über die Bedeutung der Worte ihrer Inselfreundin nach, konnte aber keinen Zusammenhang erkennen. Schließlich kam sie aus einer 2-Millionen-Einwohner-Stadt.

»Ich muss los ... ein Termin.« Marga drückte Anna einen schnellen Kuss auf die Wange und schwang sich in ihren Wagen, dessen Motor die ganze Zeit lief. Durch das geöffnete Fenster suchte sie erneut die Augen Annas und stockte. Sie wollte etwas sagen, dass ihr offensichtlich schwer fiel. Dann sagte sie mit einem bedauernden Unterton:

»Es ist ein Komplott.«

Ein *Komplott*? Anna war zutiefst erschrocken. *Gegen sie? Warum?*

Das Wort Komplott drehte sich im aufgewirbelten Staub des abfahrenden Wagens. Sie kannte es nur aus irgendwelchen Filmen. Nun lag es wie ein schwerer Stein mitten in ihrem Leben.

Der Sachbearbeiter in dem kleinen Vorzimmer des Friedensgerichts begegnete ihr mit unterkühlter Höflichkeit. Zweimal sei ein Mitarbeiter der Gemeinde bereits bei ihr gewesen um die amtliche Mitteilung abzugeben. Leider habe er nie jemanden angetroffen. Anna äußerte ihren Unmut darüber, dass der Gemeindefahrer, er fuhr meistens mit einer Mofa durch die Gegend, keinen Zettel am Haus hinterlassen hatte. Man hätte sie auch anrufen können. Doch dann tauchte das Wort *Komplott* in ihrem Gedanken auf.

Gab es eine unsichtbare Hand im Hintergrund, die Briefe aufhielt, damit sie nicht rechtzeitig zu ihnen gelangten? Die Dorftrommeln tönten, aber offensichtlich nicht für sie. Mit einem beklemmenden Gefühl öffnete sie zuhause den Umschlag und las, was dort geschrieben stand. Dann schrie sie auf.

DIE SUCHE

Die Fensterläden von *Can Xut* waren verschlossen. Eine düstere, angespannte Stimmung herrschte in den stickigen Räumen. Niemals zuvor waren Wolfgang und Anna verklagt worden. Nun hatte Mateu eine Klage gegen sie vor einem *juicio verbal* eingereicht. Die Verhandlung sollte in neun Tagen stattfinden.

»Sehr wenig Zeit um sich zu verteidigen«, fand Anna.

»Wir brauchen sofort einen Anwalt«, brummelte Wolfgang, der früher als geplant von seiner Tagung zurückgekommen war. »Die haben jetzt dieses Papier, das die Alte unterschrieben hat, und damit werden sie alles gewinnen. Denk an meine Worte!« Er starrte vor sich hin, seine Enttäuschung war unverkennbar. »Hätte ich mich bloß damals durchgesetzt.«

»Was willst du damit sagen?«

»Wir hätten weiter suchen sollen – der Nachbar hat mich immer gestört. Nun haben wir den Mist.«

»Ach, hör doch auf, das ist alles andere als konstruktiv und hilft überhaupt nicht!« Immer gab Wolfgang ihr die Schuld, wenn etwas schieflief. »Wir haben doch ein Haus frei von Eintragungen und Belastungen gekauft. Er hat doch gar nicht das Recht dazu!«

Da Wolfgang schwieg, redete Anna weiter. »Der kann doch nicht ernsthaft unseren Vorhof befahren wollen, das ist doch gar keine Straße!«

»Natürlich ist das keine Straße, aber das interessiert hier niemanden, wetten?«

»Ich verstehe überhaupt nicht, wieso der nicht mit uns redet. Wir sind doch Nachbarn! Wir hatten doch gar keinen Ärger miteinander. Bevor man jemanden verklagt, redet man doch miteinander, oder?«

»Die wollen sich nur bessere Karten verschaffen.«

»Kann sein«, sagte Anna, »trotzdem versucht man vorher, das Problem auf andere Weise zu lösen.« Sie stand auf und lief zur gläsernen Eingangstür. »Und wieso will er unbedingt hier vorne fahren? Er hat nur Probleme damit. Es ist schmal, er hat kaum Platz zum Parken, man kommt nicht an den Brunnen heran ... Er kann nicht mal wenden! Und er kann nicht auf sein eigenes Grundstück fahren, weil sein Tor viel zu schmal ist!«

»Ich möchte zu gerne wissen, warum María uns vorher nichts davon gesagt hat«, sagte Wolfgang. »Aber jetzt hat sie dem Nachbarn ein Ass zugespielt. Es gibt nur zwei Möglichkeiten, Anna. Ich kümmere mich um einen Anwalt, und du musst so viele Zeugen vor Gericht schleppen, wie es geht. Wir müssen glaubhaft darlegen, dass hier nie gefahren wurde.«

»Wer bitte soll für uns aussagen? Wir kennen doch hier überhaupt niemanden!«

In dieser Nacht suchten Wolfgang und Anna nicht die Nähe des Anderen, wie es ihre Gewohnheit war. Jeder lag für sich. Sie hatten keine Erfahrung mit der Justiz, weder mit der spanischen noch mit der deutschen. Die Angst vor dem drohenden Verlust, nicht mehr auf der Bank vor ihrem Haus sitzen zu können, nicht mehr von dort die Farbnuancen des Abendlichts auf den Bergen zu beobachten, den Katzen beim Jagen und Hüpfen zuzuschauen, den kreiselnden Flug der Fledermäuse zu bewundern, kreiste in ihren Köpfen. Fragen über Fragen ließen sie ihre Gedanken rotieren. Hatten sie etwas falsch gemacht, etwas übersehen?

Am nächsten Morgen stand Anna mit bleiernem Herzen auf; doch das frühmorgendliche Vogelkonzert nahm sie genauso wenig wahr, wie das vereinzelte Rufen der Lämmer und den flatterhaften Tanz der Schmetterlinge, noch die Echse, die schnell in die Ritzen des Mauerwerks flitzte, als die Katze sich ihr näherte. Die Schönheiten der Natur erreichten sie nicht. Sie fixierte das Ziel vor ihren inneren Augen. Sie musste Menschen finden, die ihr etwas zu den Gewohnheiten der Nachbarn sagen konnten, die eventuell die eidesstattliche Versicherung ihrer Vorbesitzerin widerlegen würden. Zwanzig Jahre sollten sie angeblich friedlich, kontinuierlich und durchgehend mit verschiedenen Fahrzeugen, mit Tieren und zu Fuß, den Weg benutzt haben. Zwanzig Jahre Gewohnheitsrecht.

Anna wanderte zu einem der großen nachbarschaftlichen Anwesen, das an den Weg im Osten grenzte. Die Besitzerin sollte eine ältere Dame aus Frankreich sein, die aber nicht ständig hier lebte. Die Suche nach Zeugen war ihr sehr unangenehm. Sie bat nicht gerne um Hilfe und wollte Menschen, die sie kaum kannte, ungern mit ihren Problemen belästigen.

Woher hätten sie wissen können, was vor ihrer Zeit geschehen war? Entsprach die Behauptung in der Klage überhaupt der Wahrheit? Sie musste mehr über die Vergangenheit herausfinden. Hoffentlich würde sie jemanden finden und überzeugen, für sie vor Gericht auszusagen. Keine einfache Aufgabe, denn sie hatte mit den meist weit abgelegenen Nachbarn lediglich ein paar Worte der Begrüßung gewechselt.

Sie gelangte zu einem kunstvoll geschmiedeten Tor, das vor Jahrzehnten in Türkis gestrichen worden war und bereits abblätterte. Weiß und rosa-rot blühender Oleander säumte die Auffahrt. Der Weg führte zu einem alten Anwesen mit einem Herrenhaus, einigen Nebengebäuden und Stallungen, die von einer hohen Steineiche und noch höheren, schmalen Palmen geschützt auf einer Hügelkuppe lagen. Sie blieb für einen Moment stehen, atmete tief durch und legte sich im Innern die spanischen Worte zurecht.

Weil sie keine Klingel fand, rief sie laut »Hola?« und klopfte an die hohe Holztür. Endlich erschien eine alte Dame. Auf einen Stock gestützt betrat sie mit winzigen Schritten den schattigen Vorhof und blickte Anna verwundert, aber mit wachen, braunen Augen an. Anna stellte sich vor und zeigte mit der Hand in die Richtung ihres Hauses.

»Dann freue ich mich, Sie als meine neue Nachbarin begrüßen zu dürfen«, entgegnete Doña Francesca höflich und streckte ihr die Hand entgegen.

Wie unangenehm, dass sie sich nicht schon früher bei der alten Dame vorgestellt hatte. Was für feine, knochige, lange Finger sie hat, dachte sie, und erklärte ihr Anliegen.

Doch die Französin konnte ihr nicht weiterhelfen. Sie hatte keinen Kontakt zu Mateu und seiner Familie. »Die Bewohner in diesem wunderschönen Tal sind ein Kategorie Mensch, mit der ich auf Distanz lebe. Dein Nachbar hat mich in den letzten dreißig Jahren nicht ein einziges Mal gegrüßt!« Sie ließ diese Worte ein wenig nachklingen und wandte sich zum Gehen. »Wenn ich Ihnen noch anderweitig behilflich sein kann, so lassen Sie es mich bitte wissen.«

Ihre lebhaften Augen standen in völligem Gegensatz zu dem Rest ihres Körpers und zwinkerten Anna fröhlich zu. Sie wünschte ihr alles Gute und ging würdevollen Schrittes in das Innere ihres großen, aber heruntergekommenen Herrenhauses.

Resigniert begab sich Anna auf den Rückweg. Das wild wuchernde Unkraut am Wegesrand war in der Hitze braun geworden. Die wunderbare Aussicht in das immergrüne Tal, beliebtes Motiv zahlreicher Wanderer, war ihr vollkommen egal. Gesenkten Blickes und mutlos lief sie den Weg hinauf. Oben angelangt begegnete sie einem älteren Mann, der auf einem Hang Schafe und Ziegen hütete. Sie hatten sich schon mehrfach gesehen und freundlich begrüßt, weil er täglich den gleichen Weg wie sie fuhr. Er war gerade dabei, ein junges Schaf mit einer kleinen Flasche Milch zu säugen, und freute sich offensichtlich, sie zu sehen. Ein Mutterschaf hatte sein Junges abgelehnt und er habe nun notgedrungen ihre Aufgabe übernommen. Mit Bedauern ließ er sie wissen, dass er keine Kinder habe. Das junge Lämmchen zappelte und schleckte so gierig an dem Nuckel, dass ein Teil der weißen Flüssigkeit an seinem Maul heruntertropfte und der Ersatzvater mit Mühe die Flasche mit dem Tier zwischen seinen Beinen hielt. Nachdem er ihr ausgiebig von den Tücken der Schafzucht berichtet hatte, wagte Anna zu erzählen, was ihnen bevorstand.

»Also eines kann ich dir mit Sicherheit sagen: Ich habe mit dem Mann von der María oft abends vor eurem Haus gesessen und zu Abendbrot gegessen. Brot mit Tomate und ein bisschen Wein. Da ist nie jemand gefahren, nie!«

Sein mitleidsvoller Blick taxierte sie von oben bis unten. »Weißt du, was eine Ratte ist?« Sein unrasiertes, verschwitztes Gesicht mit den großen, braunen Augen kamen ihr gefährlich nahe.

»Eine Ratte? Ja, natürlich«, antwortete sie keck.

»Nein, du weißt nicht, was das ist. Du nicht!«, sagte er in sehr festem Ton. »Er ist eine Ratte, eine von den miesesten, die es gibt! Jeden Sonntag geht er in die Kirche und erhält dort Vergebung für seine Sünden. Verstehst du, was ich sage? Er sucht seinen Frieden in einer ihm alles verzeihenden Kirche. Hüte dich vor solchen Menschen! In der einen Hand trägt er den Rosenkranz und in der anderen Hand den Dolch – hinter dem Rücken.«

Anna blieb der Mund offen stehen. Der harte Tonfall seiner Worte erschreckte sie fast mehr als der Inhalt. Nach einem kurzen Moment fragte sie: »Kannst du vor Gericht aussagen?«

Er suchte nach Worten. »Meine Frau möchte nicht, dass ich mich einmische. Es könnte ihr Probleme bereiten. Sie ist nicht gesund.« Der Schafshirte wandte sich zum Gehen. »Es tut mir leid, aber es geht nicht. Sag ihnen, es gibt Fenster vorne, und sag ihnen, ich habe jeden Abend mit dem Mann der María dort gesessen und zu Abend gegessen – neben der Haustür, genau wie ihr! Sag das den Leuten vor Gericht.«

Anna nickte resigniert. Weitersuchen. Sich bloß nicht entmutigen lassen. Es musste doch Menschen geben, die ihr etwas zu dem Thema Wegerecht sagen konnten, überlegte sie. Nur wen konnte sie noch fragen? Wen?

Schließlich traf sie einen der wenigen Landarbeiter, der die Orangenbäume auf einer großen Finca pflegte. Er war gerade dabei, die Erde mit einem Traktor zu pflügen, als Anna ihm zuwinkte und ihn bat, kurz innezuhalten, weil sie etwas von ihm wissen wolle. Eine auffällige Narbe durchzog seine Wange und er nuschelte so stark, dass sie Mühe hatte, ihn zu verstehen. Ja, der Weg, der zu den beiden Häusern führte, war immer nur zu Fuß begangen worden. Anna jubelte. Doch dann sagte er ihr in hartem, bestimmtem Ton, dass er auf gar keinen Fall vor Gericht aussagen werde. Niemals. Für niemanden. Auch dann nicht, wenn man ihn dazu zwingen würde. Er halte nichts von Gerichten. Seine ganze Familie hätte sich darüber zerstritten. Er habe damit abgeschlossen.

Warum denn nicht, fragte sie mit erstickter Stimme. Tränen stiegen ihr in die Augen. Er wäre doch einer der Wenigen, der ihnen helfen könnte. Für einen Moment zögerte der Mann, startete dann aber entschlossen seinen kleinen Traktor und fuhr mit den Worten, er habe zu arbeiten, weg.

Alle Hoffnungen konzentrierten sich nun auf Sabine. Sie war die einzige Person, die regelmäßig bei ihnen ein- und ausging, sie half auch im Haushalt mit, wenn Gäste anwesend waren. Ihre Antwort kam telefonisch und stockend.

»Ich kann das nicht für euch machen, Anna, es tut mir leid.«

»Wieso denn nicht? Du weißt doch ganz genau, dass die Nachbarn nie mit dem Auto direkt zu ihrem Haus gefahren sind.«

»Ja, aber ich weiß nicht, wie das früher war.«

»Aber das macht doch gar nichts. Du bezeugst nur das, was du gesehen hast oder nicht gesehen hast. Nur darum geht es in deiner Aussage.«

»Ja, aber ich kann nicht vor Gericht aussagen.«

»Wieso denn nicht?«, fragte Anna erneut. »Wovor hast du Angst?«

Sabine druckste herum. Es fiel ihr schwer, ihre Gründe zu formulieren.

»Ich möchte keine Probleme bekommen. Ich wohne hier schon lange. Und ich möchte deinen Nachbarn in die Augen gucken können, wenn sie mich grüßen.«

»Aber das kannst du doch auch. Ich verstehe nicht, was das Problem ist. Du bist doch eine der Wenigen, die regelmäßig hier waren. Du kannst uns doch jetzt nicht im Stich lassen!« Annas Geduld näherte sich dem Ende.

»Ich sehe deine Nachbarin fast jeden Tag, im Supermarkt, auf dem Marktplatz und auch noch an der Schule.

Du weißt doch, wie klein dieser Ort ist. Ich kann keine Feinde gebrauchen, schon gar nicht in Zukunft. Ich will keinen Ärger mit den Leuten hier, verstehst du?«

»Aber Sabine, wer spricht denn hier von Feindschaft, es geht nur um eine Zeugenaussage. Es geht hier um die Wahrheit!«

Am anderen Ende der Leitung herrschte Schweigen.

»Nehmen wir mal an, du hättest einen Autounfall und der andere Fahrer behauptet, es sei deine Schuld«, begann Anna, »du weißt aber, dass er es war, der aus der Ausfahrt geschossen kam. Wärest du nicht froh, wenn es einen Zeugen gibt, der das bestätigen würde?«

»Das kannst du nicht von mir verlangen, Anna. Ich würde dich nie so etwas fragen und dich nie in eine solche Situation bringen.« Ihre Stimme bekam einen schrillen Klang. »Das ist einfach zu viel verlangt.«

Es rauschte in der Leitung. Bestürzt hielt Anna den Hörer in der Hand und starrte in den Garten. Mit dieser Antwort hatte sie nicht gerechnet. Mit der Haltung der anderen Dorfbewohner hatte sie sich mittlerweile abgefunden. Aber von ihrer eigenen Landsmännin, mit der sie freundschaftliche Gefühle verband, hatte sie Hilfe erwartet. Oder lag es an ihren hohen Erwartungen? Es gibt eben Menschen, die allen denkbaren Schwierigkeiten aus dem Weg gehen, die kein Rückgrat haben und keinen Mut. Sie musste das akzeptieren. Für sie waren Wahrheit und Zivilcourage wichtige Werte. Sabine hatte sich für andere Werte entschieden. Anna wollte sie nicht mehr wiedersehen.

Fünf Tage vor Beginn der Verhandlung trafen sie eine Anwältin. Sie war eine Ortsansässige im gleichen Alter wie Joan und vertraut mit den Problemen des Tals. Alle drei liefen durch den Orangenhain nach unten zu dem hinteren

Teil des Grundstücks. Ihre gelackten Schuhe blieben in der frisch gepflügten Erde stecken, während sie versuchte, sich anhand eines Katasterplans einen topografischen Überblick zu verschaffen.

»Habt ihr den Nachbarn einen anderen Weg angeboten?«

»Ja, das haben wir«, antwortete Wolfgang und zeigte auf die Stelle, von der eine Überfahrt zu dem anderen Grundstück problemlos möglich war.

»Und?«, fragte sie.

»Die wollen keinen anderen Weg, die wollen vor unserem Haus entlangfahren.«

»Soso.«

»Das ist doch unzumutbar. Stellen Sie sich vor, es fährt bei Ihnen jeden Tag einer mit dem Auto quasi ins Haus hinein. Und dann ist das nicht nur einer, irgendwann sind es ganz viele Autos.«

»In diesem Tal nimmt man die Wege, die bereits bestehen.«

»Aber hier gibt es einen Weg, von dem er zu seinem Grundstück kommen kann. Dieser Weg ist weitaus weniger belastend.«

»Aber der gegnerische Anwalt hat eine Bestätigung von der Gemeinde, die eine neue Zufahrt verbietet. Wem gehört der Zubringerweg?«

»Keine Ahnung.« Wolfgang zuckte die Schultern.

»Es geht bei dem Verfahren nicht um das Recht zu fahren, es geht um die Gewohnheit, etwas weiter auszuüben, was man vorher schon gemacht hat. Es geht um das Nutzungsrecht.«

»Ist das nicht de facto das Gleiche?« Anna und Wolfgang waren irritiert.

»Das spanische Recht unterscheidet zwischen Eigentum und Besitz. Der Nachbar hat auf die Nutzung mit dem

Fahrzeug geklagt, weil er es schon seit zwanzig Jahren tut. In dem mündlichen Verfahren wird er versuchen, dies zu beweisen. Ohne Zeugen habt ihr bei einer mündlichen Verhandlung keine Chance.« Die Anwältin schaute auf die Uhr und steuerte den Weg an, der das Grundstück im Süden begrenzte, um zum Haus zurückzukehren.

»Ich bin gestern bei unserer Vorbesitzerin, der María, gewesen«, berichtete Anna.

Es hatte sie sehr viel Überwindung gekostet, erneut zu ihr zu gehen und sie um Hilfe zu bitten. Wolfgang hatte ihr enorm zugesetzt. Seine Prophezeiungen vom Ende ihrer Existenz und von hohen Verlusten hatten sie erneut in die Arme einer Frau getrieben, die sie nicht leiden konnte und mit der sie nichts verband. Doch María hatte sich auffallend zuvorkommend verhalten. »Sie hat mir versichert, dass sie nicht vor Gericht erscheinen wird.«

Wolfgang ging neben Anna und zwinkerte ihr zu, so, als wollte er sagen: Na, habe ich nicht recht behalten?, und: Wer nicht wagt, der nicht gewinnt.

Die Anwältin blieb stehen und drehte sich zu Anna um. Ihre spitze Nase hob sich ein wenig, als wittere sie etwas. »Das wäre gut für uns. Sehr gut«, antwortete sie. Dann hakte sie noch einmal nach. »Bist du sicher?«

»Ja, sie hat beim Notar unterschrieben. Das reicht, sagte sie. Mehr wolle sie nicht tun.«

»Die notarielle Aussage ist nur etwas wert, wenn sie vor Gericht bestätigt wird. Wenn das nicht geschieht, haben wir wesentlich bessere Chancen.«

Schweigend gingen sie die letzten Meter, bis sie zu dem Parkplatz neben dem Haus kamen. »Es ist bedauerlich, dass ihr keine Zeugen habt. Nun hängt es davon ab, wie glaubwürdig die Zeugen des Klägers sind.« Die Anwältin verabschiedete sich und stieg in ihren Golf. Anna und

Wolfgang waren sich nicht sicher, ob sie Grund zur Freude hatten.

»Ob die für uns kämpfen wird?«, meinte Wolfgang und griff nach der Hand von Anna, nachdem ihre Verteidigerin davongefahren war.

DER NEUANFANG

Das gleichmäßige Dröhnen der Schiffsmotoren drang nicht in sein Ohr, wenngleich Luis ihr Vibrieren in seinem Magen spürte. Durch die kleinen Ohrstöpsel in seinen Ohren schallte fetzige Rockmusik in sein Innerstes. So entging ihm, wie eine scheppernde Lautsprecheranlage die Passagiere aufforderte, sich zu ihren Fahrzeugen zu begeben.

Luis, mittlerweile fast sechsundzwanzig Jahre alt, saß in einem leicht verbeulten Pick-up auf dem Fahrersitz, zog an seiner selbstgedrehten Zigarette und starrte in den mit Fahrzeugen überfüllten Laderaum. Bei einem Schiffsunfall während des Anlegemanövers würden sie unten alle eingekeilt und zerquetscht werden, ein Entkommen über die schmalen Treppen nach oben war unmöglich. Er mochte dunkle, geschlossene Räume nicht besonders, am wenigsten die tiefliegenden in schwimmenden Metallsärgen. Dennoch zog er ihre Einsamkeit der lärmigen Gesellschaft der Touristen und Lkw-Fahrer in den oberen Stockwerken vor.

Der Klang der Motoren veränderte sich. Erst drehte das Getriebe dumpf im Leerlauf, dann jaulend in den Rückwärtsgang. Grelles Neonlicht flutete in den Bauch der Fähre. Kurz darauf quetschten die Passagiere sich hektisch durch die engen Lücken zwischen den Fahrzeugen in ihre Wagen. Ein Mann in einer phosphor-gelben Weste drückte auf einen Knopf, die riesige Rampe am Heck senkte sich langsam herunter und gab den Blick auf die Insel frei.

Eine weiße Wand aus dem diffusen Licht einer nebligen Morgendämmerung, die weder Tag noch Nacht war, tat sich vor der Öffnung auf, verhüllte die Palmen, verschluckte das Blau des Meeres und die hohen Gebäude, die die Bucht der Hauptstadt säumten. Auf Anweisung des Personals fuhren die Neuankömmlinge nacheinander von Bord, Luis als einer der letzten. Er ließ die Pier hinter sich und bog in die mehrspurige, um diese Uhrzeit noch von wenigen Fahrzeugen befahrene Hafenstraße. Wenige Minuten später befand er sich auf der Ringautobahn. Nach vier Ausfahrten bog er ab und fuhr er auf den fast leeren Parkplatz eines öffentlichen Krankenhauses.

Der Morgennebel lichtete sich. Luis stieg aus, entfernte die Ohrhörer, sah sich um und atmete tief durch. Sein Gesichtsausdruck war ernst und sorgenvoll.

An der Rezeption in der Eingangshalle fragte er, wo Señor Pere Ramon Gaspar liege. Die Dame blätterte in einigen Unterlagen und antwortete ihm, er habe vor ein paar Tagen die Intensivstation verlassen können und befinde sich im dritten Stock, Zimmer 316, aber es sei noch zu früh für einen Besuch. Ob er ein Verwandter wäre? Ja, ich bin so etwas wie sein Sohn, gab Luis zur Antwort.

Er ging in die Cafeteria. Der Raum hatte den Charme einer Bahnhofshalle, ein paar Menschen in weißen Kitteln saßen ebenfalls dort. Er bestellte einen Kaffee. Die Frontseite einer Zeitung, die auf dem Tresen lag, verkündete Korruption in Regierungskreisen und zeigte die Verhaftung eines Bürgermeisters vor seiner Villa.

Auf der Herrentoilette zog er sein leicht verdrecktes T-Shirt aus, entnahm seinem Rucksack ein sauberes, aber verknittertes Hemd, strich sich die gelockten Haare aus dem Gesicht und band sie hinten zu einem kleinen Zopf zusammen. Er zog seine zerschlissene Jeans hoch, doch sie rutschte gleich wieder auf die Hüftknochen herunter. Spitz stachen sie an der Seite hervor, so schmal war er geworden. Eine Ladung kaltes Wasser erfrischte sein müdes Gesicht. Er rasierte seine Fünf-Tage-Bartstoppeln weg und putzte sich die Zähne. Zum Schluss überprüfte er seine Verwandlung im Spiegel und rang sich ein Lächeln ab, das jedoch nach wenigen Sekunden einem todernsten Gesichtsausdruck wich.

Fast unhörbar klopfte er an die Tür von Zimmer 316 und betrat, nachdem keiner antwortete, auf schleichenden Sohlen das halbdunkle Zimmer. Da hinten lag er, sein über alles geliebter Onkel, umgeben von blinkenden Maschinen und träge blubbernden Transfusionen, ein gegipstes Bein hing an einem Ständer. Der Hals schnürte sich ihm zu, er kämpfte mit den aufsteigenden Tränen, ging näher heran. So eine verdammte Scheiße, dachte er immer wieder. Warum bloß? Warum bloß?

Peres Kopf war einbandagiert, sein Gesicht lag jedoch frei und entblößte Schwellungen, blaue Flecken und eine frisch genähte Narbe unter dem einen Auge. Die Lippen waren aufgesprungen. Er schlief röchelnd und unruhig.

Luis nahm einen Stuhl und setzte sich zu ihm ans Bett. Am liebsten hätte er jetzt eine Zigarette geraucht, doch er blieb sitzen und schaute den Mann an, der ihm mehr bedeutet hatte als sein eigener Vater. Den Mann, der immer für ihn da gewesen war und der sich für ihn eingesetzt hatte, der ihm Sicherheit, Freude und Wissen mit auf den Lebensweg gegeben hatte.

Die SMS vor ein paar Tagen. Pere und Pau, schwerer Autounfall wegen abgestürzter Straße. Du musst kommen. Küsse, Cati. Sein sofortiger Rückruf. Catis weinerliche Stimme. Ja, eine Steinmauer, die die Straße zur Bar *Paloma* trug, war eingebrochen, ein Teil der Straße abgesackt, sie hatten versucht auszuweichen, aber ... Ihre Worte waren im Schluchzen untergegangen. Sein Vater kurz nach dem Unfall gestorben. Sein Onkel liege im Krankenhaus auf der Intensivstation. Es gehe ihm schlecht. Ihr auch. Wir denken an dich. Kommst du? Ja? Ja. Bis bald.

Die Zeit schien stehen geblieben zu sein und war ohne jede Bedeutung. Eine Schwester betrat den Raum, erstaunt registrierte sie ihn. Sie wechselten ein paar Worte, während sie die Transfusionen und den Katheter erneuerte, er bekam das nicht so genau mit, blieb sitzen und starrte immer wieder auf seinen Pere. Irgendwann öffnete dieser die Augen.

»Durst.«

Luis suchte die Wasserflasche, schenkte hastig etwas ein und führte den Becher an die trockenen Lippen des Verletzten. Dieser nahm die Flüssigkeit in kleinen Schlucken zu sich.

»Luis?! Schön, dass du da bist.« Bedächtig und vorsichtig fanden seine Worte ihren Weg nach draußen.

»Wie geht es dir?«, fragte Luis.

»Ich spüre meinen Körper kaum – ist ein breiiger Haufen Schmerzen.«

Luis lächelte. »Das wird schon wieder. Mit jedem Tag wird es ein bisschen besser werden.«

»Abwarten.«

»Ich kann mich um dich kümmern.«

Pere nickte.

»Kann ich irgendetwas für dich tun?«, fragte Luis. »Soll ich die Rückenlehne etwas hochstellen?«

Wieder nickte Pere und Luis kurbelte sie hoch. Währenddessen ruhte der Blick von Pere unablässig auf ihm. »Erzähl mir von dir. Hast du die Welt da draußen kennengelernt? Gibt es eine Frau an deiner Seite?«

Luis dachte nach. Es gab so vieles, das er ihm hätte erzählen können, von seinen Erfahrungen in Indien, den Erlebnissen in Barcelona und dem flippigen Nachtleben auf der Nachbarinsel. Wo sollte er anfangen, wo aufhören? Mehrere Jahre lagen zwischen ihnen, die ließen sich nicht in zwei Sätzen erzählen. Er zog es vor, die Vergangenheit ruhen zu lassen. Das Graben nach Erinnerungen lag ihm nicht.

»Die Reisen waren das Beste, was ich je gemacht habe, Pere. Ich habe so viele interessante Menschen kennengelernt. Ich war auf der Suche«, er stockte, » ... ach, nach was, weiß ich gar nicht mehr. Wahrscheinlich wollte ich mich selbst entdecken oder einfach mal anders leben. Und eine Frau?«

Versonnen schaute er vor sich hin. Seine Gedanken wanderten zu Neus, die er vor zwei Wochen auf der Nachbarinsel in einer Diskothek kennengelernt hatte. Er dachte öfter an sie, mehr als ihm eigentlich lieb war. Sie war so schön und so unglaublich frech, das hatte ihn ungeheuer fasziniert.

Pere wartete ab. Er war die Sparsamkeit seiner Worte gewohnt und wartete eine Weile auf eventuelle Enthüllungen. Da Luis sich jedoch damit begnügte, ihn mit verträumten Augen anzuschauen, wechselte er das Thema.

»Mein Bruder ... haben sie es dir erzählt?«

»Du brauchst es nicht auszusprechen. Aber ich habe ihn noch nicht gesehen.«

»Wahrscheinlich geht es ihm besser als mir jetzt«, meinte Pere und versuchte ein Lächeln. Andächtiges, bedrücktes Schweigen erfüllte den Raum. Luis stand auf und ging zum Fenster. Die halb heruntergezogen Jalousien tauchten den Raum in Halbschatten und verdeckten den Blick nach draußen.

»Ich habe deine Mutter sehr gern gehabt. Sie hatte ein sehr sanftes Wesen. Genau wie du.«

Luis wollte die Jalousie hochziehen, doch dann entschied er sich, es zu lassen. Stattdessen zog er seinen Stuhl an das Fenster und setzte sich. Der Nebel und die tiefliegende weiße Wolkendecke hatten sich verzogen und hellblaue Unendlichkeit entblößt.

»Es ist der Zeitpunkt gekommen, an dem ich dir einiges zu sagen habe.« Pere versuchte sich aufzurichten und suchte nach Worten. »Obwohl mir das Sprechen schwer fällt. Aber wer weiß, wie lange ich noch lebe. Du musst stark sein, hörst du?«

Luis hatte vermutet, dass sich mit dem heutigen Tag sein Leben ändern würde, ob er nun wollte oder nicht. Den Blick nach draußen gerichtet, spitzte er die Ohren.

»Wir beide sind uns sehr ähnlich nicht wahr?«, fragte Pere.

Luis drehte sich zu ihm um und schaute ihn fragend an. Sein Onkel kam ihm vertraut und gleichzeitig merkwürdig fremd vor.

»Was denkst du?«, fragte Pere erneut.

»Ja, vermutlich.«

»Wir, deine Mutter und ich – wir haben uns ein Mal geliebt. Nur ein einziges Mal. Es ist einfach geschehen. Pau hat nie etwas davon geahnt oder erfahren.«

Luis konnte den Blick nicht mehr halten und wandte sich ab. Auf einmal brodelte es in ihm.

Der Parkplatz war mittlerweile von Fahrzeugen übersät und schien ebenfalls zu brodeln, ebenso wie alles andere um ihn herum in Aufruhr war. Er konnte weder klar denken, noch klar sehen.

Das Wasser in seinen Augen brannte, als er die Stimme von Pere vernahm. »Ich weiß, dass ist alles ein bisschen viel, aber ich, ... es ist ja gar nicht sicher, – dennoch glaube ich, dass du mein Sohn bist.«

Luis drehte sich um. Ein altes Gefühl von damals, das Gefühl von Ohnmacht, stieg in ihm hoch. Wütend sprang er auf: »Wenn hier schon die Stunde der Wahrheit ist: Du hast mir nie erzählt, warum du so viele Jahre nicht bei uns warst.«

Pere starrte an die weiße Decke und schwieg.

»Warum hast du mich so lange allein gelassen?«

»Ich habe dir doch alles erklärt, als ich wieder gekommen bin.«

»Nein, ich glaube nicht, dass das die Wahrheit war. Die Leute haben mich immer so mitleidig angeguckt. Außerdem habe ich die Zeitung von damals gelesen.«

»Du hast was?«

»Dort stand, sie haben dich ins Gefängnis gesteckt.«

»Das stimmt. Deshalb konnte ich nicht bei Euch sein.« Er stöhnte auf.

»Aber warum?«

»Wenn du die Zeitung gelesen hast, weißt du warum.«

»Nein, das weiß ich nicht. Ich glaube es auch nicht.«

Einige Minuten eisigen Schweigens vergingen, bis Luis es nicht mehr aushielt. Der Kloß in seinem Hals drückte ihm zusehends die Worte ab. »Ich hatte immer das Gefühl, es sei meine Schuld«, presste er hervor.

Er rannte nach draußen, um eine Zigarette zu rauchen. Im Flur kniff er die Augen zusammen und wischte die Tränen mit einer hastigen Bewegung ab.

Als er Minuten später wieder das Krankenzimmer betrat, fand er seinen Vater oder seinen Onkel, wer konnte das schon mit Gewissheit sagen, mit geschlossenen Augen vor. Er stellte den Stuhl vom Fenster an das Bett und setzte sich. In seinem Inneren war Ruhe eingekehrt. Im Grunde war es fast egal, wer nun sein leiblicher Vater war, vermisst hatte er die weibliche Nähe und Fürsorge einer Mutter. Geduldig wartete er, bis Pere wieder sprach.

»Ich wusste, dass du wieder kommst. Du bist keiner, der einfach wegrennt!«, durchbrach Pere endlich die Sille.

Luis stieß einen feinen Seufzer aus und schaute in das zerschundene Gesicht.

»Luis, ich bin sehr alt und krank. Ich bin ein Gefangener, dieses Mal in meinem eigenen Körper. Ich möchte, dass du mir ein Versprechen gibst. Ich weiß nicht, ob du etwas gelernt hast, ob du einen Beruf hast oder wie es dir sonst so geht. All das können wir später besprechen. Aber mir ist wichtig, dass du die Bar wieder in Betrieb nimmst. Mach was draus! Du kannst davon leben, wenn du es geschickt anstellst. Ich habe Geld für dich zur Seite gelegt. Es liegt versteckt«, er hielt inne und winkte Luis mit letzter Kraft näher an sich heran, »es liegt …« Die letzten Worte flüsterte er in das zu ihm heruntergebeugte Ohr.

»Aber ich habe Geld«, protestierte Luis. »Es ist viel wichtiger, dass du wieder gesund wirst.«

»Egal was passiert, ich möchte, dass du den Laden weiterführst. Er wird dir Halt geben.« Erschöpft sackte er in sich zusammen. »Geh jetzt. Geh.«

Luis zögerte. Er war unsicher.

»Ich komme morgen wieder. Versprich mir, dass wir uns wiedersehen, ja?«

Ein kräftiger Händedruck. Dann schloss er leise die Tür und schlurfte mit nach unten gerichteten Augen zu seinem Pick-up.

Nach einer einstündigen Fahrt durch die Ebene und die Berge hinauf, hielt er oben am Pass an. Die Aussicht reichte über das fruchtbare Land bis ans Meer. Links und rechts rahmte das lichte Grau der Felsen den Blick ein. Eine Schar muskulöser Fahrradfahrer, die er auf halber Strecke überholt hatte, kam näher und würde gleich den höchsten Punkt erreichen. Noch nie in seinem Leben hatte er sich so verloren gefühlt, obwohl der Ort seiner Heimat nur wenige Kilometer entfernt lag. Er überlegte, wo er ein Bier trinken sollte. Hier oben mit der Aussicht eines Adlers oder unten im Gewühle des Hafens? Er entschied sich für letzteres.

Die Bar, die er betrat, sah genauso aus wie vor Jahren, und würde es wahrscheinlich auch die nächsten Jahrzehnte tun. Ein paar alte Männer saßen träge in der Abendsonne herum, genau wie jeden Tag all die Jahre zuvor. Pedro, der Fischer, und Carlos waren in ein Gespräch versunken und erkannten ihn nicht. Vielleicht wegen seinen langen Haare oder weil er so dünn und schlaksig daher kam, ein bisschen Hippie war er schon geworden. Von seiner Sorte strandeten immer einige im Hafen, meist junge Segler, die im Auftrag Boote überführten oder Weltenbummler, die auf dem Wasser zuhause waren.

Luis bestellte ein Bier und einen *Hierbas* und setzte sich mit dem Rücken an die Wand der Bar. Dann begann er zu trinken. Er hörte lange nicht auf. Keiner sprach ihn an, selbst dann nicht, als er sich vollkommen betrunken auf einen Ballen blauer Fischernetze zum Schlafen legte. Er hätte ohnehin nicht antworten können.

Von da an besuchte Luis Pere jeden Tag.

Jedes Mal riss er die Fenster weit auf, damit Pere den Wind spüren konnte, den er am meisten vermisste. Er sah, wie seine Nasenflügel bebten und die Augen sich genussvoll schlossen, wenn er die frische Luft tief in sich hineinsog, wie seine Haut sich zu glätten begann und sein Blick dankbar und zufrieden den Raum durchstreifte, als wäre es das

Meer, das ihn mit seinem Duft umarmte und das er statt der weißen kahlen Wände vor sich sah.

Ihre gemeinsamen Stunden waren erfüllt von gegenseitiger Neugierde, Interesse, Respekt und Offenheit. Sie schwelgten in amüsanten Erinnerungen (»Weißt du noch, wie wir mit dem Boot von Carlos in der Bucht den Octopus fingen«) und machten Ausflüge in die Zukunft. Luis Fragen waren bohrend und manchmal unerträglich, Peres Antworten oft ausweichend und unklar, doch am Ende fanden sie immer wieder zueinander. Vielleicht spürten auch beide instinktiv, dass die Zeit kostbar und begrenzt war. Nur Pere wusste von der tickenden Zeitbombe in seinem Kopf. So konnte Luis nichts von der Existenz eines Tumors in Peres Gehirn wissen. Er konnte ebenso wenig wissen, dass der leitende Oberarzt einen Spezialisten für das Entfernen von Gehirntumoren in einer renommierten Klinik in Barcelona empfohlen hatte. Der Eingriff sollte zwanzigtausend Euro kosten, zahlbar in die Hände der Ehefrau des berühmten Neurologen. In cash. Pere hatte dankend abgelehnt.

DAS GERICHT

Anna stand in der Küche vor einem Berg Abwasch und legte fassungslos den Telefonhörer zur Seite. Leider kann ich euch nicht vor Gericht vertreten, lauteten die beschwichtigenden Worte ihrer Anwältin. Und in geschäftsmäßigem wichtigem Tonfall: Ich muss ein sehr wichtiges Verfahren auf dem Festland führen. Selbstverständlich übernimmt ein anderer Anwalt der Kanzlei eure Vertretung. Sie hätte auch ein Tonband abspulen können.

Zwei Tage vor Prozessbeginn – so eine Sauerei!, dachte Anna und wischte sich mit der Hand, die den Putzlappen hielt, über die gerunzelte Stirn. Mittlerweile wusste sie, dass der Bruder dieser Anwältin mit ihrem Nachbarn Joan befreundet war. Aber dass man sie deshalb im Stich lassen würde, hatte sie nicht einmal zu denken gewagt. Gab es keine Berufsehre? Nun ratterten die Konsequenzen auf sie ein. Die Gerichtsvollmacht für ihre anwaltliche Vertretung zeichnete auch andere Anwälte der Kanzlei. Der neue Rechtsvertreter würde mit den Details und der Geschichte ihres Falls weniger vertraut sein – ein unwichtiger Fall, den es nur abzuwickeln galt. Sie standen mit dem Rücken an der Wand, denn fünf Minuten vor zwölf war es unmöglich, noch zu wechseln. Sie fühlte sich verraten und verkauft.

In der Nacht vor dem Verhandlungstag wälzte Anna sich unruhig hin und her, ihre Gedanken wanderten wieder und wieder zu einem Richter, einem gütigen, älteren Mann, der sie aufforderte, in Ruhe ihre Aussage zu machen und sie verständnisvoll anblickte und ihr Mut einflößte.

Um halb fünf Uhr morgens starteten sämtliche Hähne in der Umgebung ihr tägliches Begrüßungskonzert. Der Hahn von *Can Posteta* schmetterte seinen durchdringenden Ruf in den neuen Tag, sein Artgenosse fernab antwortete, worauf der Rest des männlichen Federviehs in das Wir-antworten-dir-Geheul einfiel, als müssten sie sich gegenseitig ihre Existenz bestätigen. Das Tageslicht brach sanft durch die geschlossenen Fensterläden, Zeit aufzubrechen.

Nach einer kurvenreichen Fahrt über den Pass erreichten Wolfgang und Anna die von Mandelbäumen und Schafen gesäumte Ebene. Wolfgang fuhr konzentriert und schweigend, während Anna wichtige Daten rezitierte. Er stand mit Zahlen auf Kriegsfuß und brachte sie ohne Absicht durcheinander. Jahreszahlen, Geburtsdaten, Kosten, Postleitzahlen, Geheimcodes, Telefonnummern; er erfand ständig neue oder variierte alte, was sie manchmal an die Grenzen ihrer Toleranz brachte.

In der Stadt wühlten sie sich durch die verstopften, engen Straßen, verfolgt vom Hupen der Wagen und dem Knattern der Mofas, vorbei an dicht an dicht geparkten Fahrzeugen auf den Seitenstreifen der *Avenidas*, bis sie in einem alten Stadtviertel voller Baustellen das Gerichtsgebäude fanden. Sie parkten in einer Tiefgarage. Oben empfing sie die pulsierende, quirlige Geschäftigkeit der Großstadt. In einem Pulk von Menschen passierten sie die Sicherheitsschleuse des Gerichts, zeigten den Sicherheitsbeamten ihre Ausweise und betraten einen offenen, lichtdurchfluteten Innenhof. Hastigen Schrittes und mit ernstem Gesichtsausdruck rauschten Männer in schwarzen Roben an ihnen vorbei – wie dunkle, schwebende Engel, die versuchten, das Schicksal der Menschen in ihre Hände nehmen. Worum stritten sich all die Menschen hier heute?

Die Enge des Fahrstuhls war unerträglich. Anna drückte sich eng an Wolfgang, um dem Geruch und der körperlichen Nähe der anderen Personen zu entkommen. Sie mochte es nicht mit Unbekannten zusammengepfercht zu sein. Alle starrten mit steinernem Ausdruck auf die leuchtenden Knöpfe der Fahrstuhlleiste.

Im vierten Stockwerk formierten sich die Teilnehmer in kleinen Gruppen und warteten in Distanz zueinander auf den Beginn der Verhandlung. Wolfgang, Anna und der Vertreteranwalt standen mit Marga in einer Ecke. Sie hatte sich sofort bereit erklärt, auszusagen, und war ihre einzige Zeugin.

Die Gruppe von Mateu, Joan, Lucia, ihrem Anwalt und zwei Zeugen, wartete in einer anderen Ecke. Nur der Elektriker Guillem verbreitete Frohsinn. Amüsiert unterhielt er sich mit dem anderen Zeugen und mehrere Male hallte sein aufbrausendes Lachen durch die Flure. Den zweiten Zeugen, einen älteren, hageren Mann, hatten Wolfgang und Anna noch nie vorher gesehen, außer einmal, wenige Tage vor dem Prozess, auf dem Grundstück der Nachbarn. Der gegnerische Anwalt telefonierte einige Meter abseits der Gruppe. Sein rechter Fuß tippelte dabei nervös auf und ab. Eine gespannte Ruhe lag auf dem Flur vor der geschlossenen Tür des Saales 412.

Alle anderen Verhandlungen hatten bereits begonnen. Nur sie warteten immer noch. María, die Hauptzeugin des Klägers war immer noch nicht erschienen. Die Ungeduld wuchs.

»Hoffentlich kommt sie nicht«, flüsterte Anna Wolfgang zu. Er nickte und hüllte sich weiter in Schweigen.

Plötzlich erhellten sich die Mienen von Mateu und Joan. Die Fahrstuhltüren öffneten sich, eine kleine, gebeugte Gestalt in dunkler Kleidung entstieg dem Fahrstuhl. Erleichterte Gesichter, Schulterklopfen, Kopfnicken und ausgestreckte Hände begrüßten María wie einen Star, der es in letzter Minute zu seinem Auftritt geschafft hat. Wenige Minuten später öffnete der Gerichtsdiener die Tür und überprüfte die Personalien aller Teilnehmer. Anna hatte sich, inspiriert von amerikanischen Filmen, einen Saal strotzend mit hölzernem Inventar und imposanter Größe vorgestellt. Doch sie traten in einen winzigen, rechteckigen Raum, eine Schuhschachtel mit niedriger Decke und Kunstlicht, an dessen Ende ein langer Tisch mit drei Sitzplätzen platziert war. Der Richter, ein Mann mittleren Alters, mit ergrautem Haar und genervtem Gesichtsausdruck, nahm auf dem mittleren Sitz hinter dem Tisch Platz, während der Gerichtsdiener die Kamera anstellte, die auf einem Stativ in der Ecke stand. In der Nähe der Tür standen drei Reihen von Kunststoffstühlen.

Die Verhandlung wurde eröffnet. Nach einem schnellen Austausch von Formalitäten wurde Anna als Erste in den Zeugenstand gerufen, um dem gegnerischen Anwalt Rede und Antwort zu stehen. Die ersten Worte sind die entscheidenden, sagt man bei einem Buch, die ersten Sekunden die wichtigsten bei einem Film, der erste Blick der unvergesslichste bei einer Begegnung.

»Antworte nicht zu schnell«, flüsterte Wolfgang ihr zu, als sie aufstand, um nach vorne zu gehen. Der Richter erhob sich mit strenger Stimme und verwies ihn sofort des Saales. Anna drehte sich um und sah, wie sich die Tür hinter ihm schloss. Jetzt muss ich alles alleine machen, dachte sie einen kurzen Moment entmutigt. Das Herz klopfte ihr bis zum Halse. Bestimmt würden alle hören, wie laut es in ihr hämmerte. Sie versuchte ihre Sicherheit wiederzufinden, sich zu konzentrieren. Von Vorteil war, dass die Übersetzerin an ihrer Seite jedes Wort auf Deutsch zu ihr sagte. So hatte sie ein paar Sekunden mehr, um über den Sinn und Hintersinn der Fragen nachzudenken.

Der Richter forderte sie auf, die Fragen kurz und bündig, am besten mit ja oder nein, und wahrheitsgemäß zu beantworten. Anna nickte. Der gegnerische Anwalt richtete sein Wort an sie.

»Wann haben Sie das Haus gekauft?«

»Am 7. Dezember 2000.«

»Haben Sie sofort nach dem Kauf in dem Haus gelebt?«

»Nein«, antwortete Anna, »wir sind erst ein halbes Jahr später gekommen und haben lange renoviert, bevor wir einziehen konnten.«

»Haben Sie bei den Bauarbeiten ein Gerüst gehabt?«

Anna dachte kurz über den Sinn dieser Frage nach. »Nein«, lautete ihre Antwort.

»Wissen Sie, wie der Nachbar heizt?«

»Ich glaube mit Gas und Holz.«

»Wie transportiert der Nachbar die Gasflaschen?«

»Er parkt in seiner Parkbucht an der Straße und trägt sie dann.«

»Er trägt sie?« Verwunderung breitete sich aus.

»Ja.«

»Wissen Sie, wie schwer die Flaschen sind?«

»Ja. Es ist nur eine Flasche, eine von den kleinen, in drei oder vier Wochen, für die Küche. Mehr verbraucht er nicht.«

»Und wie macht er das mit dem Holz?«

»Das habe ich nie gesehen, das weiß ich nicht.«

»Was für Bäume hat der Nachbar?«

»Hauptsächlich Zitronenbäume, aber auch Mandelbäume.«

»Haben Sie gesehen, wie er die Zitronen transportiert?«

»Ja, das habe ich«, antwortete Anna. »In Kisten, die er vorher stapelt.«

»Ist er dabei mit dem Auto über ihren Hof gefahren?«

»Nein! Das geht nicht, wegen der Tische und Stühle, die auf der Terrasse stehen. Außerdem ist es sehr eng. Manchmal steht auch das Kinderschwimmbecken auf dem Hof, wenn meine Freundin zu Besuch kommt und dann sind da noch die ...«

»Bitte beantworten Sie nur kurz die Fragen!«, unterbrach sie der Richter.

»Wie transportiert er die Zitronen?«, führte der gegnerische Anwalt das Verhör fort.

»Er packt die Kisten auf eine Schubkarre und schiebt sie zum Auto. Es sind ja nur ungefähr fünfundzwanzig Meter Distanz.«

»Wollen Sie etwa sagen, der Nachbar trägt all die schweren Sachen, die er für sein Haus, für sein Land und für seine Tiere braucht? Die zwanzig Kilogramm schweren Gasflaschen und Hunderte von Zitronenkisten und Dünger und das gesamte Holz für den Winter?«

»Ja. das tut er. Ich habe ihn noch nie fahren sehen. Er trägt ja nicht alles an einem Tag, sondern in Portionen und je nach Jahreszeit.«

»Aha.« Señor Coll blickte erst sie und danach den Richter mit ungläubigem Blick an.

»Und wie haben die Bewohner von Can Posteta das vorher gemacht?«

»Das kann ich nicht sagen, weil ich zu dem Zeitpunkt noch nicht hier gewohnt habe.«

»Vielleicht mit einem Karren, wie das früher üblich war?«, fragte der Anwalt mit erhobener Stimme.

»Das weiß ich nicht.«

Der Anwalt warf einen bedeutungsvollen Blick zum Richter. »Fährt die Nachbarin auch ein Auto?«

»Ja.«

»Wo parkt sie ihr Auto?«

»An der gleichen Stelle wie ihr Mann, in der Parkbucht an der Straße außerhalb unseres Grundstücks.«

»Auch wenn die Nachbarin die Kinder zur Schule fährt?«

»Ja.«

»Und bei Regen?«

»Auch dann.«

»Haben Sie gerade gesagt, dass die Nachbarin durch den Regen zu ihrem Auto läuft und sie selbst und ihre Kinder dabei nass werden?« Der Richter hatte sich mit erboster Stimme eingeschaltet.

»Ja, so ist es«, antwortete Anna und schaute ihm direkt in die Augen. Ihr Herz war zu einem Metronom geworden und schlug nun wieder mit rasender Geschwindigkeit und Heftigkeit aus. Sie ergänzte: »Das Auto steht nicht weit weg, es sind nur ungefähr fünfundzwanzig Meter vom Parkplatz bis zu ihrem Haus, und es regnet sehr, sehr selten.«

Der Richter schüttelte den Kopf und beendete das Verhör mit den scharfen Worten, dass es nun reiche.

Anna verstand nicht, warum er so ungehalten reagierte, so als würde sie dreist lügen. Habe ich etwas Falsches gesagt, fragte sie sich zweifelnd. In der Stadt, aus der sie kam, regnete es andauernd, und nicht jeder Mensch hatte sein Auto direkt vor der Tür stehen oder in einer Tiefgarage geparkt. Von ein paar Regentropfen wird man doch nicht krank, außerdem gibt es Regenschirme.

Ihr Vertreteranwalt hatte nur einige belanglose Fragen an sie. Anna bat darum, noch abschließend etwas sagen zu dürfen, sie wollte die Lücken schließen, die nicht offen gelegt worden waren, doch der Richter reagierte nicht mehr auf sie und rief Mateu in den Zeugenstand.

»Der Weg zu den beiden Häusern wurde schon immer mit Fahrzeugen benutzt. Ebenso wie es der frühere Besitzer Xesc bestätigen könne, wenn er noch leben würde.« Mateu senkte den Kopf und schwieg eine Weile andächtig. »Ich war mit ihm in langer Freundschaft verbunden. Deshalb hat Xesc mir auch seine Finca verkauft. Früher wurde der Weg immer mit einem Karren benutzt. So war es die Tradition.«

Der alte Mann erzählte ausführlich und wurde von niemandem unterbrochen. Anna fand es merkwürdig, dass ihm so viel Aufmerksamkeit geschenkt wurde und er ohne Unterbrechungen seine Darstellung der Geschichte vollenden durfte. Vielleicht war es eine Frage des Alters – oder der Herkunft.

Als Nächster wurde Joan, sein Sohn, in den Zeugenstand gerufen. Wie bei seinem Vater hatte der Friseur mit dem Rasierapparat ganze Arbeit geleistet. Die kurzen schwarzen Haare standen akkurat nach oben und glänzten im Deckenlicht. Die tägliche Arbeiterkluft hatte er gegen eine graue Baumwolljeans und ein fein-kariertes Hemd eingetauscht. Zu Beginn seiner Aussage wischte er die schwitzigen Hände an den Oberschenkeln ab. Ja, den Weg benutzten sie schon seit Jahren mit Fahrzeugen, meistens zum Be- und Entladen; anders sei die Bewirtschaftung der Finca gar nicht möglich. Bei den zahlreichen Bäumen seines Vaters und dem familiären Gemüseanbau handelte es sich um einen florierenden Agrarbetrieb, der ohne den Transport mittels Fahrzeuge nicht funktionieren könne. Außerdem gäbe es keine andere Möglichkeit der Zufahrt, nur diesen einen. Die gesamte Familie benutzte diesen Fahrweg, auch für die häuslichen Notwendigkeiten.

Die drei Zeugen des Klägers bestätigten ebenfalls, dass sie selbst oft zu verschiedensten Zeiten den Weg befahren hatten, genau, wie es die Familie von Mateu von Anbeginn getan hatte. Schon immer.

Auf der Seite von Anna und Wolfgang konnte nur eine einzige Zeugin der Verteidigung in den Zeugenstand gerufen werden. Marga sagte aus, dass sie niemals Fahrzeuge der Nachbarn auf dem vorderen Weg habe fahren sehen. Eine Holzbank stehe dort, und zahlreiche Tische und Stühle, früher auch Baumaterialien wie Sand und Mörtel. Es ist eine Terrasse, genau wie bei den Nachbarn. Der Vorhof vor dem Haus könne nicht ohne Schwierigkeiten befahren werden, weil er nicht für den Autoverkehr gemacht sei. Außerdem handelte es sich bei dem restlichen Weg der zur Finca *Can Posteta* nur um einen Pfad zwischen Nachbarn, der zum größten Teil mit Unkraut überwuchert sei. Die beiden Fahrzeuge der Nachbarn standen immer am Straßenrand in einer eigens dafür ausgebauten Parkbucht und nie vor dem Haus des Klägers. Das schmale Tor des Klägers war für eine Durchfahrt mit dem Auto nicht breit genug und verhindere eine Zufahrt zu seinem Grundstück. Fotos belegten diese Tatsache und waren als Beweis beigefügt.

Anna war ihrer Bekannten unendlich dankbar für die Richtigstellung und nickte ihr erleichtert zu, als sie sich wieder auf ihren Platz setzte.

Der Richter bekräftigte zum Schluss des kurzen Verfahrens, dass es bei dieser Verhandlung nicht um den Titel des Wegerechtes gehe, sondern lediglich um den Erhalt eines Gewohnheitsrechtes, *la posesión*.

***

Die Tage vergingen schleppend und ohne besondere Ereignisse. Nach einem Monat, den sie mit der üblichen Arbeit und nervöser Spannung verbrachten, ratterte das Faxgerät und spuckte das Urteil aus. Der Klage der Nachbarn wurde zugestimmt. Anna und Wolfgang hatten verloren. Der Richter gab den Aussagen der Kläger den Vorrang, vor allem der Aussage Marías, die als ehemalige Besitzerin wissen musste, wie die Gewohnheiten unter Nachbarn waren. Er maß ihrer Aussage erhebliche Bedeutung zu. Die Tatsache, dass die Nachbarn ihr Auto woanders parkten, schließe eine Benutzung des gemeinsamen Hofes zum Be- und Entladen nicht aus. Die Benutzung war durch die verschiedenen Zeugen des Klägers hinreichend belegt worden. Die Fotos, die den Zustand des Weges belegten, wurden als Beweismittel nicht anerkannt. Auch der Aussage von Margalida wurde keine weitere Beachtung geschenkt. Die Tatsache, dass sie nur ein paar Male in der Woche für eine begrenzte Zeit auf *Can Xut* anwesend war und nichts gesehen hatte, schließe eine Benutzung des Weges zu einem anderen Zeitpunkt nicht aus.

»Das nenne ich einen guten Freundschaftsdienst!« fauchte Wolfgang. »María ist einfach auf die Seite der Nachbarn übergelaufen. Dieses vom Notar beglaubigte Papier ist anscheinend mehr wert als die Kaufunterlagen, die wir haben. Warum bist du nicht bei der Alten gewesen und hast dir vorher einen Wisch unterschreiben lassen?«

»Hehe! Ich bin doch da gewesen! Sie hat mir gesagt, sie kommt nicht zur Gerichtsverhandlung«, rief Anna, die sich zu Unrecht angegriffen fühlte. »Außerdem hätte die uns nie etwas zugestanden. Wir sind keine Freunde von ihr, nur dumme Käufer, die ein Haufen Geld für diese Ruine und die Renovierung hingelegt haben.«

»Ja, richtig. Endlich kapierst du das! Wir haben gezahlt und danach hat sie ihren Landsleuten alte Rechte und Land zugeschoben und dafür gesorgt, dass sie nicht zu kurz kommen. Möchte zu gern wissen, was sie dafür gekriegt hat.« Wolfgang spürte deutlich, dass sie Opfer einer Intrige waren, und schmiss wutentbrannt ein Glas auf den Boden.

Anna schaute auf den roten Saft, der wie Blut zwischen den Glassplittern zerlief. Schließlich sagte sie leise: »Wolfgang, das hilft uns nicht weiter.«

Er ging in die Küche nebenan. »Die Widersprüche waren dem doch scheißegal. Dieser Richter hat sich doch eindeutig auf die Gegenseite geschlagen.«

Sie war mittlerweile den Tränen nahe. »Ja, die Fakten werden in dem Urteil erwähnt, schienen aber für den Richter keine Bedeutung zu haben. Unser Hilfsanwalt hat doch überhaupt nicht die Fragen gestellt, auf die es ankam. Die Nachbarn konnten keine zwanzig Jahre ununterbrochen hier fahren, so lange wohnen die hier doch noch gar nicht. Außerdem sind sie, seitdem wir hier wohnen, nicht ein einziges Mal zu ihrem Haus gefahren! Das sind drei Jahre Unterbrechung!« Sie vergrub das Gesicht in ihren Händen.

Wolfgang kam zurück, schaute sie für einen Moment schweigend an und schenkte sich in dem neuen Glas Rotwein ein.

»Und wo war unsere tolle Anwältin, die von deiner Freundin Margalida, he?«, warf er missmutig ein, »verdrückt sich kurz vor der Verhandlung, ha! Wahrscheinlich hat sie die anderen auch noch informiert! Wie erklärst du dir, dass unsere Vorbesitzerin doch noch erschienen ist? Irgendjemand hat da wohl nachgehakt, was?« Er begann zwischen den Wänden auf und ab zu wandern, während Anna weitersprach.

»Ja, es war merkwürdig, dass sie kaum eingehend befragt wurde. Die drei Fragen waren lächerlich! Warum hat man sie nicht ausführlicher befragt? Welche Farbe die Autos haben, wo die Nachbarn geparkt haben, wenn sie angeblich über unser Grundstück gefahren sind. Angeblich weiß sie so gut Bescheid! Ich nehme an, dass sie nur die eidesstattliche Versicherung vor Gericht bestätigen sollte. Ob sie die überhaupt verstanden hat? Das juristische Spanisch ist ja sogar für einen Spanier schwer zu verstehen.«

»Ach wie schön, dass du das auch endlich merkst«, stellte Wolfgang nicht ohne sarkastischen Unterton fest. »Entweder hat man ihre Dummheit und Freundlichkeit ausgenutzt oder sie steckt mit denen unter einer Decke. Überleg doch nur mal! Wir haben hier sowieso keine Chance, Anna. Die Einheimischen tauchen bei dieser Art Verfahren immer mit einem Haufen Leute auf und bestätigen sich gegenseitig ihre Deals. Das habe ich auch schon von anderen gehört.«

Anna schaute ihn entsetzt an. Jeden Grashalm im Garten hatte sie einzeln gesetzt, sie selbst, nicht irgendein Gärtner. Jeden Stein hatten sie aufgehoben und getragen, jeder Pflanze beim Wachsen zugeschaut, sie gehegt und gepflegt. Der Garten beseelte sie, er bildete nicht nur ihr äußerliches, sondern auch ihr inneres Zuhause. Was würde nun aus dem Ort der Muße und Ruhe werden, an dem sie mit ihren Gäste täglich saßen? Ihr schossen die Tränen in die Augen. Der Traum vom Leben und Arbeiten im Süden war zerschlagen worden.

Ihre Anwaltskanzlei hatte dieses Urteil erwartet und empfohlen, nicht in Revision zu gehen. Gewohnheitsrechte seien schwer zu widerlegen, die Beschwerdefrist nach dem Kauf wäre abgelaufen, ihr Problem müsse auf anderem Wege gelöst werden. Auf welchem, sagten sie nicht. Wolfgang erschien das vollkommen unsinnig, aber er wusste es nicht besser und nahm es hin. Mit der Rechtswirksamkeit des Urteils mussten sie ihre Tische, Stühle und Blumentöpfe wegräumen, ihr Eingangstor wieder komplett öffnen, um den Vorhof für den ´freien Transit´ offen zu halten, und den gegnerischen Anwalt bezahlen.

An dem Tag, an dem die Nachbarn ihr Fest feierten, strömten bereits ab mittags Besucher herbei. Das halbe Dorf lief an ihrer Tür vorbei. Aus dem Inneren ihres Hauses hörten sie Autos rangieren und ununterbrochenes Stimmengegröle, Vespas und Motorräder fuhren mit aufheulenden Motoren zwischen den beiden Häusern hin- und her. Bis tief in die Nacht tranken, sangen und palaverten die Besucher. Doch eine männliche Stimme übertönte alle. Seine markigen Worte, begleitet von dröhnendem Lachen, hallten bis zu den steinigen Bergwänden und wurden von dort zurückgeworfen. Es war die Stimme von Joan – die Stimmes des Siegers.

EINIGE VERÄNDERUNGEN

Wolfgang stand vor der Tür der Bar *Paloma*, an dessen Wand ein *Traspaso*-Schild hing. Die Wände waren von der Sonne vergilbt, die Geländer brüchig und verrostet, einige der Fensterscheiben hingen lose in den verrotteten Holzrahmen. Beim nächsten kräftigen Sturm würden sie herausfallen. Dennoch strahlten das Gebäude und die Umgebung einen unwiderstehlichen Charme aus. Er ging bis an den Rand der Felsen. Der Blick war atemberaubend und schwindelerregend. Tief unter ihm, zur Linken, öffnete sich der Eingang zur Bucht, der von der Steilküste umrahmt wurde. Zur Rechten präsentierte sich das geballte Blau des Meeres, nur von einem leicht gebogenen, in weißen Dunst gehüllten Horizont begrenzt. Das gleichmäßige Rauschen der Brandung strahlte meditative Ruhe aus. Lange genoss er die Aussicht. Schließlich wandte er sich um und ging zum Eingang.

Die Tür gab nach und er betrat den Barraum. Hinter der durchgehenden Fensterfront glitzerte das Meer in der Sonne. Da der Eigentümer, der ihn vor ein paar Tagen angerufen hatte, nicht zu sehen war, ging er mit bedächtigen Schritten durch den weitläufigen Raum und schaute sich um. Eine richtige Hippieburg, dachte er.

In der hinteren Ecke thronte ein Koloss von Röhrenfernseher und an der Wand, quer zu den Toilettentüren, hingen unzählige Schwarz-Weiß-Fotos. Er näherte sich den verstaubten Bildern und wischte von einem großen Gruppenbild in der Mitte ein paar Spinnweben ab. Zwölf Männer, unterschiedlichen Alters, standen in Reihen hintereinander und schauten mit ernstem Blick in die Kamera; wilde Burschen mit dunklen Augen und schwarzen Haaren. Einige hielten Gewehre in der Hand, andere Holzprügel. Das Foto war in den Bergen aufgenommen worden. Alle anderen Fotos stammten aus der Bar und zeigten froh gelaunte Menschen. Lachende Frauen, manchmal in anzüglichen Positionen oder in den Armen von Männern, darunter ein Polizist in Uniform. Mit Gläsern prosteten sie sich während einer Feier zu; ein Sammelsurium einer großen Familie, die eine glückliche Zeit miteinander teilte. Wolfgangs Blick blieb bei dem Bild einer einzelnen jungen Frau hängen, die mit ernstem Blick in die Kamera schaute. Hinter ihm sagte jemand »Meine Mutter« und er drehte sich erschrocken um.

Ein junger Mann in schlaksiger Haltung und mit wuscheligen, dunklen Haaren, die lange Zeit keinen Kontakt mit einer Schere hatten, kam mit einem Grinsen und ausgestreckter Hand auf ihn zu.

»Hallo, ich bin Luis. Und du bist Wolfgang, nicht wahr?«

»Ja.«

Er streckte ihm die Hand entgegen. »D-du hast dich ja bereits umgeschaut?«

»Ja. Ist wirklich hübsch hier«, nickte Wolfgang.

»Meine Eltern haben hier früher eine Bar geführt. Ich bin hier aufgewachsen.«

»Wunderschöner Ort, du hast es gut getroffen«, sagte Wolfgang anerkennend. »Was kann ich für dich tun?«

»Ich möchte hier ein loungiges Designcafé mit Restaurant aufmachen und brauche jemand, der mir bei den Umbauten hilft.«

»Aus dem Schuppen lässt sich was machen«, sagte Wolfgang.

Wolfgang mochte Luis auf Anhieb, ein schräger junger Mann, der einen intelligenten Eindruck machte. Das bestätigte sich im Laufe des weiteren Gesprächs, in dem sie sich über seine Umbauvorstellungen und neue Bautechniken unterhielten. Luis wollte sich abheben von den anderen Bars unten im Hafen, modern und zeitgemäß sein für die Klientel von außerhalb, die mit ihren teuren Schiffen in der Bucht ankerten, und für Leute, die ihre Zweit- oder Dritthäuser im Tal besuchten. Wollte Energiekosten sparen und mit Umweltfreundlichkeit werben. Das Wasser für den Kaffee sollte gefiltert werden. Er liebäugelte mit einer internationalen, einfachen Küche, bei der auch Vegetarier ihre Freude haben würden. Wolfgang versprach dem jungen Unternehmer einen Entwurf mit einer Kalkulation und erkundigte sich nach seinem finanziellen Limit.

»Hauptsache, du gibst mir den Kostenvoranschlag nicht erst in einem halben Jahr, so wie die anderen hier«, bat Luis und schmunzelte.

»Bin doch keiner von hier«, scherzte Wolfgang auf dem Weg zu seinem Jeep. »Ach, mein Freund, und vergiss nicht das Schild da draußen abzumachen. Sonst denkt jeder, du willst die Bar loswerden.«

Luis schüttelte den Kopf. Nachdem der Wagen sich entfernt hatte, hängte er das Zu Verpachten-Schild ab und begann aufzuräumen. Der Fahrer, der wenig später einen Container vor der Bar abstellte, schüttelte missbilligend den Kopf. Hämmernder Disco-Sound dröhnte in tobender Lautstärke aus dem oberen Stockwerk. Stühle, Mauerreste,

Tischbeine, alte Matratzen, Kleidung, altes Geschirr flogen aus dem Fenster. Auch Rosa, die Puppe aus Kindertagen, landete in hohem Bogen in dem Container. Es wurde erst stiller, als sich die Dunkelheit herabsenkte und die ersten Sterne zu funkeln begannen.

Mitten in der Nacht zog Luis sich etwas Warmes über und lief die Treppenstufen zu den Höhlen hinunter. Er huschte immer in den lichtabgewandten Phasen des Leuchtturmstrahls abwärts, denn er wollte nicht gesehen werden. Bei der unteren Höhle angekommen, setzte er sich in den dunklen Eingang und starrte gebannt lauschend aufs Meer. Viele Minuten lang horchte er auf das gleichmäßige Rauschen der Wellen, bis er es schließlich kommen sah, ein zwölf Meter langes Schlauchboot mit drei riesigen 300 PS Außenbordmotoren. Die ganze Nacht über war es von der afrikanischen Küste zu der Insel im Mittelmeer geprescht, unerkannt und schnell. Ohne Licht und ohne Motorengeräusch tauchte es nur wenige Meter vor ihm aus dem Dunkel auf.

Zwei Männer in schwarzer Neoprenkleidung fingen gekonnt das Seil auf, das Luis ihnen entgegenwarf, und mit vereinter Kraft zogen sie das Boot auf die schräge Fläche zum Anlanden hoch. Sie sprachen nur wenig miteinander, nur das Notwendigste. Die Körperbewegungen der drei waren schnell, zielgerichtet, professionell. Der Austausch von schwarzen wasserdichten Kunststofftaschen und einigen leeren Benzinkanistern gegen volle ging rasch über die Bühne. Wenige Minuten später war das Schlauchboot wieder verschwunden, so als wäre es nie da gewesen.

Luis versteckte die Taschen in einem Hohlraum unter ein paar Holzbrettern in dem hinteren Teil der Höhle. Das würde einen satten Anteil geben, dachte er zufrieden und zog ein altes Holzboot über das Versteck. In den nächsten Tagen würden andere kommen, für die Zwischenlagerung der Drogen bezahlen und sie wieder mitnehmen. Mit diesen Nebeneinkommen und dem Schwarzgeld von seinem Vater würde er die Renovierung der Bar *Paloma* bezahlen können. Leider waren seine Bemühungen für eine Finanzierung über die Bank erfolglos geblieben, weil die Genehmigung für den Umbau fehlte. Onofre, der Leiter der Bauabteilung, hatte sie ihm trotz aller vollständig eingereichten Unterlagen verweigert – er wollte erst Fünftausend in seine Hosentasche stecken.

In Zeiten der Korruption feiert die Erpressung Hochkonjunktur. Aber nicht mit ihm, nicht mit Luis! Mit geballten Fäusten huschte er die Stufen wieder hinauf.

VERSCHIEDENE
GESCHÄFTE

Mateu blickte sich um. Weiter unten stiegen Onofre und Andreu die Schlucht hinauf. Onofre keuchte und schwitzte bereits, obwohl es noch früher Vormittag war. Während des steilen Aufstiegs unterhielten sich die beiden fortwährend; sie arbeiteten gemeinsam in der Bauabteilung. Mateu hatte sie bereits mehrfach zur Eile angetrieben, einer Eile, die seiner ständigen Ungeduld entsprang, möglichst schnell das Ziel zu erreichen.

In der Morgendämmerung waren sie aufgebrochen, hatten die Geräusche des Dorfes, das viertelstündliche Läuten der Kirchturmglocke, das Knattern der Mofas, das Kläffen der Hunde und das Blöken vereinzelter Esel hinter sich gelassen, um nun, nach knapp zwei Stunden Wanderung, an ihrem Ziel anzukommen. Die Berghütte, die sie im letzten Jahr zu einem Chalet ausgebaut hatten, glänzte in der Sonne, die hinter der Bergkette aufgestiegen war und begonnen hatte die Feuchtigkeit aufzusaugen. Mateu liebte die Minuten, in denen die Erde zu dampfen schien und für wenige Minuten in milchigem Weiß verschwand.

Im gleichen Moment ertönte in der Ferne das rotierende Dröhnen eines Hubschraubers. Fast zeitgleich hoben drei Augenpaare den Blick gen Himmel. Der Hubschrauber kam näher. An einer Leine, die hin und her schwang, hing Ladung. Zufrieden stellte Mateu seinen Rucksack vor der Tür ab und zog sich eine Jacke über das kurzärmelige Hemd. Onofre und Andreus Schritte zogen im Tempo an und eilten dem Chalet entgegen.

Als der Hubschrauber über ihnen angelangt war, erkannte Mateu seinen Sohn Joan neben dem Piloten und winkte ihm zu. Die Ladung – Baumaterialen, Zementsäcke und graue Steine – wurde nach einigen Minuten vorsichtig auf den Boden aufgesetzt. Dabei verursachten die Rotorblätter einen stürmischen Wind. Andreu spurtete zu Mateu und half ihm, die Ladung vom Haken des Sicherungsseils zu lösen. Schließlich bestätigten sie mit erhobenem Daumen, dass alles in Ordnung war. Joan, der die ganze Aktion von oben verfolgt hatte, winkte zurück, dann flog der Hubschrauber in Richtung Bergplateau davon, da es hier keine Möglichkeit zur Landung gab.

Nachdem wieder Ruhe eingekehrt war, entnahm Mateu seinem Rucksack eine *Sobrassada*, Tomaten, Graubrot und sein Taschenmesser und begann sich auf dem Oberschenkel ein Brot zu schmieren.

»Na, nun dann kann der Bau ja weitergehen«, schmunzelte Andreu.

»Wenn bloß dieser Belgier nicht so einen Aufstand machen würde«, brummelte Mateu und stopfte sich einen Bissen in den Mund. Er hatte Hunger. »Wann wird er endlich mit dem Hungerstreik aufhören, frage ich euch?«

»Hätte nicht gedacht, dass er das überhaupt solange aushält«, meinte Onofre. »Aber der hält uns schon ziemlich auf Trab. Mittlerweile weiß die ganze Insel davon.«

Er holte die neueste Ausgabe der Lokalzeitung aus der Tasche. Auf der Titelseite prangte das großformatige Foto eines Mannes, der es sich auf der *Plaça* neben einem Informationsstand in einem Campingstuhl bequem gemacht hatte. Der Titel: **Hungerstreik – Gemeinde will Haus trotz Baugenehmigung** abreißen.

»Schon gelesen?«, fragte er Mateu. Der schüttelte den Kopf. Laut überflog Onofre den Text:

»*Nach Erteilung aller erforderlichen Genehmigungen für den Bau seines Hauses in einer rustikalen Zone und dessen Fertigstellung ist Herrn Alexandre Gerrickens zwei Jahre später eine Abrissbescheinigung von der Gemeinde für sein Haus zugestellt worden. Der Fünfzigjährige hatte alle seine Ersparnisse in den Bau gesteckt und wollte dort als Rentner mit seiner Familie leben. Er versteht sich als friedvoller Kämpfer und Opfer eines unverständlichen und für ihn rechtswidrigen Beschlusses. Nach zehntägiger Mahnwache vor dem Rathaus versprachen ihm Gemeindevertreter, den Fall zu überprüfen. Doch bis jetzt gibt es kein Ergebnis. Herr Gerrickens hat in den zehn Tagen seines Hungerstreikes mehr als zehn Kilo abgenommen. Er wird nicht aufgeben, versprach er gestern wieder den Menschen, die mit großem Interesse und Anteilnahme seinen Fall verfolgen.*«

Onofre legte die Zeitung zur Seite. Er griff sich eine Scheibe Brot und rieb Tomate darauf. »Tja, und gestern hat er uns die Liste präsentiert.«

»Was für eine Liste?« Mateu sprach mit vollem Mund und guckte ihn misstrauisch an.

»Er meinte, er würde sie veröffentlichen, wenn es darauf ankäme«, warf Andreu dazwischen. »Eine Liste mit über zweihundert in den letzten sieben Jahren angeblich illegal gebauten Häusern in der gleichen Zone.«

»Na und?« Mateu spuckte ärgerlich etwas aus dem Mund.

»Er will sie alle anzeigen. Beim Consell. Und uns auch. Weil wir davon profitiert haben. Ha!«

»Er fordert den Abriss all dieser Häuser. Und dein Chalet steht auch auf der Liste«, fügte Andreu hinzu.

Mateu sprang auf. Das war zu viel. Er fuchtelte mit den Händen in der Luft herum. »Das Haus hier ist legal«, rief er aufgebracht, »genau wie die anderen.«

»Naja, darüber kann man streiten«, grinste Andreu, der genau wusste, dass die Sache äußerst heikel war.

»Wie müssen sehen, wie wir einen Schaden von der Gemeinde und den anderen Besitzern abwenden und die Sache irgendwie lösen. Ohne viel Aufhebens, versteht sich«, erklärte Onofre, besonnen und selbstsicher wie immer. »Am Montag werde ich mit dem Bürgermeister darüber sprechen. Wir wollen die Sache doch nicht eskalieren lassen. Dejamos el tigre dormir.«

Natürlich hatte Onofre am meisten von den illegalen Baugenehmigungen profitiert. Oft hatte die Gemeinde die Bauten stillschweigend geduldet und weggesehen, oder eine milde Strafe verhängt. Es war der allgemein übliche Weg, von dem beide Seiten profitierten. Doch in diesem Fall war seine Strategie, ein sattes Bestechungsgeld von dem belgischen Hausbesitzer zu erhalten, nicht aufgegangen. Er würde die Rücknahme des Abrissbescheids vorschlagen und mit einer noch nicht von der Inselregierung abgenommenen Klassifizierung der einzelnen Zonen begründen. Das stimmte zwar in diesem Fall nicht ganz, aber wer konnte das schon genau kontrollieren?

Mateu steckte sich eine Zigarre an und genoss den Blick in die Ferne. Von den schroffen Felswänden zu beiden Seiten umrahmt lagen die Terrassen mit den Olivenbäumen, weiter hinten die Orangengärten. Das Dorf und die Bucht versanken in weiter Ferne unter einem bedeckten Himmel in der Unschärfe. Auf einmal schreckten die drei Männer aus ihrer andächtigen Pause auf.

»Hola, ist hier jemand?«

»Joan, musst du immer schreien!«, beklagte sich Andreu.

Joan verzog sein Gesicht für einen kurzen Moment zu einem breiten, wohlgefälligen Grinsen und wandte sich der Ladung zu. Die Baumaterialen waren unversehrt angekommen. »Stets bei der Sache, mein Lieber. Im Gegensatz zu euch Funktionären arbeite ich immer. Was meint ihr, wird es heute noch regnen?«

Onofre blickte kurz hoch. Einige Wolken hatten sich zu dicken weißen Klumpen zusammengeballt und die Schlucht in Schatten gehüllt.

»Was gibt es Neues?«

Die Männer diskutierten die Frage, wie sie einen Teil der Subventionsgelder der Europäischen Union, die zur Modernisierung der antiken Wasserleitungen in dem Tal bewilligt worden waren, für sich abzweigen konnten. Überzogen hohe Rechnungen für Arbeiten, die nicht oder nur teilwise erbracht wurden, gehörten zu der allgemein üblichen Methode, wie sich Politiker und deren Freunde aus der Wirtschaft aus den Staatskassen bedienten. Joans Bauunternehmen würde die volle Subventionssumme kassieren, während die Ausführung ein kleineres Unternehmen übernehmen sollte – für sehr viel weniger Geld. Wahrscheinlich würde Toni, der Subunternehmer, die Arbeiten ebenfalls an kleinere Firmen oder Selbstständige weiterreichen. Ob das Ergebnis am Ende gut sein würde, wäre allerdings zu bezweifeln. Gab es hinterher Probleme, wusste kaum einer, wer der eigentliche Ansprechpartner war und jeder würde Mängel auf den anderen abschieben. Viel Papierkram, der nicht genau kontrolliert wurde, aber viel einbrachte.

Danach unterhielten sich die Herren kurz über ihre Familien und über das Bauvorhaben auf dem Grundstück der verschwundenen Besitzerin, July Monturi. Mateu und

Joan waren wie geplant als Eigentümer des Grundstücks der Französin im Grundbuchamt eingetragen. Joans Konstruktionsfirma stand kurz vor dem Baubeginn von zwölf Luxuswohnungen, obwohl er die Baugenehmigung noch gar nicht erhalten hatte. Onofre versprach ihnen, ein wenig Druck bei den entsprechenden Kammern zu machen.

Im Chalet genehmigten sie sich ein Glas *vi vermell* und bereiteten sich auf die morgige Jagd vor. Es war Anfang November. Die wilden Ziegen würden vorzüglich schmecken.

TERROR

Eine Gruppe von Jungen spielte in der Mitte des Marktplatzes Fußball. Die öffentlichen Plätze gehörten jetzt zu Beginn des Winters wieder den Einheimischen und nicht mehr den Touristen, die in der Hauptsaison mit Bussen und Schiffen herangefahren wurden. Eine persönliche Atmosphäre lag über der *plaça*, in deren Mitte der glänzende Marmorbrunnen thronte, an dem der Fußball wiederholt abprallte.

Anna und Wolfgang hatten sich vor einem halben Jahr bei anderen Kanzleien beraten lassen und den Anwalt gewechselt. Ihnen gegenüber saß ein jung dynamischer Rechtsvertreter namens Biel Masaro, der, stets geschniegelt und poliert, bei jeder Frage die Brille verrückte und dann verkündete, das müsse er studieren und prüfen. Seine Bemühungen zu verhandeln, hatten nun ergeben, dass Mateu einem alternativen Weg zustimmen würde. Doch dieser sollte die Finca *Can Xut* in zwei Teile teilen. Das war schwer zu akzeptieren, aber wenn es denn dem Frieden vor dem Haus dienen sollte ... schweren Herzens hatten Anna und Wolfgang eingewilligt. Doch nun gab es zusätzliche Bedingungen:

»Das Tor für den alternativen Weg über euer Grundstück soll tagsüber immer offen sein. Der vordere Brunnen, der sich zwischen den beiden Häusern befindet, soll ausschließlich von der Finca Can Posteta zu nutzen sein.

Zusätzlich möchte er 200 qm Land. Umsonst. Die Kosten des Baus für den Zaun, den Weg und die Tore gehen zu euren Lasten. Ihr sollt keine Zypressen und hohen Bäume mehr auf ihrem Grundstück pflanzen und zu guter Letzt eine Zahlung von fünftausend Euro leisten.«

Biel Masaro legte die Akten auf den Tisch und nahm einen Schluck Kaffee.

»Das ist nicht normal, oder?« Annas flackerten aufgeregt zwischen Wolfgang und Biel hin und her. »Der spinnt doch! Total!« Sie vergrub ihr Gesicht in den Händen.

Diese Forderungen erschienen ihr maßlos, ja geradezu absurd. Unmöglich konnten sie ihre Wasserechte abtreten, das hieße, ihnen die Lebensader abzudrehen. Jeder hatte das Recht, sein Grundstück schließen zu dürfen, nur sie nicht? Warum sollten sie zusätzlich noch Land abgeben und so viel Geld zahlen? Geld, das sie gar nicht mehr besaßen.

»Kommt überhaupt nicht infrage«, bestimmte Wolfgang und suchte mit einem Nebenblick Annas Zustimmung. Sie nickte.

»Es ist logisch, dass der Sieger die Bedingungen stellt«, versuchte Sr. Masaro einzulenken.

»Auch wenn diese teilweise dem Zivilgesetzbuch widersprechen?«, fragte Anna.

Sr. Masaro druckste herum und guckte auf seine Uhr. Es war zu spüren, dass er die Forderungen ebenfalls für maßlos hielt, aber er wollte den Fall gerne abschließen.

»Wir lassen uns nicht erpressen.« Anna schränkte die Hände vor der Brust zusammen und blickte ihn entschlossen an. »Teilen Sie das bitte Mateu und Joan mit.«

Sr. Masaro nahm ihre Entscheidung nickend zur Kenntnis, er stand auf, um sich zu verabschieden, doch dann hielt er inne.

»Manchmal ist es besser in Ruhe zu leben, auch wenn der Preis hoch ist, und besonders, wenn der Gegner mächtig ist.« Er steckte sein Handy und die Unterlagen in seine schmale Aktentasche. »Ich habe jetzt einen Termin im Rathaus. Überlegen Sie es sich gut.«

Ein paar Tage später krachte es an der unteren Hausecke von *Can Xut*. Es klang nach einem heftigen Zusammenstoß, begleitet von zersplittertem Holz. Anna zuckte erschrocken zusammen und eilte nach draußen. Der Vater von Lucia fuhr rückwärts über den Hof. Auf dem Dach seines Berlingo ragten, dürftig befestigt, lange Holzstangen. Offensichtlich hatte er die Maße nicht richtig eingeschätzt, denn die Stangen hatten tiefe Kerben in einem Fensterladen hinterlassen. Anna sprang mutig vor das Auto und zwang ihn zum Anhalten. Gerade als sie ihn auf den Schaden aufmerksam machen wollte, fiel er ihr zischend ins Wort: »*Va a la mierda.*« Dann drückte er so heftig auf das Gaspedal, dass sein Wagen einen Satz nach vorne sprang und sie um Haaresbreite anfuhr.

Die gesamte Nachbarfamilie dachte nicht mehr daran, das Tor zu schließen. Der achtjährige Jordi wurde angehalten, das Tor möglichst laut und ruppig zu öffnen. Bei Wind knallte es hin und her und riss so eines Tages aus den Angeln. Die wenigen Gäste, meist einfache Wanderer, beschwerten sich über die Lärmbelästigungen und den hässlichen, stinkenden Müllplatz in der ehemaligen Parkbucht, in der Joan und Lucia ihre Autos früher geparkt hatten. Anfangs waren es nur ein paar halbleere Zementsäcke, doch mit der Zeit gesellten sich große Plastikboxen, verrostete Metallstangen, Altöl in Blechkanistern, kaputte Plastikstühle, alte Reifen, eine ausgediente Klimaanlage, diverse defekte Rohrstücke und immer wieder Bauschutt dazu, letzterer in Säcken oder auch in losen Haufen.

Anna beschwerte sich bei der Gemeinde, doch es passierte nichts. Mit der Zeit wuchs die Müllhalde halbwegs zu, denn oberhalb hatten sich Erde und Steine gelöst, da eine der Trockenmauern eingebrochen war und einen Teil des Schutts unter sich begrub. Unkraut eroberte das Terrain. Ein hässlicher Friedhof von Giften und Abfallprodukten einer Gesellschaft, die nicht wusste wohin damit, breitete sich inmitten schönster Natur aus.

Doch das größte Problem bestand darin, dass die Finca *Can Xut* häufiger als sonst mit Stromproblemen zu kämpfen hatte. Wolfgang suchte und fluchte ständig, da er die Ursache nicht fand, doch endlich – durch einen Tipp von Luis – entdeckte er den Grund allen Übels. In dem Stromkasten, der sich außen in der Mauer zur Straße befand, fand er zwischen der Kupferschiene und der Sicherung innen ein kleines Stück Plastikfolie.

Nun war ihm alles klar. Dieses winzige Stück Isolierung, das die Stromzufuhr unterbrach, musste wiederholt dorthin gelangt sein, und der einzige, der außer ihnen einen Schlüssel für den Kasten besaß, war Guillem, ihr Elektriker. Am Abend zeigte er es seiner Liebsten.

»Wie kann es sein, dass es Menschen gibt, die Genugtuung dabei empfinden, anderen das Leben schwer zu machen?«, fragte Anna.

Nachts verdichteten sich die Puzzlestücke der Realität und das Wort KOMPLOTT, das sie zum ersten Mal aus Margas Mund vernommen hatte, schoss von weit her in Raketentempo auf sie zu. Eine Comicfigur schrie in quietschenden hohen Tönen im Rapper-Rhythmus »Die rosa Brille, die rosa Brille! Sie hat sie endlich verloren und lernt neu zu sehen! Die rosa Brille! Sie war so wunderschön ...«

Auf einmal sah Anna die Ereignisse der letzten Monate in einem anderen Zusammenhang. Wochen zuvor war

Mona, ihre Lieblingskatze, mit einer Seifenlauge überschüttet worden, von wem, wusste sie nicht. Mit nassem, verklebtem Fell stand sie kläglich maunzend vor der Tür. Ihr Fell ragte spitz und steif nach oben, während sie verzweifelt und mit Schaum vor dem Maul versuchte, sich das klebrige Zeug abzulecken. Zu ihrem Glück war Marga gerade zu Besuch und half Anna, das Tier mit dem Gartenschlauch abzuspülen und trocken zu rubbeln. Sie gaben Mona Milch zu trinken, um das Gift zu neutralisieren. Doch eine Woche später fand Anna ihr Katze wenige Meter von der Haustür entfernt auf. Tot. Der Tierarzt stellte einen Kieferbruch fest, wahrscheinlich verursacht durch einen Autounfall. Oder durch einen kräftigen Tritt vom Mofa aus, bemerkte Wolfgang trocken. Seit der Geschichte mit dem Postboten und dem Strom zweifelte er nicht im geringsten, auf wen die Gemeinheiten zurückzuführen waren.

Dazu kamen die beiden schwarzen Teerflecken. Einer klebte auf ihrem steinernen Eingangspfeiler, an dem sich ihr Tor befand, ein zweiter stach vorne, direkt auf ihrem Hausportal, ins Auge. Sie erinnerten sich nicht, diese jemals vorher gesehen zu haben. Nun auf einmal waren sie da, zwei große schwarze, hässliche Male, die sich in die Poren des groben Steins gefressen hatten. Stundenlang schliff Wolfgang auf Annas Anordnung die Hauswand sauber, damit der Schandfleck nicht mehr zu sehen war.

Im Sommer stritten sie sich mit Mateu um das Wasser, das aus der unerschöpflichen Quelle aus den Bergen in den alten Wasserkanälen zu den einzelnen Grundstücken lief. Jemand hatte dafür gesorgt, dass genau zu der Zeit, in der die Finca *Can Xut* das Recht hatte, Quellwasser zu empfangen, die komplette Wasserverteilung nahe der Quelle verstellt worden war. Manchmal kam auch nicht genügend Wasser bei ihnen an, es schien wie von Geisterhand gekürzt.

In diesen heißen Monaten lebten Anna und Wolfgang mit der ständigen Furcht zu wenig Wasser für das Haus und für die Bewässerung der Obstbäume zu haben. Sie lernten, mit dem Wasser zu haushalten.

Auf Geheiß ihres neuen Anwalts, Biel Masaro, ließen sie ihr Land vermessen. Der Topograph war ein kleingewachsener Mann mit weißen, zauseligen Haaren und langem Bart, der mit der Erde verwurzelt schien. Er schickte zwei Assistenten, die mit ihren Messinstrumenten jede Ecke erfassten und sich bei der Arbeit viel Zeit ließen. Nachdem Anna und Wolfgang die Pläne erhielten, stellten sie fest, dass ihre Finca auf unerklärliche Weise geschrumpft sein musste. Ihnen fehlten 200 Quadratmeter, denn zwei Grundstücksgrenzen verliefen anders, als es die Katasterangaben beim Kauf angaben. Doch warum gab es diese Differenz? Außerdem stellten sie fest, dass der gesamte Weg bis zur Finca *Can Posteta* auf ihrem Grund verlief. Wieso hatte María schriftlich bestätigt, dass ein Teil des Weges zu den Nachbarn gehört? Warum hatte sie das vorher nicht mitgeteilt, sondern erst in dem notariellen Schriftstück drei Jahre nach dem Verkauf?

Ihre Nachforschungen ergaben, dass irgendjemand die Änderungen im Katasteramt veranlasst hatte, doch merkwürdigerweise gab es dafür keinen schriftlichen Vorgang. Auch waren sie nicht über diese Änderung informiert worden, wie es die Vorschrift vorsah. Alles war im Stillen vollzogen worden.

Das Leben im Süden hatte andere Seiten offenbart. Die Vorhersage von Marga, dass man ihnen das Leben schwerer machen würde, war bittere Realität geworden, ohne dass sie sich wehren konnten. Zwischen den beiden Häusern war eine Eiszeit eingekehrt, ohne Worte und Blicke gingen die Bewohner einander aus dem Weg. Im Dorf tuschelten sie manchmal hinter dem Rücken der Zugewanderten und nicht immer wurden sie freundlich bedient.

Der Höhepunkt bedeutete jedoch die Aufforderung der Gemeinde, ihren illegalen Vermietungsbetrieb einzustellen, da ihnen die gesetzliche Grundlage hierfür fehlte. Anna hatte alle Genehmigungen rechtzeitig beantragt, erhalten und auch vorgezeigt. Doch nun sollte seltsamerweise ein Papier fehlen, das auf baulichen Veränderungen zur Sicherheit der Gäste bestand. Außerdem wurden ihre deutschen Versicherungsverträge nicht mehr akzeptiert, sondern sollten ins Katalanische übersetzt werden.

Anna und Wolfgang waren sicher, dass man es auf die Vernichtung ihrer Existenz abgesehen hatte. Fakt war, dass viele Anwohner in der Umgebung nebenbei steuerfreie Einkünfte erzielten, indem sie illegal ausgebaute Gartenhäuschen an Touristen vermieteten. Deshalb fanden sie es äußerst merkwürdig, dass ihre legale Zimmervermietung im Nachhinein verboten werden sollte. Auf ihren Reisen war das Übernachten bei Privatleuten nichts Außergewöhnliches; sie hatten diese Form der Übernachtung oft bevorzugt, da sie günstig war und man mit den einheimischen Vermietern und den anderen Gästen ins Gespräch kam. Das junge Paar war sauer und erbost darüber, dass der Nachbar ihnen das Leben so schwer machte; es beschloss, zum Gegenangriff überzugehen. Sie zeigten Joan wegen Verstoßes gegen die Bauvorschriften an. In der geschützten Zone, in der sie lebten, hätte er weder anbauen noch neu bauen dürfen, auch wenn es sich um ein paar ehemalige Tierställe handelte.

Das Gesetz gilt doch für alle – dachten sie.

Monat für Monat fragte Anna in der Bauabteilung der Gemeinde nach. Jedes Mal wurde sie von den Damen, die hinter hohen Stapeln von Papieren und Akten versanken, vertröstet. Bei ihren ersten Besuchen machte eine der Damen sich noch die Mühe, die Akte zu suchen, sie fand sie schließlich als unterstes Dokument in einem abgelegten Stapel in einem Regal hinter der Tür. Bei Annas viertem Besuch schien sie jedoch endgültig verschwunden. Der Architekt der Gemeinde meldete sich nie, obwohl er es versprochen hatte.

Für Anna war es eine frustrierende und zutiefst demütigende Erkenntnis, zum Spielball der Machenschaften von Joan und Mateu geworden zu sein. Je tiefer sie in der Bürokratie versank, je mehr Energie und Zeit sie damit verbrachte, hinter den Sachbearbeitern der einzelnen Abteilungen herzulaufen, umso mehr musste sie feststellen, dass man ihre Anliegen mit immenser Verspätung oder gar nicht bearbeitete. Willkürlich, fahrlässig und diskriminierend sei das, beklagte sie sich bei ihren Freundinnen. Diese bekundeten ihr zwar Mitgefühl und Bedauern, wenn sie von dem Arbeitsstil der Gemeinde berichtete, aber rieten ihr aufzugeben. »Wenn ihr geordnete Verhältnisse haben wollt, müsst ihr halt wieder zurückkommen.« Ein anderer beliebter Spruch lautete: »Andere Länder, andere Sitten ...« Anna regte sich über diese Plattitüden mächtig auf. Aber viel mehr ärgerte sie sich darüber, wie viel Energie sie mit einer Bürokratie verlor, die Gesetzesbrecher schützte, die über genügend Einfluss oder Geld verfügten. Es erinnerte sie an die Selbstherrlichkeit einiger wichtiger Provinzfürsten, die ihre Macht sicherten, indem sie andere vernichteten.

Bis jetzt waren Wolfgang und sie sich einig, was ihre gemeinsamen Ziele und ihren Umgang mit der verfahrenen Situation betraf. Sie sahen keine Möglichkeit einer Einigung und reichten Klage gegen Mateu ein. Sie beriefen sich auf die Angaben des Grundbuchamts und des Katasters und forderten, dass der einstweiligen Verfügung aus dem ersten Urteil widersprochen wird, damit sie ihrer Gewohnheit, nämlich vor ihrem Haus zu sitzen und dort auch zu parken, wieder nachgehen konnten. Ein Wegerecht direkt vor dem Haus stelle eine zu hohe Belastung für sie dar, die Sicherheit würde beeinträchtigt, und außerdem war es in den Grundbuchauszügen zum Zeitpunkt des Kaufes nicht eingetragen. Selbstverständlich hatten sie nichts gegen einen Zugang zu Fuß und würden andere Möglichkeiten einer Zufahrt mit dem Auto darstellen.

Eine ganz klare Sache und eindeutig zu gewinnen, war sich der neue Anwalt Biel Masaro sicher. Anderthalb Jahre hieß es nun warten, bis es zu einem neuen Gerichtsverfahren kommen würde, diesmal vor einem ordentlichen Gericht (*juicio ordinario*).

»Wir brauchen unbedingt einen glaubhaften Zeugen«, forderte Biel bei der Besprechung der Klage und rückte dabei seine Brille zurecht. »Meint ihr jemanden zu finden?«

Anna erinnerte sich an ihre frustrierende Suche nach Zeugen und zuckte die Schultern, als wollte sie die Erinnerung daran so schnell wie möglich wieder loswerden.

Doch nachts, in den ruhigen Momenten bevor sie in den Tiefschlaf fiel, tauchte immer öfter eine nebulöse Gestalt in ihren Gedanken auf. Es war der Sohn von María, der vorherigen Besitzerin. Er hatte doch mehrere Jahre in *Can Xut* gewohnt und sollte wohl um die Gewohnheiten in der Vergangenheit wissen. Doch wo steckte er? Und würde er ihr ihnen helfen?

WEIHNACHTEN

»Komm wir feiern alle zusammen, die gesamte Familie! Ein großartiges Fest wird das werden.« Margas Augen leuchteten vor Begeisterung.

Nachdem sie sich einig geworden waren, wer was zu dem Festmahl mitbringen würde, und sich vor ihrem geistigen Auge schon Berge von Essen auftürmten, verbrachten sie die Tage vor Heiligabend mit emsigen Vorbereitungen und Einkäufen. Zum ersten Mal würden sie *La noche buena* mit der Familie ihrer spanischen Freundin Marga verbringen. Besonders Anna platzte vor Neugierde und Freude, fühlte sie sich doch oft ausgestoßen oder abgelehnt von den anderen Frauen im Dorf, die an keiner noch so kurzen Unterhaltung mit ihr Interesse zeigten.

Ein kalter Wind trieb heulend sein Unwesen, fegte scharf um die Häuserecken und ließ die bunt leuchtende Weihnachtsdekoration, die zwischen den Häuserwänden in den Gassen gespannt war, mit dem Kabelsalat um die Wette wackeln. Anna und Wolfgang liefen mit hochgezogenen Mantelkrägen und mit Körben und Schüsseln beladen vorbei an Patrizierhäusern mit schmucken Reliefs und Balkonen, bis sie die hohe Holztür in der Calle Monabar fanden. Es war ein prächtiges Stadthaus.

Marga und ihre Eltern, alle drei in festliches Schwarz gekleidet, begrüßten sie mit Küsschen rechts und links auf die Wange. Die riesige Empfangshalle, der Reichtum der edlen Materialien und die Eleganz der architektonischen Elemente im Jugendstil zeugten vom Glanz vergangener Epochen. Kunstvoll geschliffene und gefärbte Scheiben, geölte Teakholztüren, Stuck und kleine Fresken an den hohen Decken, steinerne Säulen auf Marmorsockeln, mehrfarbige Fliesen – die Ankömmlinge waren beeindruckt. Sogar ein Weihnachtsbaum, eine Pinie, stand dort mit bunt leuchtenden Lichterketten und üppig verteiltem silbrigem Lametta geschmückt. Im Wohnraum prasselte das Feuer im Kamin und auch in den angrenzenden Räumen des Hauses herrschten angenehme Temperaturen. Die u-förmige Tafel war für sechzehn Personen gedeckt und strahlte im Schein der Kerzen und festlichen Dekoration. Kräcker mit Kaviar auf Frischkäse belegt, Oliven und anderes Fingerfood standen einladend auf dem Tresen.

Der Rest der Familie wurde ihnen vorgestellt. Sie begrüßten Margas Schwester mit ihrem Mann und seinen Eltern, ihre beiden kleinen Kinder, sowie Margas Bruder mit seiner Freundin. Er arbeitete in einem Hotel und sprach Wolfgang gleich auf Deutsch an. Wolfgang freute sich darüber, denn Spanisch zu sprechen fiel ihm immer noch schwer. Später gesellten sich noch eine Cousine mit Mann und Sohn zu ihnen.

Ein großes Tohuwabohu von Stimmen erfüllte die Räume: Alle redeten durcheinander, fielen einander ins Wort, lachten und scherzten und nahmen schließlich fröhlich und laut an der Tafel Platz. Anna hatte einen Salat aus Fenchel, schwarzen Oliven, Orangen und karamellisierten Walnüssen mitgebracht, dazu gab es Kartoffelpuffer, die entweder mit Lachs oder mit Apfelmus für die Kinder belegt werden konnten. Die Puffer waren heiß begehrt, auch wenn sie innen noch ein wenig roh und nach Annas Meinung nicht perfekt waren. Das muss wohl am Gasherd liegen, entschuldigte sie sich, die Hitze kann man nicht so einstellen, wie auf dem Elektroherd in Can Xut.

Platten mit Quiches, gefüllten Tartletts, Serranoschinken, geräuchertem Lachs und verschiedensten erlesenen Käsesorten wurden herumgereicht, der bereits geöffnete Wein eingeschenkt. Alle waren sich einig, dass es eine hervorragende Idee gewesen war, den *Kapaun* auf den morgigen Tag zu verschieben und statt des Truthahns von allem anderen in Hülle und Fülle zu kosten.

Als sie sich kaum mehr bewegen konnten, wurde der Nachtisch angekündigt, Champagnerflaschen geöffnet, Brandy und Kräuterschnaps herumgereicht. Es war klar, sie waren auf einer mitternächtlichen Fressorgie gelandet. Ein im Ofen gebackener süßer Reisauflauf, der nach Zimt duftete und eine Inselspezialität war, wie die Cousine stolz erklärte, fand tatsächlich noch Platz auf dem überfüllten Tisch. Als würde das nicht reichen, wurde Turrón in allen Variationen angeboten, außerdem die Mandeltorte von der Schwiegermutter kredenzt, dazu café solo; wer wollte, mit Insel-Rum verfeinert.

Die Vorfreude auf die Heiligen Drei Könige und vor allem auf die Geschenke, die diese mitbringen würden, war bei den Kindern spürbar präsent. Die Großeltern kümmerten sich rührend um den Nachwuchs, der nie zu ermüden schien, während sich die mittlere Generation über das Internet, Firmenpräsentationen und die Sprachpolitik der Inselregierung ereiferte. Der Vater von Margalida, ein gebürtiger Insulaner und Besitzer eines großen Hotels im Hafen, hatte sichtlich Vergnügen daran, Anna ein wenig von den mythischen Festen und Feiern der Insel zu erzählen.

»Mitte Januar wird das San Antoni Fest mit Feuern und Feuerteufeln, Pyrotechnik Beiwerk und viel gegrilltem Fleisch zelebriert, gefolgt von der mehrtägigen Fiesta San

Sebastian, dem Patron der Inselhauptstadt. Dann folgen die turbulenten Faschingstage und die mit viel Aufwand gestalteten Osterfeierlichkeiten. In der zweiten Maiwoche findet die Fiesta de Moros y Christianos statt, bei der das ganze Dorf aktiv mitspielt. Die eine Hälfte verkörpert die maurischen Eroberer und die andere die christlichen Einwohner. Jedes Jahr wird die glorreiche Verteidigung der Insel mit viel Eifer nachgespielt und vor allem die Jugendlichen feiern dies ausgelassen mit viel Alkohol. So halten wir Geschichte lebendig und selbst die kleinsten Nachkommen und die Zuschauer von außerhalb nehmen sie mit Begeisterung auf.« Die Falten in seinem Gesicht tanzten und er fuhr fort:

»Im Spätsommer bringen wir dem Schutzheiligen unseres Dorfes Ehrerbietung dar und vorher, ach ja, natürlich, davor die nit de San Joan, die kürzeste Nacht des Jahres. Die Menschen verabreden sich zum Picknick am Strand und nachts um zwölf springen sie nackt ins Meer, umgeben von tanzenden Teelichterschiffchen, um Glück zu erlangen.« Don Martinez schmunzelte und machte eine lange Pause. Offensichtlich versank er in schönen Erinnerungen, die er aber für sich behielt.

»Im Herbst werden die Erntedankfeste in den einzelnen Dörfern zelebriert. Sie preisen den Wein, Tomaten, Olivenöl, den Kürbis und Honig, das alles auf geschmückten Karossen und Marktplätzen feilgeboten wird. Und im Hafen stimmen die Fischer die Schutzheiligen des Meeres gnädig. Du siehst, wir sind ein sehr lebensfrohes Völkchen, wir tanzen auf unserer plaça und ...«

»... essen und feiern, was das Zeug hält«, unterbrach ihn seine Frau. »Mit diesem Trick hat er mich ja auch an Land gezogen.« Sie schmunzelte und strich ihm liebevoll über sein ergrautes Haupt.

»Ach, dann bin gar nicht ich derjenige gewesen, der dich beeindruckt hat?«

»Du und deine Familie und die Insel, alles zusammen.« Sie strahlte ihn an und wechselte das Thema. »Hast du Anna schon das Buch gezeigt, das du herausgebracht hast? Nein?«

Señora Martinez lief in einen Nebenraum und kam mit einem schmalen, gebundenen Band in der Hand wieder.

»Die Bildunterititel sind in drei Sprachen – so verkauft es sich gut an alle Touristen.« Wieder zog sich sein Mund vor Stolz in die Breite. Wie sich herausstellte, war Señor Martinez Gründungsmitglied des Vereins zur Förderung des Kulturerbes und hatte ein Fotobuch über die traditionellen Feste herausgebracht. Anna war beeindruckt von der Liebenswürdigkeit, mit der die einzelnen Familienmitglieder miteinander umgingen. Kein böses Wort, kein Streit. Schon mal eine Spitze hier und da, die aber immer mit Humor aufgenommen wurde. Aufmerksam blätterte sie durch das Buch.

»Sie sind eine glückliche Familie«, bemerkte sie.

»Das liegt alles an meiner Frau«, gab Señor Martinez das Lob weiter, »ohne eine gute Frau an deiner Seite hast du verloren.«

»Wie wäre es, wenn du die Oma nach oben in ihr Zimmer bringen könntest, anstatt hier Vorträge zu halten«, forderte sie ihn in sanftem Ton auf.

»Wie alt ist sie?«, fragte Anna leise und schaute auf die schön zurechtgemachte zierliche Frau, die auf dem Sessel neben dem Kamin eingeschlafen war.

»Bald neunzig Jahre«, antwortete Señor Martinez stolz und nahm seine Mutter behutsam in den Arm. Nachdem sie sich verabschiedet hatten, setzte sich Señora Martinez zu Anna. Sie sprach nun Deutsch.

»Die Menschen hier sind sehr stolz auf ihre Traditionen. Und, glaube mir – nicht alle sind so wie deine Nachbarn.«

Sie holte tief Luft. »Aber der Mateu – der hat keinen guten Ruf!«

Anna hatte keine Lust an diesem Abend über ihn zu sprechen und verzog das Gesicht.

»Es gibt hier viele Menschen, die noch nie gereist sind und die die Berge noch in ihren Köpfen haben. Hier leben viele einfache Leute mit einer einfachen Bildung.«

»Hm.« Anna vermutete, dass Marga ihrer Mutter wohl von dem nachbarschaftlichen Rechtsstreit berichtet hatte. »Und das berechtigt einen dann anderen Leuten das Leben schwer zu machen?«

»Wenn man sich dadurch einen Vorteil verschafft.«

»Was sollte das für ein Vorteil sein, der auf dem Schaden des anderen beruht? Das klingt für mich ziemlich archaisch, nicht gerade zivilisiert.«

»Jede Gesellschaft hat mit Missratenen, Durchtriebenen und Bösen zu kämpfen.«

Anna war diese Erkenntnis nicht neu. Eine Weile schwiegen die beiden Frauen und hingen ihren Gedanken nach.

»Kennst du den Sohn unserer Vorbesitzerin María? Er hat doch ein paar Jahre in Can Xut gewohnt, nicht wahr?«

»Wie heißt sie genau?«

»María Mayol Sabater, wohnhaft in der Cami de Ses Argiles.«

»Ja – nun«, Señora Martinez überlegte, »einer ihrer Söhne hatte mit Drogen zu tun, heißt es. In eurem Haus wurden damals oft Partys gefeiert, es war ja weit und breit niemand da. Nur der Xesc nebenan, der seit dem Tod seiner Frau zum Schlafen hinkam, aber irgendwann nicht mehr aufgetaucht ist. Das ist schon so lange her und passierte außerhalb des Dorfes. Aber wenn du willst, kann ich mich ja mal umhören, einverstanden?«

»Oh ja, das wäre schön«, bedankte sich Anna.

Um drei Uhr nachts ging das fröhliche Fest, in dem sich Alt und Jung in drei verschiedenen Sprachen ausgetauscht und einander kennengelernt hatte, zu Ende. Anna packte ihre Sachen in der *Entrada* zusammen, als sie eine verschwörerische Stimme hinter sich vernahm und hoch schreckte.

»Ich kann euch vielleicht helfen.« Marga stand im Halbdunkel der steinernen Treppe und schaute sie mit ernstem Gesichtsausdruck an.

»Ich verstehe nicht ...?«

»Ich kenne jemand, der beim Gericht arbeitet. Eine Freundin.« Mit ein paar Blicken vergewisserte sie sich, dass keiner in der Nähe war und zuhörte.

»Was kann die schon tun?« Anna schlüpfte achselzuckend in ihren Mantel.

»Sehr viel. Sie kann Papiere aufhalten, nach unten legen, sodass sie nicht bearbeitet werden. Manchmal ist das wichtig, wenn man Zeit schinden will, wenn Fristen versäumt werden sollen. Sie kann dafür sorgen, zu welchem Gericht eure Klage gelangt.«

»Aha?« Anna schaute Marga ungläubig an. »Das heißt, man kann die Leute bestechen?«

»So würde ich das nicht nennen. Ist eher ein Freundschaftsdienst, weißt du, man hilft sich untereinander.«

»Vielen Dank, das ist gut zu wissen. Kommt mir irgendwie bekannt vor.«

Dann sagte sie, nicht ohne Bewunderung: »Ich wusste nicht, dass ihr so reich seid.«

Marga schüttelte den Kopf. »Du irrst dich. Wir sind nicht reich, vielleicht ein wenig vermögend. Aber es kostet sehr viel Geld, all das zu erhalten und vor dem Ruin zu bewahren. Es gibt bei uns ein Sprichwort: Die erste Generation baut auf, die zweite erhält und die dritte verkauft. Mein Großvater baute eines der ersten Hotels im Hafen. Das bringt uns bis heute Geld ein.«

»Marga, ich danke dir und deiner Familie sehr für diesen wundervollen Abend, für die Gastfreundschaft, Offenheit und Herzlichkeit. Ich werde dieses Weihnachtsfest nie vergessen.« Anna ging zurück in das Esszimmer um Wolfgang einzufangen, der sich mit dem Kräuterschnaps und dem Bruder von Marga angefreundet hatte. »Schöne Weihnachten euch allen. Bon nadal y molts anys!«

Auf dem Heimweg tänzelten die beiden durch die Kälte und hingen ihren Erinnerungen an ein einmaliges Weihnachtsfest nach. In Annas Tasche lag ein Geschenk der Familie – das Fotobuch von Don Martinez über die traditionellen Feste der Insel.

***

Sie bückte sich, öffnete die Kommode der Anrichte im Wohnzimmer, um das gute Geschirr ihrer Mutter hervorzuholen. Mit der Schürze wischte sie den Staub des obersten Tellers ab. *Pintado a mano*, handbemalte spanische Keramik, Porta Celi Spain stand auf der Rückseite, aber sie nahm nur das Emblem wahr. Drei Türen. María dreht den Teller wieder um. Streifen in verschiedenen Brauntönen liefen am Rand, in der Mitte lagen auf beigefarbenem Grund mehrere Kreise, von denen drei Blütenknollen in denselben Brauntönen ihre Blätter nach außen streckten. Als junges Mädchen hatte sie eine Anstellung gefunden, in einem der Stadthäuser, in denen die Herrschaften von ausländischem Porzellan aßen und Tafelsilber benutzten. Das strahlende Weiß der Teller und Unterteller, Schüsseln und Schalen auf der festlich gedeckten Tafel hatte sich für immer in ihre Erinnerungen eingebrannt. Weihnachten, seufzte sie, macht immer nur Arbeit. Silber musste sie putzen, bis zum Umfallen, und dann war ihr die Sauciere am ersten Weihnachtstag heruntergefallen und in tausend Stücke zersprungen.

Sie nahm jeden Teller einzeln heraus und stellte ihn auf die Anrichte. Tolo, Miguel und Elsa würden bald da sein, immerhin –, aber Enkelkinder brachten sie nicht mit.

Der Duft von gebratenem Spanferkel zog durch die Wohnung. Die Reststücke eines Spanferkels, das sie einem Restaurant abgekauft hatte, lagen in Einzelteilen zerlegt auf den Kartoffeln und Oliven in der größten *greixonera*, die sie besaß. Den Mandelkuchen hatte sie gestern gebacken. Sie zog die Plastikdecke vom Tisch, legte das weiße, gestärkte Leinen mit dem zarten Spitzenbesatz am Rand (von ihrer Mutter gehäkelt) darauf und begann den Tisch zu decken. Und je schöner er wurde, umso mehr schlich sich eine stille Freude auf das gemeinsame Festmahl ein. Besonders sehnte sie sich nach Tolo, ihrem Ältesten, der nur noch selten und nur zu besonderen Anlässen nach Hause kam, da er auf dem Festland Arbeit gefunden hatte.

Während des Essens, das begleitet von fortwährenden Komplimenten an ihre Kochkunst war, lauschte sie gebannt seinen Erzählungen. Tolo brachte ihr immer Blumen mit. Dieses Jahr ein roter Weihnachtsstern von beträchtlicher Größe. Doch dann stichelte Elsa auf Tolo herum, weil ihm angeblich mehr Aufmerksamkeit zuteil wurde, als ihr. Immer geht es nur um dich! Du und dein Männerclan! Miguel sah dauernd auf sein Handy, als würden ihn die Grußbotschaften dort mehr interessieren, als seine eigene Familie. Und nach dem Essen entdeckte Tolo, auf der Suche nach Schnaps, in einer Ecke des Regals die *Acta*. Der feste Einband mit dem Zeichen des Notars unter den blauen Sternen der EU fiel ihm sofort ins Auge.

»Du warst bei dem Notar?«

María ignorierte seine Frage, schleckte den Löffel mit der öligen Bratensoße ab und schickte Elsa in die Küche, um das *Turrón* zu holen.

Tolo überflog die Zeilen. »Du hast den Nachbarn vor dem Notar den Weg und ein Wegerecht mit dem Auto zugesprochen? Mehr als zwanzig Jahre schon. Friedlich und kontinuierlich. Soll das ein Scherz sein?«

»Ich schnüffel nicht in deinen Angelegenheiten.«

»Du weißt genau, dass das nicht wahr ist.« Er legte den Aktendeckel wieder zurück.

»Na und?«, wandte María ein. »Wir profitieren alle davon. Der Joan hat mir die Mauer repariert und den Wasserboiler ausgetauscht und gibt mir oft Ziegenfleisch. Er würde jedem von uns helfen. Wir tun das auch.«

»Aber du bist fast nie auf dem Land unseres Großvaters gewesen, woher willst du dann wissen ...«

»Sei still!«, fuhr María ihn an. »Er hat es mir gesagt! Daher weiß ich, dass es stimmt.«

Tolo senkte seine Stimme. »Mutter, ich frage mich, warum du dann nicht ...?«

»Wieso soll es denn nicht stimmen, was der Mateu und sein Sohn sagen?«

»Vielleicht fragst du mal deinen Sohn, bevor du jemandem anderen glaubst. Ich habe doch mit meinem Wagen auf dem Weg zum Haus geparkt! Wie soll denn da einer entlanggefahren sein?«

»Früher«, triumphierte die Mutter. »Mit dem Karren. Und Karren gilt heutzutage wie ein Auto. Das hat mir der Mateu gesagt.«

Ihr Sohn schüttelte den Kopf. »Du weißt doch, was für ein habgieriger Fuchs der Mateu ist. Der kennt die Stelle, wo der Teufel sich schlafen legt, pah!«

María schleuderte ihm einen wütenden Blick entgegen. »Seine Frau hat immer ein freundliches Wort für mich, und auch du hast von dem Kauf profitiert. Habt ihr nicht alle von dem Geld gelebt?«, rief sie erbost und erhob sich, um in die kleine Küche nebenan zu flüchten.

Alle drei Kinder hatten den Geldregen nach dem Verkauf der großväterlichen Finca zu schätzen gewusst. Keiner von ihnen hätte das Geld für die notwendige Restauration aufbringen können. Ein Haus ohne Fenster, ohne Wasser und Abfluss, wer hätte in einer Ruine leben wollen? So konnte die Tochter von dem Geld eine kleine Wohnung anzahlen, der Älteste sein Studium finanzieren und der Jüngste die Suchttherapie. Der Rest diente ihr als Rente, da sie kaum etwas vom Staat bekam.

»Habe ich nicht immer alles in meiner Macht stehende getan, damit es EUCH gut geht?«

María kam erbost mit den Kuchengabeln aus der Küche zurück. »Ich mache Steine zu Brot, und du wagst es, mich dafür anzuschuldigen?«

»Nein«, antwortete Tolo. »Natürlich bin ich dir dankbar. Wir alle, nicht wahr?« Resigniert senkte er seinen Kopf. Seiner Mutter lebte in einer anderen Welt.

»Aber die Zeiten ändern sich. Ich mache mir nur Sorgen. Can Xut ist mit dieser Belastung viel weniger wert. Was, wenn die Deutschen nun Entschädigungsforderungen stellen? Wer soll das dann bezahlen, wenn die gegen dich vor Gericht gehen?«

Er musterte seine Geschwister, als ob er von ihnen Hilfe erwarten könnte. Sein Bruder hatte die ganze Zeit geschwiegen und schien auch jetzt nicht zu einer Äußerung fähig, während seine Mutter hysterisch zu schreien begann. »Das war doch nicht ich, sondern der Richter! Das ist doch überhaupt nicht meine Schuld. Der Richter hat das so entschieden, vergiss das nicht!«

»Aber aufgrund deiner Aussage hat der Richter so entschieden«, rief Tolo nun ebenfalls mit erhobener Stimme und machte einen Schritt auf sie zu. »Und du machst Geschäfte auf Kosten anderer. Oder etwa nicht?«

Doch sie wandte sich ab und verließ mit kleinen stampfenden Schritten den Raum. Eine Tür knallte. Seine Schwester, die während des Gespäches den Tisch abgeräumt hatte, rief nun voller Hohn. »Tolo, du kannst es nicht lassen, nicht wahr? Immer musst du jeden schönen Moment zerstören! Lass sie doch in Ruhe! Sie hat es nur gut gemeint!«

Für ein paar Augenblicke herrschte eine unangenehme Stille. Dann öffnete sich die Tür und María erschien wieder. Sie hatte ihr Haar gerichtet.

»Der Gabriel«, sagte sie mit einem Lächeln, »das ist der Anwalt vom Joan, der hat mir gesagt, dass die Neuen keine Entschädigungsforderungen an mich stellen können. Die Frist dafür ist abgelaufen. Die können höchstens das Haus für die gleiche Kaufsumme zurückgeben. Das wäre ein guter Tausch für uns nach all den Verbesserungen. Nein, nein, die können gar nichts machen. Gar nichts. Du wirst sehen, mein Sohn.«

DER ZEUGE

»Guten Tag, mein Name ist Anna Kramin. Ich bin auf der Suche nach Tolo Lobo Mayol, dem Sohn von María Mayol Sabater, der ehemaligen Besitzerin von Can Xut. Bin ich richtig verbunden?« Das war jetzt schon der einundzwanzigste Anruf. Und er endet wie alle anderen.

»Nein, Sie haben sich verwählt.«

Klack. Wieder nichts.

Über das Einwohnermeldeamt hatte sie den Namen des Sohnes der Vorbesitzerin María herausgefunden, über das Internet fünfzig Einträge in ganz Spanien, und diese Zeile für Zeile abtelefoniert. Nur nicht darüber nachdenken, einfach weitermachen, nur nicht aufgeben, hämmerte sie sich ins Hirn, während sie die Zahlen der nächsten Nummer tippte. Als sie bereits wieder auflegen wollte, wurde das Freizeichen unterbrochen.

»Ja, bitte?«

»Guten Tag, mein Name ist Anna Kramin. Ich bin auf der Suche nach Tolo Lobo Mayol, dem Sohn von María Mayol Sabater, der ehemaligen Besitzerin von Can Xut.« Ihre Sätze waren bereits fest abgespeichert, und mit der Zeit hatte ihre Stimme einen monotonen, fast gleichgültigen Klang bekommen.

»Ja, der bin ich. Was kann ich für Sie tun?«, antwortete eine tiefe warme Stimme am anderen Ende.

Das gibt´s doch nicht! »Ja, äh, ich bin so froh, dich gefunden zu haben. Ich, ich, brauche Hilfe.«

»Ja?«

»Es ist so: Vor drei Jahren haben mein Freund und ich die Finca Can Xut gekauft, die deinem Großvater gehörte. Leider haben wir Probleme. Unsere Nachbarn behaupten Dinge, von denen wir glauben, dass sie nicht der Wahrheit entsprechen. Deshalb wollte ich dich bitten, ob wir uns treffen könnten? Ich habe erfahren, dass du ein paar Jahre dort gewohnt hast, und du könntest uns vielleicht erzählen wie ...« Sie wurde von ihm unterbrochen.

»Ich bin nur noch sehr selten auf der Insel.«

»Ich würde auch zu dir kommen, wenn es recht ist. Ich brauche nur ein paar Informationen. Bitte!«

»Ruf mich in ein paar Tagen noch einmal an. Ich werde darüber nachdenken, ob es möglich ist«, lautete seine Antwort.

»Vielen Dank. Einen schönen Tag, adios.«

»Adios.«

Doch Anna konnte ihn telefonisch nicht mehr erreichen, er war nie da.

Eine Woche später gelang es dann doch. Zunächst wollte er sie abwimmeln, aber sie wiederholte ihr Anliegen und versuchte ihn in ein Gespräch zu verwickeln. Ihre Worte klangen eindringlich, aber nicht aufdringlich. Ob er gerne auf der Insel im Haus seiner Familie gewohnt habe? Er brummte, es wäre eine schwierige Zeit gewesen. Ob er die Finca seiner Familie in Ehre halten würde? Keine Antwort. Ob er, wenn er immer noch dort leben würde, zugelassen hätte, dass man über seine Schuhe vor der Haustür fahre? Schweigen.

Es waren die richtigen Fragen, die an sein Gewissen appellierten, denn er antwortete schließlich. Er würde sich mit ihr treffen, ihre Fragen beantworten und ihr Datum und Adresse per Mail schicken.

Nun hatte sie endlich ihren Hauptzeugen gefunden. Ihr Herz hüpfte vor Aufregung und Erwartung immer stärker. Noch immer war ihr die spanische Sprache nicht in Fleisch und Blut übergegangen. Manchmal kannte sie die Übersetzung eines Wortes nicht oder es war ihr entfallen. Dann versuchte sie es zu umschreiben und verlor den Faden, was dem Zuhörer Geduld abverlangte. Dazu kamen die Fehler in der Grammatik und der Ausdrucksweise. Schon in der eigenen Muttersprache waren Missverständnisse oder Fehlinterpretationen nicht ausgeschlossen. Einen wichtigen Dialog nicht führen zu können, weil man die Sprache nicht gut beherrsche, war ein Desaster, das sie auf jeden Fall vermeiden wollte. So wiederholte sie die einfachen Sätze, die sie sich im Geiste bereits zurechtgelegt hatte, und schrieb sich die wichtigen Worte auf Spanisch auf.

Und dann saß sie im Zug nach Sitges, einem kleinen Ort südwestlich von Barcelona. Das kräftige Hellblau des Meeres und bleistiftlange Palmen, die die Promenade säumten, flogen an ihrem Fenster vorbei. Sie sog die vom Sonnenlicht durchflutete Weite der katalanischen Küste in sich auf, sah die Wellen, die mit weißen Schaumkronen an den menschenleeren Strand fielen, und wiederholte innerlich die gelernten Worte.

In Sitges verließ sie den Zug. Sie ging die sauberen, verwinkelten Altstadtgassen mit den Boutiquen und Läden entlang, bis sie den Namen des Cafés las, den er ihr genannt hatte.

Es war später Vormittag. Sie setzte sich mit der Zeitung ihres Dorfes an den Tisch, den Blick zur gläsernen Eingangstür gerichtet und bestellte einen *café con leche*. Die

Uhr am Tresen bekräftige, was sie ohnehin schon wusste: sie war zu früh. Sie hielt die Zeitung so, dass Tolo den blauen Schriftzug sofort erkennen konnte, trug wie vereinbart ein weißes Oberteil und Jeans, und hatte die Haare zu einem lockeren Schwanz zurückgebunden. Sie überflog einige Artikel, die sie bereits gelesen hatte, und wartete. Ein junges Backpacker-Pärchen fiel über eine *tortilla* her, zwei Männer, offensichtlich homosexuell, standen am Tresen und tranken Kaffee. Anna atmete ein paar Male tief durch, um ihre Nervosität wegzupusten. Endlich traf ein hochgewachsener, schlanker Mann um die vierzig ein. Er nickte den beiden Männern zu und entdeckte sie sofort.

»Anna?«

»Ja, hola Tolo«, freute sie sich.

Er fragte höflich, wie es ihr gehe und ob sie eine gute Reise gehabt habe.

»Ja, es ist eigentlich ein Katzensprung, mit dem Flugzeug eine halbe Stunde zum Festland«, antwortete Anna. »Und du fährst nicht oft nach Hause, oder?«

»Nein, nur noch selten, zu Festtagen oder Familienfeierlichkeiten«, antwortete Tolo. »Ich habe jetzt hier mein Zuhause, meine Arbeit und Freunde. Also, warum wolltest du mich sprechen?«

Anna rekapitulierte: »Aufgrund der Klage unserer Nachbarn besteht nun ein Durchfahrtsrecht auf unserem Hof. Sie fahren nicht nur tagtäglich wenige Zentimeter an unserer Haustür vorbei, sondern parken ihre Wagen auf dem Weg zu ihrer Finca auf unserer Seite und behaupten, dies sei immer schon so gewesen. Stimmt das?« Sie fixierte seine schwarzen Augen, die sonnengebräunte Lachfalten umsäumten.

»Ich kann nichts dafür, dass der Richter so entschieden hat«, sagte Tolo. Ein wenig Bedauern schwang in seinem Tonfall mit.

»Das weiß ich«, antwortete Anna, »aber deine Mutter hat bei dem Verkauf von Can Xut nichts von diesen Belastungen gesagt, die sie vor dem Notar und dann auch noch vor Gericht bestätigt hat. Sie stehen auch nicht in der Kaufurkunde. Wir fühlen uns betrogen. Wir hätten dieses Haus nie gekauft, wenn wir das vorher gewusst hätten – woher, frage ich dich, hätten wir das wissen können?«

Tolo trank einen Schluck Kaffee, hob leicht die Schultern, so als wolle er sagen: Ich weiß es nicht. Er lehnte sich zurück und schwieg. Anna fuhr deshalb fort.

»Tolo, stell dir vor, du würdest noch in Can Xut leben, du hättest einen Sohn, mit dem du vor dem Haus spielen, eine Familie, mit der du vor deinem Haus essen würdest. Hätte deine Mutter dann das gleiche Papier vor dem Notar unterschrieben? Ein Papier, das dir alle Rechte nimmt, die du vorher hattest, nämlich vor deinem Haus in Ruhe zu leben? Entgegen dem, was dein Großvater gelebt hat! So war es doch, oder!«

Tolo war in sich zusammengesackt und starrte in sich hinein.

»Meine Mutter hat nicht genau gewusst, was sie da unterschrieben hat«, flüsterte er kaum wahrnehmbar. »Sie hat den Notar gar nicht verstanden, er hat den Text so schnell überflogen und nuschelte dabei.«

»Was?« Anna presste ihre schwitzigen Finger zu Fäusten zusammen. »Hat sie denn vorher nicht gelesen, was sie unterschreiben sollte?«

»Meine Mutter liest sehr wenig. Sie ist zum Notar gegangen und hat unterschrieben. Das war alles.«

»Aber, dann ... «

»Joan und Mateu haben ihr erklärt, dass sie schon immer dort entlanggefahren sind. Sie glaubt den beiden. Für sie ist es so gewesen. Meine Mutter wird niemals zugeben, dass sie sich geirrt hat. Sie glaubt, dass dies der Wahrheit entspricht. Sie ist sehr religiös erzogen, weißt du?«

Anna ließ ihren Blick durch das Café schweifen. Der schwarze Deckenventilator sorgte für einen angenehmen Luftzug. Für einen Moment beobachtete sie schweigend, wie sich die Flügel drehten, doch dann brach es aus ihr heraus. »Soll das bedeuten, dass man lieber die Lüge zur Wahrheit erklärt, als die Lüge zuzugeben?« Tolo antwortete ihr nicht.

»Und wer hat den Text geschrieben, die Punkte, die Can Xut merkwürdigerweise fast enteignen?«

»Das war der Anwalt der Familie Colom. Joan ist zu meiner Mutter gegangen und hat behauptet, ihr würdet ihm den Zugang verbieten.«

Anna schoss in die Höhe. »Das stimmt doch überhaupt nicht! Wir haben nur den Zugang mit dem Auto verhindert, mehr nicht! In unserem Land fährt man bei einem Reihenhaus auch nicht an den Eingangstüren der anderen vorbei, um dann direkt vor der letzten Tür zu parken. Man geht den Weg. Und zwar zu Fuß!« Sie war kurz davor zu explodieren.

Erschrocken guckte Tolo zu ihr hoch. »Auf jeden Fall hat sie ihm geglaubt und dann alles unterschrieben.«

»Ohne genau zu wissen, was?« Anna setzte sich wieder und stürzte ihren Kaffee herunter.

»Ja.«

»Und wie war es, als du dort gelebt hast?«, fragte sie vorsichtig und erstaunt darüber, dass Tolo ihr gegenüber so viel zugegeben hatte.

»Ich habe vier Jahre in dem Haus meines Großvaters gelebt. Ich glaube von 1994 bis 1998, unter sehr einfachen Bedingungen.«

Anna nickte. »Oh ja, im Winter muss es sehr kalt gewesen sein. Ohne Fenster ... «

»Ich habe meinen R4 auf dem Stück Weg vor dem Haus geparkt, meine Freunde auch.«

»Das heißt, es konnte keiner vorbeifahren?«

»Nein, das ging nicht. Da kam keiner mit dem Auto vorbei.«

Anna starrte nachdenklich vor sich hin. Wolfgang hatte gewusst, wie die Spielchen laufen. Die Geschichte erinnerte sie an die balearischen Märchen und Fabeln, in denen es auch fast immer um ein Wesen ging, Tier oder Mensch, der einem anderen eine Falle stellt, um sich selbst zu bereichern. *Es war einmal ein Rabe, der pickte mal ein paar Trauben bei S'Illeta, mal ein paar Bohnen und Erbsen bei sa Cortera und Tuent und mal ein paar Feigen in der Calobra. Dabei war er so alt geworden, dass er seine Federn verlor und nichts mehr finden konnte, um sich den Magen zu füllen. Weil aber nichts erfinderischer macht als ein leerer Magen, sagte er eines Tages zu sich selbst, als ihn der Hunger quälte: »Mal sehen, was ich anstellen kann. Es hat mir nie gefallen, anderen Schaden zuzufügen, aber jeder ist sich selbst der Nächste. Meine Haut ist mir mehr Wert als alle anderen zusammen. Auf geht's Futter suchen!*

Die Stimme von Tolo holte Anna in die Gegenwart zurück. »Mateu und sein Sohn haben sich die Parkbucht außerhalb ausgebaut und dort geparkt. Kann sein, dass er auch mal mit dem Auto bis zu seiner Finca gefahren ist, aber bestimmt nicht jeden Tag. Was nach meiner Zeit mit *Can Xut* passierte, weiß ich nicht.«

»Aber er parkt ja nicht mal auf seinem Land, sondern davor. Er behauptet, der Weg gehöre zu seiner Finca!«

»Die Leute behaupten immer viel, weißt du. Man muss nicht alles glauben.«

»Aber wenn der Richter es glaubt! Weil die Zeugen es auch noch bestätigen!«

Tolo zuckte wieder mit den Schultern.

»Wer hat denn vorher nebenan gewohnt?«, fragte Anna.

»Ein einfacher Landarbeiter. Er hieß Xesc. Eines Tages ist er tot in den Bergen aufgefunden worden.«

»Oh.« Anna senkte den Blick.

»Und hat der Mann ein Auto gehabt?«

»Nein, früher sind die Leute ja alle zu Fuß gegangen oder fuhren mit dem Mofa.« Er machte eine Pause. »Kennst du den Mann, der oberhalb von Can Xut die Schafe und Ziegen hütet?«

Anna erinnerte sich an ihn und das Gespräch mit ihm. »Meinst du Nofre?«

»Ja. Mein Großvater saß oft mit ihm vor dem Haus. Sie haben gemeinsam zu Abend gegessen.«

»Genau wie wir. Bank vor der Haustür, Blick in den Garten und auf die Berge.« Anna presste die Lippen aufeinander und versuchte, die aufkommende Feuchtigkeit in ihren Augen zu unterdrücken. »Ich stehe auf einer Leiter und schneide den Wein, der vor dem Haus wächst, und werde fast angefahren. Die lassen einen Teil ihres Drecks vor unserer Haustür fallen. Lässt man die Tür offen, dringen die Abgase der Wagen direkt ins Haus. Ein Albtraum!« Schnell wischte sie eine Träne weg. »Das Schlimmste ist: Diese Familie ist so unendlich stur und rücksichtslos!«

»Ja, aber nicht alle sind so, glaub mir. Nicht alle!«, beschwichtige Tolo. »Was habt ihr nun vor?«

»Uns bleibt nur der Rechtsweg, denn die Verhandlungen sind gescheitert.« Sie trank einen Schluck Wasser. »Bitte, kannst du nicht für uns aussagen? Es ist wichtig, dass wenigstens einer die Dinge ins rechte Licht rückt.« Anna schaute ihn mit flehendem Blick an. »Ich habe schon mit so vielen Menschen gesprochen, alle sagen immer Nein. Warum traut sich denn keiner? Ich verstehe das überhaupt nicht.«

Obwohl er längst eine Entscheidung getroffen hatte, ließ Tolo sich Zeit mit seiner Antwort, während Anna erwartungsvoll seine Gesicht musterte.

»Ich werde es mir in Ruhe überlegen, aber ich stelle eine Bedingung: Ihr müsst meine Mutter in Ruhe lassen! Ich möchte nicht, dass sie nochmal aussagen muss. Sie ist schon sehr alt, es nimmt sie sehr mit.«

»Selbstverständlich«, sprudelte es aus ihr hervor. »Wir haben gar nicht vor, deine Mutter vor Gericht zu ziehen. Wir wollen nur in Frieden leben.«

Er nickte, stand auf und ging zur Kasse am Tresen. Anna lehnte sich mit einem Seufzer der Erleichterung zurück. Sie war der Wahrheit ein Stück nähergekommen.

Nachdem sie sich dankend von Tolo verabschiedet hatte, ging sie zurück zum Bahnhof, um den nächsten Zug nach Barcelona zu nehmen. Sie wollte sich unbedingt noch die Werke Gaudís anschauen und das pulsierende Leben der katalanischen Hauptstadt, – das würde sie nun unbeschwert genießen können.

DER RICHTER

Sie hatte ihn verlassen. War mit dem Fitnesstrainer durchgebrannt. Es war nicht zu fassen! Mit dem Fitnesstrainer! Der Richter, ein kleinwüchsiger Mann mit leicht ergrautem Haar griff an seine Brust und krümmte sich ein paar Sekunden. Nach fast zwei Jahrzehnten war seine Frau ohne ein Wort gegangen, und zum ersten Mal hatte etwas Unvorhersehbares wie eine Bombe in seinem stets perfekt durchorganisierten Leben eingeschlagen. Er fühlte sich auf einmal leer, unendlich leer.

Sein Schreibtisch aus schlichtem Holz versank unter Akten. Auf dem Boden lagen kniehohe Stapel von bedrucktem Papier, die meisten in Aktendeckel gehüllt. Die Möbel verschwanden hinter den Archivbergen und persönliche Dinge fehlten. Ein paar suchende Handgriffe. Hinter einem Berg von grünen Aktendeckeln fand er das Foto von ihr. Eine spanische Schönheit mit großen Augen und langen Haaren lachte ihm aus dem goldenen Rahmen entgegen. Für ein paar Minuten weilte sein Blick auf der Frau, die er immer noch liebte; dann warf er ihr Konterfei in den Papierkorb. Ein kaum wahrnehmbares Klopfen kündigte den Auftritt seiner Assistentin an.

»Guten Morgen, Señor Gonzalez, ich habe hier die Unterschriftenmappe für den anberaumten Streik Ende Juni. Außerdem noch ein paar Unterlagen von der Richtervereinigung für die spanische Regierung. Wenn Sie vielleicht einen Blick hineinwerfen ...?«

Sie legte die Mappe auf den einzigen freien Fleck, der auf dem Schreibtisch zu sehen war. Dabei fiel ihr Blick auf den glänzenden Fotorahmen in dem Papierkorb. Als sie schon fast den Raum verlassen hatte, schwebend und nahezu lautlos, wie es ihre rücksichtsvolle Art war, drehte sie sich zu ihm um. »Alles in Ordnung?«

»Ja, ja. Alles gut«, brummelte er, ohne aufzublicken.

»Wenn ich Ihnen irgendwie helfen kann, lassen Sie es mich bitte wissen.«

Sie schloss die Tür und Jaume Gonzalez war wieder allein mit sich und tausenden geschriebenen Worten in Gutachten und Dokumenten, die nach dem Machtwort eines Schlichters riefen. Er legte die Unterschriftenmappe zur Seite und griff sich stattdessen die Tageszeitung. Auf der zweiten Seite fesselte ein Artikel sein Interesse:

JUSTIZ DEM KOLLAPS NAHE

Insel-Richter drohen mit Streik und schließen sich damit einem landesweiten Vorgehen gegen die Überlastung des Justizsystems an. Vier große Richtervereinigungen fordern die Regierung dazu auf, die Gerichte dringend mit mehr Personal und besserer technischer Ausstattung zu versorgen. Falls ihre Forderungen nach einer Verbesserung ihrer unhaltbaren Arbeitssituation nicht erfüllt werden, wollen sie im Sommer erneut in den Ausstand treten. Um die Menge der Verfahren auf den Inseln bewältigen zu können und die langen Bearbeitungszeiten zu verkürzen, sei es notwendig, die Anzahl der Richter zu verdoppeln. Auch die Arbeitsbedingungen gelten als dringend reformbedürftig.

Verärgert warf Jaume die Zeitung zur Seite, um sich dem Studium der anstehenden Klagen zu widmen. Er hatte sich von Anfang an gegen den Streik ausgesprochen. Was für eine Farce – streikende Richter! In anderen Ländern wäre das gar nicht erlaubt. Sie waren doch kein Pöbel, der auf die Straße ging und mit Plakaten herumwedelte. Die Sozialisten hatten wirklich kein Standesgefühl mehr. Genau wie seine eigene Frau. Sie hatte seine Werte in den Schmutz gezogen. Sie hatte gesagt, sie wolle nicht mehr mit einem Stein zusammenleben und mit einer Wand sprechen und mit seinen Machenschaften zu tun haben. Aber sie hatte doch gut davon gelebt, all die Jahre! Sie wollte doch immer mehr und immer teurere Dinge, die Reisen mit ihren Freundinnen, den Schmuck und den Luxus. Außerdem war er nicht gefühllos, nein, das konnte sie ihm wirklich nicht vorwerfen. Er war halt schweigsam. Nicht jeder konnte so viel quatschen wie sie. Das Reden hatte er schon lange den Anderen überlassen.

In den darauf folgenden Stunden schleppte er sich mühsam und unkonzentriert durch den Papierwust. Auf jeder Seite tauchte seine Frau auf und lachte, höhnisch und triumphierend. Unmöglich die Gedanken an sie abzuschütteln. Das Telefon klingelte und unterbrach das Brodeln in seinem Inneren. Die Assistentin verband ihn.

»Gabriel, wie geht's dir?«, begrüßte Jaume seinen alten Freund. »Lange nichts von dir gehört. Wie macht sich denn mein Fräulein Tochter in deiner Kanzlei?«

»Oh, die ist sehr eigenständig, gibt sich Mühe. In der letzten Zeit hat sie sich allerdings etwas rar gemacht.« Die Gründe für Neus häufige Abwesenheit nannte er allerdings nicht. »Und du?«

»Ach, Überstunden. Die Bürokratie wird immer schlimmer.«

»Stimmt, sie ist eine Krake, die alles verschlingt, und dabei sehr ineffektiv. Hast du Lust, mit mir eine Kleinigkeit zu essen oder einen guten Rotwein zu trinken?«

»Warum nicht? Meine Frau ist momentan auf Reisen, das passt. Nehmen wir das draußen, wie immer ... Einverstanden, bis bald.«

Jaume Gonzalez hatte nicht die geringste Ahnung, dass sein Telefon von einer neuen Sondereinheit der Nationalpolizei zur Bekämpfung der Korruption abgehört wurde. Ein junger Beamter der Operation ‚Weiße Weste' saß, die Füße auf den Schreibtisch gestreckt, mit Kopfhörern vor seinem PC, und studierte die Sonderangebote von Bohrmaschinen in der umfangreichen Werbebroschüre eines Baumarktes, als ‚El elefante' hereinplatzte. Der Türrahmen zitterte.

«Und? Was Neues?«

Carlos streifte die Kopfhörer hinter die Ohren. »Er trifft sich heute Abend mit ´nem alten Freund, Gabriel Coll. Anwalt.«

Diesmal hatten sie ihm den langweiligsten Typen aufgebrummt, den er je abgehört hatte. Bei dem Geschnaufe und Papiergeraschel war es ein Wunder, dass er noch nicht eingeschlafen war. »Ziemlich stummer Typ«, fuhr Carlos fort, »momentan sieht es nicht danach aus, dass er im Fall Meleu mitmischt. Ich hab die Urteile überprüft, bei der die Kanzlei ihre Mandaten zivilrechtlich vertreten hat.«

»Abwarten«, meinte Francisco José Rodriguez. »Irgendeinen Dreck spült man immer bei diesen Leuten hoch. Das Ausmaß der Korruption ist mittlerweile so groß, dass wir im Vergleich zu anderen Orten Spaniens langsam, aber sicher alle übertreffen.«

»Auch Sizilien?«

»Kurz davor.« Francisco ließ sein Blick durch das karge Zimmer schweifen. »Bißchen Abwechslung gefällig?«

Carlos hob fragend den Kopf. Die erfahrenen Kollegen behaupteten, Francisco José Rodriguez wäre noch immer ein professioneller, emotionsloser Jäger des Bösen, der auf der richtigen, nämlich der guten Seite stand. In den Jahren nach seiner Zeit bei der Mordkommission hatte er gelernt, was Teamarbeit hieß und welche Qualität die Zusammenarbeit mit anderen Abteilungen bedeutete. Carlos wartete gespannt, was Francisco mit ihm vorhatte.

»Wenn sich in der nächsten Zeit nichts tut, kannst du rüber zu den anderen«, sagte Francisco.

Mit den anderen meinte er die Einheit, die die angesehene Anwaltskanzlei Meleu betreute. Es war sein erster Außeneinsatz gewesen und er würde den Wirbel darum nie vergessen. Francisco hatte die Kanzlei stürmen lassen und aus ihrem Tresor alle Dokumente beschlagnahmt. Eine Goldgrube! Nicht nur Betrug, Geldwäsche und Steuerhinterziehung, sondern auch Vorteilsnahme und Amtsmissbrauch durch Angestellte der Justiz. Nur deshalb hatte der balearische Oberstaatsanwalt die Abhörmaßnahmen genehmigt.

»Oder lieber zu den Russen?«

Carlos schüttelte schnell den Kopf. Francisco gab ihm einen väterlichen Klaps auf die Schultern und verließ den Raum.

Gegen Abend verließ der Richter früher als sonst das Gericht. Er ging die belebten Straßen der Innenstadt entlang bis zu dem Parkhaus, indem er einen festen Parkplatz gemietet hatte, setzte sich in seinen blitzblanken Audi III und verließ die Stadt Richtung Berge. Während die CD in seinem Wagen La Traviata spielte, hinterließ die untergehende Sonne im Westen ein farbenfrohes Gemälde am Himmel. Eine knappe Stunde später parkte der Richter seinen Wagen vor dem Tunnel des Gebirges und betrat das Innere eines unscheinbaren Restaurants. In der hintersten

Ecke, unter einem ausgestopften Wildschweinkopf und mehreren Geweihen, saß bereits Gabriel.

»Hallo! Wie ich sehe, hast du schon etwas ordentliches zu trinken bestellt.«

»Hallo Jaume. Ein Carmesi. Ist er dir recht?« Er schenkte ihm ein und hob sein Glas.

»Ja, selbstverständlich.« Jaume setzte sich und nahm einen Schluck von dem Wein. Die beiden Herren wechselten ein paar Worte über das Wetter, Autos und Versicherungen, bis Gabriel das Thema wechselte. »Die Zeitungen sind voll von dem Streik. Was hältst du denn davon?«

»Gar nichts«, meinte Jaume. »Diese Dinge gehören nicht an die Öffentlichkeit! Es wäre ratsamer, einen Brief an den Obersten Rat der Richter zu schicken, mit der Bitte, die permanente Arbeitsüberlastung zu ändern und die Ausstattung zu modernisieren.«

Gabriel spürte seine Gereiztheit und hielt es für klüger, das Thema nicht auszuweiten.

»Ich habe gehört, dein Kollege Juan Noguera will den Posten wechseln?«

»Tatsächlich? Naja, so ein Job in der freien Wirtschaft oder in einer Kanzlei ist schon verführerisch, vor allem finanziell.«

»Vielleicht ändern sich die Dinge auch mal.« Gabriel ließ ein paar Oliven in seinem Mund verschwinden, die er mit einem kräftigen Schluck Carmesi herunterspülte.

»Zum Besseren? Diese Leute haben Illusionen. Ich habe noch nie in meinem Leben gestreikt. Das führt zu nichts. Die Regierung hat sowieso kein Geld.« Missmutig schüttelte er den Kopf.

»Ich ... habe ganz andere Sorgen.«

Sein Gegenüber blickte ihn erwartungsvoll an, fragte aber nicht nach. »Die gebratenen calçots sind hervorragend, nicht wahr?«

Jaume stimmte ihm kauend zu. Schließlich gestand er mit leiser Stimme: »Meine Frau ist nicht mehr da.«

»Nicht mehr da? Was soll das heißen?«

»Sie ist abgehauen.«

»Bist du sicher?«

»Na ja, entführt wurde sie jedenfalls nicht. Und umgebracht hat sie sich auch nicht. In ihrem Abschiedsbrief spricht sie von einem neuen Leben.«

»Ach, die kommt schon wieder.« Gabriel schmierte sich ein wenig Aioli auf ein Stück Brot.

»Es war so still bei uns in letzter Zeit. Still und leer.« Er starrte resigniert auf den Tisch. »Ich frage mich, wo sie jetzt ist.«

»Das weißt du nicht?«

»Nein. Ich kann sie nicht mal anrufen oder anflehen. Sie ist nicht bei ihren Eltern, auch nicht bei ihrer Freundin. Ich kann gar nichts tun, das ist so ...« Er starrte auf den Boden. »Sie hat das Geld aus dem Tresor mitgenommen.«

»Etwa alles?« Gabriel hatte erstaunt seine Stimme erhoben.

Jaume seufzte. »Und die Aktien. Verkauft.«

Der Kellner brachte für beide Wildschweinkeulen und *patatas al forn*, ein Gericht, das sie immer hier aßen und das manchmal vorbestellt werden musste. Schweigend genossen sie ihre Mahlzeit. Zwei alte Weggefährten, die sich so lange kannten, dass sie wortlos ihre Speisen nebeneinander verzehren konnten.

»Und, was gibt es Neues bei dir?«, fragte Jaume, um auf andere Gedanken zu kommen.

Er hatte sein Essen bereits beendet und die Hälfte liegen gelassen, während Gabriel noch jeden Knochen ablutschte.

»Alles beim Alten.« Gabriel bestellte mit einem Wink eine neue Flasche. »Ich betreue gerade einen angesehenen

Klienten aus meinem Dorf, eigentlich ein kleiner Fall. Es geht um ein Wegerechtsproblem, das auf die alte Art gelöst werden müsste – traditionell.«

»Bei welchem Gericht liegt es denn?«

»Es gibt bereits ein Urteil in dieser Sache«, führte Gabriel weiter aus, »die Begründung ist stichfest und kann ohne Zweifel so übernommen werden.«

Gabriel wusste, dass Jaume keine Geldgeschenke annahm, dafür war er viel zu vorsichtig und uneitel – im Gegensatz zu manchen Politikern, die sich in rosa Hemden mit teuren Uhren vor der Presse ablichten ließen, wenn sie wieder einen Prestigebau einweihten, bei dem ein Teil der staatlichen Gelder zwischen den Bauunternehmern und ihnen selbst zur Seite geschafft wurde. Jaume würde auch nie sein Geld in Büchsen im eigenen Garten verbuddeln oder Gehälter von Unternehmen beziehen, für die er nie etwas tat. Er würde auch nie ausschließlich von dem Schwarzgeld leben und sein laufendes Konto unberührt lassen, sodass sich jeder fragen müsste, wovon er denn eigentlich lebe. Genau diese Frage stellte sich die Öffentlichkeit über den Lebenswandel des Ministerpräsidenten, deren Details gerade häppchenweise bekannt wurden. Nein, so dumm und unvorsichtig wie diese Spezies einer maßlosen Politikerclique, die gerade die Zeitungen füllte, war Jaume nicht. Gabriel würde ihm das nie sagen, aber sein alter Weggenosse hatte es sich im Gewohnten bequem gemacht, ein wenig träge, ständig überarbeitet und daher leicht zu haben, wenn eine Urteilsbegründung stichhaltig war und nur umformuliert werden musste. Diese Gleichgültigkeit, die in den letzten Jahren von Resignation überschattet war, musste im Alter entstanden sein; er konnte sich nicht daran erinnern, dass sie bereits früher Teil seines Wesens war. Beide hatten die gleiche Privatschule besucht, eine Eliteschule, in der die

Schüler wie eh und je Uniformen trugen, genau wie ihre Väter und Mütter, die es sich leisten konnten, ihre Kinder auf die gleiche Schule schickten. Eine elitäre Oberschicht, die aus Ärzten, Juristen, Unternehmern und Yachtbesitzern bestand. Seit Generationen ruhte sie auf dem Fundament familiärer Verbundenheit und selbstverständlicher Hilfe. So war die Tochter von Jaume, Neus, in seiner Kanzlei untergekommen und bezog ein kleines Gehalt, für das sie nicht viel tat.

»Willst du nicht mal wieder nach Andorra, ein bisschen Ski fahren? Bergluft schnuppern? Dich entspannen? Du warst schon zwei Jahre nicht mehr da. Vielleicht nimmst du jemanden mit, der dir hilft, dich zu entspannen? Hm? Oder ein paar Freunde? Du weißt, mein Chalet steht dir immer offen!«

Jaume nickte und nahm einen tiefen Zug des fast schwarzen Weines zu sich. Dieser Vorschlag war verführerisch. Aber ohne sie, ohne seine Madrilenin? Sie rauschte auf Skiern an ihm vorbei und flog einem anderen in die Arme.

DER PROZESS

Der Tag, auf den Anna und Wolfgang fast anderthalb Jahre gewartet hatten, begann mit einem Stau auf der Autobahn, doch sie erreichten das Gerichtsgebäude rechtzeitig. Der Raum war diesmal ein anderer, auch wenn er sich in Größe und Inventar nicht von dem ersten unterschied. Im Gegensatz zu Wolfgang war Annas Nervosität nicht zu übersehen. Mit kerzengerader Sitzhaltung, die Hände zusammengepresst auf dem Schoß, warf sie einen Blick zu ihrer linken Seite. Dort saßen Mateu und Joan. Sie nahmen nicht die geringste Notiz von ihr, sondern starrten geradeaus zu dem langen Tisch, zu Sr. Jaume Gonzalez Barbor. Der Richter schrieb Notizen und blätterte lustlos in seinen Unterlagen. Neben ihm saß der Justizangestellte, daneben die Kamera und an den Seiten die beiden Anwälte Sr. Biel Masaro und Sr. Gabriel Coll, mit ihren Prokuristen. Alle mit Akten vor sich.

Mateu und Joan hatten die Klage von Wolfgang und Anna mit einer Gegenklage beantwortet. In dem vorherigen Verfahren hatten sie sich ein Gewohnheitsrecht für den *libre transito* erfolgreich erstritten und wollten nun den Titel eines Wegerechts zugunsten ihrer Finca *Can Posteta*. Beide Kläger sollten auf Wunsch des gegnerischen Anwalts nicht aussagen.

Tolo war tatsächlich gekommen und hielt damit sein Versprechen, vor Gericht auszusagen. Seit der Bekanntgabe der Zeugen war der Familienfrieden im Hause Mayol dahin. Du wirst dich nicht einmischen und die Angelegenheit mir überlassen, hatte sie geschrien und ihn minutenlang mit Vorwürfen und Drohungen bombadiert. Doch beide mussten ihrer Pflicht sich vor Gericht zu äußern nachkommen. Es gab kein Zurück mehr.

Genau wie er Anna gegenüber in Sitges zugegeben hatte, beantwortete Tolo die Fragen der beiden Anwälte, doch es fiel kein Wort darüber, wie es zu der Unterschrift seiner Mutter unter das notarielle Dokument gekommen war. Er wurde nicht dazu befragt.

Nun rief der Richter seine Mutter María in den Zeugenstand. Alle Gesichter waren zu Eis gefroren, die Stimmung sehr angespannt. María rückte umständlich den Stuhl zurecht, den man für sie hingestellt hatte, und setzte sich. Biel Masaro ergriff das Wort.

»Frau Mayol, ist es richtig, dass Sie im Jahre 2000 die Finca, die Sie von Ihrem Vater geerbt hatten, an Wolfgang Meyer und Anna Kramin verkauft haben?«

»Ja.«

»Wann war das genau?«

»Den genauen Tag weiß ich nicht mehr, aber es war im Dezember 2000.«

»Ist es richtig, dass Sie das Erbe erst wenige Monate vorher auf Ihren Namen haben eintragen lassen?«

Sie stutzte. »Ja?«

»Warum?«

»Uns, äh, hm, fehlte das Geld, um die fehlenden Steuern nachzuzahlen, deshalb haben wir so lange mit der Umschreibung gewartet.«

»In den Unterlagen steht Sin cargas – ohne Belastungen. Wissen Sie, was das bedeutet?«

Ihre kleinen Augen blinzelten nervös, während sie überlegte. »Nun, zahlen müssen wir jawohl nichts mehr, oder?«

Biel Masaro schüttelte den Kopf. Scheinbar wusste sie nicht, was das bedeutete.

Plötzlich wandte sich María ab und sprach den gegnerischen Anwalt zu ihrer Linken im Inseldialekt an. Anna und Wolfgang verstanden nicht, was sie sagte. Sr. Gabriel wirkte für einen kurzen Moment äußerst überrascht, dann bat er den Richter, eine Übersetzerin holen zu lassen. Frau Mayol habe Schwierigkeiten mit der spanischen Sprache und möchte lieber in ihrer Heimatsprache sprechen. Der Richter musterte die Runde, unschlüssig, ob dies eine Verzögerung rechtfertigen würde. Schließlich blieb sein Blick bei Tolo hängen.

»Würden Sie freundlicherweise ihrer Mutter helfen und die Übersetzung übernehmen? Sie sind ja aus einer Familie, nicht wahr?«

Tolo war sprachlos. Gerade hatte sich seine Nervosität ein wenig gelegt, und nun sollte er wieder nach vorne, als Übersetzer seiner eigenen Mutter. Hilfe suchend schaute er sich um. Keiner im Saal widersprach. Er blickte sich erneut um. Seine Augen glitten zur Tür an seiner rechten Seite. Dann erhob er sich schwerfällig. Mit der Gebrechlichkeit eines alten Mannes, der ein Jahrhundert seines Lebens auf den Schultern trägt, bewegte er sich nach vorne. Der Gerichtsdiener gab ihm einen Stuhl, und so nahm er neben seiner Mutter, vor dem Mikrofon, Platz. Anna und Wolfgang sahen sich ungläubig an. Was für ein Spiel begann nun?

»Das Haus befand sich zu diesem Zeitpunkt in ruinösem Zustand, nicht wahr?«, fuhr Biel Masaro fort.

»Ja, das kann man sagen.«

»Ihr Sohn hat einige Jahre in dem Haus gewohnt?«

»Ja.«

»Haben Sie ihn dort besucht?«

»Oh ja, sehr oft, ich habe meinem Sohn manchmal Essen gebracht. Er hat ja bereits studiert und kaum Zeit gehabt. Es ist selbstverständlich, dass eine Mutter ihren Kindern dann hilft, nicht wahr?« Sie drehte ihren Kopf und schaute ihren Sohn mit einem Siegerlächeln in die Augen.

Tolo senkte seinen Blick. Starrte auf den Boden. Und übersetzte widerwillig ins *Castellano*. Später, als Anna die Momente überdachte, bereute sie die Situation, in die sie Tolo gebracht hatte. Aber konnte sie ahnen, dass er nun die Aussagen seiner Mutter vor Gericht übersetzen musste? Merkwürdig, dachte sie und tippelte nervös mit den Füßen. Merkwürdig war nicht nur, dass Tolo diese Frage nicht gestellt worden war, sondern auch, dass der Richter offensichtlich die Entfernung nicht einzuschätzen wusste. Diese alte Frau würde niemals mehrere Kilometer in die Pampa laufen. Sie würde sich im Ortskern treffen, um dort mit ihresgleichen ein Schwätzchen zu halten. Und sie würde erwarten, dass der Sohn zu ihr kommt, nicht umgekehrt. Aber um nicht des Saales verwiesen zu werden, wie es Wolfgang in der ersten Verhandlung widerfahren war, zwang Anna sich zu schweigen, schüttelte jedoch unmissverständlich den Kopf. Sollten die auf dem Videoband ruhig sehen, was sie davon hielt.

»Wo hat Ihr Sohn seinen Wagen geparkt?« Fragend guckte sie wieder ihren Sohn an. »Vor dem Haus? Ja, ich glaube vor dem Haus.«

»Zu diesem Zeitpunkt wohnten die jetzigen Bewohner bereits nebenan?«

»Ja.«

»Wie sind sie denn zu ihrem Haus gekommen?«

»Zu Fuß und mit dem Auto.«

»Auch mit dem Auto?«

»Ja.«

»Wie denn das, wenn der Wagen Ihres Sohnes den Weg versperrte?«

»Na, die haben gehupt, und dann hat er sie vorbeigelassen. Das ist doch selbstverständlich unter Nachbarn.«

»Hm. Also, jedes Mal wenn jemand vorbeiwollte, hat ihr Sohn seinen Wagen weggefahren, um die anderen durchzulassen?«

»Naja, so oft kam das ja nicht vor. Und wenn, dann hat er sie halt kurz durchgelassen.«

Nein, nein, das darf nicht wahr sein, schrie es in Anna, jetzt muss der Sohn die Lügen der Mutter übersetzen. Das gibt es doch nicht. Sie suchte den Blick von Tolo, doch der guckte regungslos auf den Boden. Ihr Anwalt warf ihr einen missfälligen Blick zu, es schien, als wüsste er im Moment nicht weiter. Tolo hatte in seiner Aussage das Gegenteil gesagt.

»Hat Ihr Mann früher oft vor dem Haus zu Abend gesessen?«, fragte Biel Masaro.

»Woher soll ich das wissen, ich war nicht dabei«, fauchte María.

»Wo haben denn die Nachbarn ihre Fahrzeuge geparkt?«

»Auf dem Weg in der Parkbucht und auf dem Weg zu ihrem Haus.«

»Beides?«

»Ja, manchmal so oder so.«

Aber die haben doch erst ab 1988 dort gewohnt, schrie es wieder in Anna. Wieso fragt der nicht nach, wie sie auf zwanzig Jahre kommt? Und wie konnte sie ein notarielles Dokument unterschreiben, welches in Spanisch geschrieben war, wenn sie diese Sprache nicht versteht? Wahrscheinlich ist sie Analphabetin, und keiner merkt es. Anna fluchte innerlich. Unruhig rutschte auf dem Stuhl hin und her und ahnte nicht, dass sie damit den Richter an seine

Frau erinnerte, die vor wenigen Wochen mit dem Fitnesstrainer durchgebrannt war.

Wolfgang versuchte angestrengt, das Gesprochene in seinem gesamten Kontext zu verstehen. Es waren immer nur einige Worte oder kurze Antworten, die er wie Puzzlestücke zusammensetze und die ihm einen fragmentarischen Eindruck vermittelten. Umso mehr fiel sein Augenmerk auf die Gesten und Blicke, den Rhythmus der Fragen, die Länge der Antworten und auf die Momente, in denen sich die Mutter vergewissernd zu ihrem Sohn umdrehte und er in ihrem Gesicht erkennen konnte, welche Sprache sie sprach. So verstand er intuitiv, wie María ihren Sohn ausspielte, wie hintertrieben sie seiner Meinung nach war.

»Der Weg, der zu der Finca Can Posteta führt, befindet sich in voller Länge auf der Finca Can Xut?«

»Das weiß ich nicht.«

»Ich bitte Sie, ihn mir auf dem Plan hier zu zeigen.« Biel Masaro holte den Katasterplan und den Plan des Topographen hervor und breitete ihn vorne auf dem Tisch aus. María stand auf, um ihn sich näher anzusehen.

»Würden Sie uns bitte den Weg zeigen«, forderte er sie erneut auf.

María begutachtete den Plan. Die Anwesenden beobachten sie voller Spannung, während sie versuchte sich in den Linien zu orientieren. Schließlich zeigte auf ein Kästchen. »Da ist das Haus, nehme ich an. Aber – hm, ich bin nicht sicher, einen Weg sehe ich hier nicht.«

»Das ist nicht das Haus Can Xut«, stellte der Anwalt fest.

Sr. Jaume Gonzalez, der das Ganze mit argwöhnischem Blick und wachsender Ungeduld beobachtet hatte, unterbrach die Aktion. »Das macht doch keinen Sinn«, fuhr er den Anwalt in scharfem Ton an. »Sie sehen doch, dass die Frau keine Karten lesen kann!«

»Ich habe keine weiteren Fragen«, sagte Biel Masaro und packte die Karten wieder ein.

Anwalt Gabriel Coll übernahm das Wort.

»Frau Mayol, schön, dass Sie den weiten Weg auf sich genommen haben, in Ihrem Alter, alle Achtung.« Das Kompliment erzeugte ein dankbares Lächeln in ihrem faltigen Gesicht. »Erzählen Sie uns doch bitte, wie sich das alles früher zugetragen hat?«

»Nun mein Großvater hatte die Finca Can Xut von seinem Vater geerbt, die Finca befand sich also seit Generationen in unserer Familie. Wir haben damals vom Verkauf der Orangen gelebt.«

»Wie hat er die Früchte transportiert?«

»Na ja, mit einem Karren und später mit einem kleinen Lieferwagen.«

»Wo wurden diese Fahrzeuge geparkt?«

»Auf unserem Hof und vor dem Eingangstor der Finca Can Posteta. Dort hatte der Nachbar die Kisten mit den Zitronen gestapelt und dort wurden sie auch eingeladen.«

Alle warteten auf die Übersetzung, doch Tolo reagierte nicht.

»Würden sie bitte weiter übersetzen?«, forderte ihn der Richter auf.

Tolo starrte bedrückt auf den Boden. Er schüttelte kaum merklich den Kopf und übersetzte.

»Gab es mal Streitigkeiten mit den Nachbarn?«

»Nein, nicht dass ich wüsste, es lief immer alles ganz friedlich ab. Wir pflegten immer eine gute Nachbarschaft miteinander.« Sie lehnte sich zurück und faltete die knochigen Hände in ihren Schoß, als würde sie beten.

Bei denen ist doch jede Frage, jede Antwort abgestimmt, Anna kochte innerlich. Am liebsten wäre sie aufgestanden und hätte laut geschrien.

»Sie können beide wieder Platz nehmen«, sagte der Richter und wandte sich Anna zu.

»Frau Kramin, sie strapazieren die Geduld des Gerichts in erheblichem Maße. Bitte zügeln sie ihre Reaktionen!«

Erschrocken wandte Anna sich zu Wolfgang um und sah ihn Hilfe suchend an. In seinen Augen stand Gleichgültigkeit, so als wollte er sagen: Ich habe nichts anderes erwartet. Während María sich auf die hinterste Bank setzte, bat Tolo darum, den Saal verlassen zu dürfen. Beide würdigten sich keines Blickes mehr. Der Protokollant bestellte nun die auf Antrag der Gegenseite bestellte Gerichtsgutachterin Señora Rosa Villalonga ein. Sie hatte vor der Tür gewartet.

Oh, an dich erinnere ich mich gut, dachte Anna. Du standst auf einmal in meinem Garten und hast Fotos gemacht, und ich, in Gummistiefeln und mit verdreckten Händen, wusste von nichts und wunderte mich über eine dickliche Person im Kostüm, die bei mir herumlief, ohne sich vorzustellen, ohne einen Termin zu haben. Wahrscheinlich sah ich aus wie eine Gartenhilfe, die man besser übersah. Ich fragte dich, was du denn hier tust und warum du jetzt schon hier seist, der Termin sei doch erst eine Woche später, ich wüsste nichts von einer Terminverschiebung. Und du, Rosa, sagtest, das macht doch nichts, nun bin eben da. Ich bemerkte die drei Herren, unsere Nachbarn mit ihrem Anwalt, alle schickgemacht, sogar Joan hatte sein verschwitztes T-Shirt gegen ein Hemd ausgetauscht. Sie verfolgten unsere Diskussion und waren sich voll ihres Vorteils bewusst. Später hörte ich, wie sie schlecht über uns redeten. Vor allem der Mateu, der erzählte, wir würden euch Wasser stehlen und Pflanzen anpflanzen, die man hier nicht anbauen dürfe, und das Haus sei schon über hundert Jahre alt, ja ja, über hundert Jahre, und alle nickten. Wie sie eindrucksvoll im Inseldialekt, den ich ja Gott sei Dank mittlerweile etwas verstehe, schilderten, es gebe nur diesen einen Weg, keinen anderen und wir, ja wir würden das andauernd behindern. Ich erinnere mich noch gut, dass du Stunden bei den Nachbarn geblieben bist, fast als wäre es ein freundschaftlicher Besuch und kein dienstlicher. Nur kurz stiefeltest du durch unser Haus, stelltest ein paar Fragen und schon warst du weg. Später hat dich unser Anwalt aufgefordert, noch einmal zu kommen, weil du den vereinbarten Termin nicht eingehalten hast, sonst würde er beim Gericht eine Beschwerde über dich einreichen; er ermahnte dich: Du dürftest nicht schreiben, was die Nachbarn erzählten, sondern dich nur auf die Fakten berufen. Und dann, nach all der Aufregung und dem Hin und Her, hast du in deinem Gutachten geschrieben, dass du nicht mit Sicherheit sagen könntest, ob das Gebäude bereits hundert Jahre existiere. Mal sehen, auf wessen Seite du dich heute geschlagen hast.

Eine füllige Dame um die fünfzig, im Kostüm, platzierte sich vor das Mikrofon in der Mitte des Raumes.

»Ist das hier vorliegende Gutachten, welches die Gegenseite beim Gericht beantragt hat, von Ihnen?«, fragte Biel Masaro.

»Ja, das ist es.«

»Können Sie mit Entschiedenheit die Frage nach dem Alter des Gebäudes beantworten?«

»Nein, das kann ich nicht. Es kann am Ende des 19. oder Anfang des 20. Jahrhunderts gebaut worden sein. Es sind zu viele Umbauten und Renovierungen gemacht worden, um dies eindeutig festzustellen.«

»Danke, keine weiteren Fragen.«

Super, das war gut, dachte Anna und lächelte zufrieden. Auch Gabriel Coll verzichtete auf weitere Fragen.

Nach zwei Stunden höchster Konzentration und Anspannung wurde die Verhandlung für beendet erklärt. Ein aufmerksamer Beobachter hätte das Poltern imaginärer Steine hören können, die allen Beteiligten vor Erleichterung abfielen, als sie die breite Treppe hinunterliefen, ins Freie.

SEX

Die Wintermonate waren mit heftigen Regenfällen, doch ohne Minustemperaturen und besondere Ereignisse vorübergegangen. Die Sonne hatte kontinuierlich an Intensität zugenommen. Die Wegränder säumte ein dichter Streifen aus unzähligen blauen Blüten der Distel und den gelben Blüten des Löwenzahns, der hier und da farblich bereichert wurde vom leuchtenden Rot des Mohns. Die dornigen Ranken der Brombeeren wucherten weiß blühend mit verschiedensten Gräsern um die Wette und erklommen jeden rostigen Zaun am Straßenrand. Überall brachte die länger andauernde Wärme die Natur zum Sprießen und Blühen.

Luis hatte in der Wohnung über der Bar *Paloma* einige Wände entfernt und sich mit wenigen Möbeln seinem Alter und der Mode gemäß eingerichtet. Ein paar großformatige Bilder mit wilden schwarzen, übereinander gelagerten Strichen standen neben breiten Baumstümpfen, die als Hocker dienten, auf dem weiß lackierten Fußboden; große kugelförmige Leuchten im Sechziger-Jahre-Look hingen von der Decke. Mitten in dem weitläufigen Loft stand ein quadratisches Bett mit einem Paravent aus Tüchern. Luis hatte sich zu einem Nickerchen hingelegt und merkte nicht, dass sich hinter der breiten Fensterfront schwarze Wolkengebirge türmten.

Die Dämmerung hatte schon fast ihre letzte Helligkeit verloren, als langes schwarzes Haar auf sein Gesicht hinabfiel und er von Küssen überwältigt wurde. Luis sog den Geruch von Pfirsich in sich hinein und schaute in die großen, schwarzen Mandelaugen von Neus, einer südländischen neunzehnjährigen Schönheit, die, mit Ausnahme der längeren, schmalen Nase, seiner verstorbenen Mutter sehr ähnlich sah.

»Hallo, mein Lieber, hast du etwas Schönes geträumt? Ich hoffe, ich war mit von der Partie.«

»Schön, dass du endlich da bist«, antwortete Luis und richtete sich auf. »Wo warst du so lange?«

»Musste noch etwas erledigen.«

»Willst du?«, fragte er.

»Na klar«, sagte sie lachend und legte eine CD ein.

Er öffnete ein Plastiksäckchen, schüttete ein wenig von dem weißen Pulver auf einen kleinen Spiegel und zerteilte das Kokain mit einer Rasierklinge in vier feine Linien. Schon in der Diskothek, in der sie sich kennengelernt hatten, war sie heiß auf das Zeug gewesen. Neus beugte sich herunter und zog das Pulver mit einem kräftigen Zug in ihre Nase. Danach zog sie ihren Slip aus, warf ihn mit einem Lachen in hohem Bogen von sich, legte sich bequem auf das breite Bett und nahm einen Joint von Luis entgegen. Ihr Rock rutschte ein Stück hoch und ließ die goldbraune, schimmernde Haut ihrer festen Schenkel zum Vorschein kommen.

Luis stellte ihr einen Drink hin und setzte sich an ihr Kopfende, sodass er sie in voller Länge vor sich liegen sah. Er begann, ihr Gesicht zu streicheln und ihren Nacken zu massieren. Er wusste um die Intensität ihrer sexuellen Begierde, wollte sich aber Zeit lassen. Auf einer Reise nach Indien hatte ihm eine alte Frau ein paar Massagetechniken beigebracht, die zur Entspannung und Lockerung des Körpers, aber auch zur Steigerung der Lust beitrugen. Sich seiner eigenen Sexualität zu nähern, war alles andere als einfach gewesen. Er war durch eine Hölle gegangen, die in ihm wohnte, ohne dass er den Grund dafür wusste. Sex fiel ihm unsagbar schwer, doch damals hatte er beschlossen, nicht aufzugeben.

Er malte sanfte Achten um ihre Augen, strich ihren langen Nasenrücken und ihre leicht geöffneten, vollen Lippen mit dem Finger nach. Es dauerte gar nicht lange – er registrierte es mit Wohlwollen –, bis ihr Atem vor Erregung keuchte. Mit geschlossen Augen begann sie ihr Innerstes nach außen zu kehren.

»Ich träume oft von dir – es sind diese Tagträume, bei denen man weder richtig schläft, noch wach ist. Ich träume bei geschlossenen Augen und doch bei klarem Bewusstsein. Ich fühle, wie deine sanften Hände meinen Körper streicheln. Schon die erste Berührung ist wie ein kleiner elektrischer Schlag. Kein Mann kann diese Beben auslösen so wie du. Deine Hände sind wie heilender Balsam oder zärtliche Musik, sie sind die pure Magie. Ich bin süchtig nach dir, und meine Haut will mehr davon. Deine Finger streicheln an den Innenseiten meiner Schenkel entlang, immer und immer wieder, und huschen wie kleine Geister über meine erregten Spitzen.«

Sie machte eine Pause, so als würde sie in sich hineinlauschen und fuhr fort:

»Es gibt überhaupt keinen Widerstand, nur Entgegenkommen. Jede meiner kleinen Zellen zittert vor Aufregung und Lust. Ein bisschen Angst, es könnte aufhören, aber du machst weiter, ganz langsam, und das ist so schön. Alles in mir schreit JA, JA, JA. Deine Bewegungen sind sanft und unergründlich, meine Muskeln zucken irre, mein Unterleib bebt vor Verlangen. Nimm mich mit, nimm mich mit, schreien meine Zellen, die dir bei jeder Bewegung entgegenschießen. Sie sind wie von Sinnen und führen ein eigenes Leben. Mein Bewusstsein sieht, wie ES mit mir geschieht. Ich fühle meine Gliedmaßen nicht mehr, mein Unterkörper vibriert, ist zuckendes Verlangen, das ich nicht mehr unter Kontrolle halten will. Alles fließt aus mir heraus. Ich werde ganz leicht und fliege. Du bringst mich zu dem totalen Höhepunkt, und ich schreie vor Glück in dem Moment, in dem ich mich total auflöse. Das ist besser als jeder Telefonsex, das ist besser als jede Literatur, die du mir bisher vorgelesen hast, weißt du. Luis, das geschieht alles in meinen Tagträumen. Ich brauche es mir nur vorzustellen, und dann werde ich geil, ist das nicht fantastisch?«

Luis liebte es, Neus Worten zu lauschen, ihr sexuelles Empfinden war so weit von seinem entfernt und er wollte daran teilhaben. Bei ihren Treffen verbrachten sie den größten Teil ihrer Zeit damit, sich gegenseitig zu erkunden. Anfangs hatte er ihr Passagen aus Büchern wichtiger, vor allem amerikanischer Autoren vorgelesen, die sich der Beschreibung von Lustempfinden jeglicher Art widmeten. Mit der Zeit stellten jedoch beide fest, dass es wesentlich interessanter war, von sich selber zu erzählen, als anderen zuzusehen oder zuzuhören. Ihre Bekenntnisse teilten nur sie sich mit, keiner anderen Person. Stärker als das gegenseitige sexuelle Vergnügen verband sie tiefes, seelisches Vertrauen. Offen wie ein Buch gestanden sie sich ihre tiefsten, innersten Gefühle und Träume. Sie bewegten sich auf ihrer eigenen Spielwiese, bei der die Grenzen nicht zu erahnen waren.

Nun schob er ihr ein Kissen unter den üppigen Po und ihren Rock ganz hoch. Ihre Wangen waren von ihren eigenen Offenbarung und der aphrodisierenden Wirkung des Kokains rot und heiß geworden. Sie ahnte, was jetzt kommen würde. Neus entledigte sich ihres Oberteils und legte sich mit leicht geöffneten Beinen auf dem Rücken vor ihm hin, die Arme wie ein kleines Baby weit von sich gestreckt.

War sie nun ein offenes Buch oder eher ein Pfirsich, fragte sich Luis. Sie war so süß, prall, weich und saftig. Die pure Sinnlichkeit. Ein Körper, der danach dürstete, in die Welt der sexuellen Empfindungen entführt zu werden. Während sie, berauscht von ihrer eigenen Offenbarung, innehielt und gespannt wartete, was passieren würde, hatte er sich an das andere Ende gesetzt und begonnen, ihre schlanken Füße zu massieren. Er knetete die Unterseite des rechten Fußballens und zog die Zehen einzeln in sich drehend in die Länge. Die gleiche Bewegung vollführte er mit dem Mund und lutschte die Zehen intensiv nach oben aus. Anna glitt mit einem wohligen Seufzer tiefer in die Weichheit des breiten Sofas, um mit geschlossenen Augen seinen Verführungen zu folgen. Seine Finger tänzelten an den Innenseiten ihrer Schenkel entlang, in steten, zärtlich kreisenden Bewegungen näherten sie sich ihrer Vagina. Was für eine Lust zu sehen, wie Neus sich zu seinen Bewegungen wand, wie ihr Becken in stetem Auf und Ab größere Kreise zeichnete, wie sie wimmerte und leise vor Wohlbehagen stöhnte, wie ihr Körper zu einem Musikinstrument seiner Finger und seiner Zunge wurde, wie ihr Atem heftiger und schneller wurde, wie sie sich selbst den Finger in den Mund steckte, um daran zu lutschen, wie sie sich verwandelte, wenn er sie berührte. Er bestimmte die Fahrt und den Takt und kannte sie mittlerweile so gut, dass es ihm sogar Vergnügen bereitete, auf ihr zu spielen, auch wenn er selbst dabei nicht zum Zuge kam. Das war wahrscheinlich einer der größten Vorzüge ihres sexuellen Miteinanders, denn es ging nicht um seine sexuelle Erfüllung, sondern nur um ihre. Ihre Ergebenheit und bedingungslose Hingabe kostete er vollkommen aus und genoss dabei die Macht, die er auf sie ausübte. Doch er musste vorsichtig sein, denn eine falsche Bewegung konnte sie schnell zurückwerfen.

Er hob ihren Unterleib ein wenig in die Höhe, legte sich ihre Schenkel auf seine Schultern, nahm einen Schluck Sekt, um ihn der Temperatur seines Mundes anzugleichen, vergrub seinen Wuschelkopf in ihrem glühenden, bebenden Schoß, spritze den Sekt in spitzem Strahl in sie hinein, sie juchzte auf – es gefiel ihr. Ebenso, wie seine Lippen und Zunge jeden Spalt erforschten und liebkosten, oder wie er sie rieb, um sie zum Höhepunkt zu bringen. Mittlerweile verschmolzen sie in einer gemeinsamen, synchronen Bewegung. Der Beat im Hintergrund begleitete hämmernd das Keuchen und laute Klopfen ihrer Herzen. Neus war eindeutig ein wollüstiger, sich auflösender Pfirsich.

»Oh, Luis«, hauchte sie erschöpft und rollte sich zusammen, »du machst das sooo gut, so ...« Ergeben seufzte sie tief in sich hinein.

Luis schaute sie mit einem Blick voller Stolz und Ehrerbietung an und trank das Sektglas aus. Er wollte der Tragik entkommen, dass das Teil zwischen seinen Beinen es nicht schaffte, ihr den gleichen Genuss zu verschaffen, weil dieser Glücksbringer, obwohl steif und stark, in ihrem Tunnel einknickte und jeglichen Dienst verweigerte. Sie hatten es schon mehrmals versucht und waren übereingekommen, es einfach sein zu lassen, ihm keinen Stress zu machen, sich stattdessen in der Vervollkommnung des Oralsexes zu üben und sich gegenseitig auf andere Art Lust und Genuss zu verschaffen. Das war der Vorteil ihrer erotischen Beziehung. Einer sorgte ausschließlich für die sexuelle Erfüllung des anderen, ohne eine Gegenleistung zu erwarten.

Aber tief in seinem Inneren nagte der Frust. Manchmal fühlte er sich wie ein Diener, der in der Ausübung seines

Könnens zwar nahezu vollkommen war, aber dem eine andere Welt verschlossen war. Er wusste um sein Problem, aber wusste nicht, wann er wie ein Mann mit ihr Geschlechtsverkehr haben könnte. Oft war er einfach nur froh, so akzeptiert zu werden, wie er war.

Am späten Nachmittag hatte die gemeinsame Nacht von Neus und Luis ein Ende.

Beide waren bereits angezogen und tranken Kaffee. Sie ist so schön, dachte er und betrachtete ihr dichtes schwarzes Haar, das sie nun mit ein paar eiligen Griffen hochsteckte.

»Ich muss gleich los, mein Vater erwartet mich.«

Sie nahm ihre Tasche und näherte sich ihm wie eine Katze, um sich zu verabschieden. Als sie dicht bei ihm war, hauchte sie ihm mit viel Sexappeal in sein rechtes Ohr. »Du bist mein Luis, vergiss das nie.«

»Wann?«, fragte er und schob seine Hand unter ihren Rock. »Ich vermisse dich jetzt schon.«

»Oh.« Neus rollte verzückt die Augen, ihre Beine gaben nach. Er wusste genau, welchen Knopf er bei ihr drücken musste, um ihr den Abschied schwerzumachen. Ihr verklärter Blick zeigt ihm sofort, dass es ihr schwerfiel, sich von ihm zu lösen.

»Zwei elektrische Kabel brizzeln aufeinander ... diese ständige Aufruhr und Aufregung. Mein Herz hält das nicht aus«, kokettierte sie und nahm seine Hand, um sie auf ihr pochendes Herz zu legen. Wieder fühlte er Pfirsich pur.

»Ich möchte, dass du dich heute den ganzen Tag an mich erinnerst.«

»Ich brauche nur an dich zu denken, und schon ist es so weit.« Sie wollte sich losreißen, doch dann hielt sie inne und fragte: »Wollen wir nicht mal eine Nummer zu dritt machen? Ich kenne da einen guten Typen, der auf mich steht. Was meinst du?«

Klack, da war sie wieder: seine Angst, die Panik, die in ihm wohnte und unaufhaltsam in ihm hochstieg. Er wusste warum, aber es änderte wenig an der Tatsache, dass er das Gefühl nicht los würde, immer wieder an eine Tür zu klopfen, an der ein Schild »Für dich nicht – Eintritt verboten« stand. Er scheute die Nähe von Männern, obwohl seine Vorbilder Männer waren und er in einer Männergesellschaft aufgewachsen war. Aber er wollte Neus auf keinen Fall verlieren, geschweige denn teilen. Er wusste um ihre Unersättlichkeit und Neugierde und ahnte bereits, dass sie ihn früher oder später deswegen verlassen würde.

»Aber nur, wenn wir d-dich beide fesseln dürfen, da-damit du uns nicht wegläufst«, entgegnete er leicht stotternd, aber schlagfertig.

Neus, für einen kurzen Moment sprachlos, antwortete heiter: »Ich überlegs mir. Ich muss los, leider, mein Engel.« Sie riss sich von ihm los. »Mein Vater hat mir einen Job in der Kanzlei seines Freundes verschafft. Er meint, ich muss das wahre Leben kennenlernen. Hat eine komplett andere Vorstellung als ich und macht sich immer Sorgen, der Gute. Ich ruf dich an.« Mit wehendem Rock lief sie zu ihrem Wagen.

»Was ist dein Vater von Beruf?« rief er hinterher.

»Er ist Richter.« Sie setzte sich und zündete den Motor. »Und deiner?«

Aber ohne seine Antwort abzuwarten, hatte sie bereits den Rückwärtsgang ihres BMWs eingelegt, ihm ein Handkuss aus dem Fenster zugeworfen und war verschwunden.

Mein Vater? Wird den Wind dieser Welt nie wieder spüren, sagte Luis leise zu sich selbst und presste die Lippen fest aufeinander, als könnte er damit das Aufsteigen seiner Einsamkeit und Traurigkeit verhindern. Schnellen Schrittes ging er in die Bar, um sich mit Arbeit abzulenken.

GOLGOTA

Wolfgang hatte den Auftrag von Luis erhalten und steckte seine gesamte Energie in die Planung des Umbaus des, wie er betonte, schönsten und aufregendsten Restaurants im ganzen Tal. Während er in seiner Arbeit aufging, Zeichnungen anfertigte, Handwerker beauftragte, Baumaterialien bestellte, schleppte Anna sich unkonzentriert durch das Haus. Sie hatte zu nichts Lust. Ein Monat war seit der Verhandlung vergangen, und je näher der Tag der Urteilsverkündung rückte, umso fahriger wurde sie. An einem stillen Nachmittag, Anna hatte sich ein wenig ausgeruht, unterbrach das Klingeln des Telefons die schwelende innere Unruhe. Wolfgang hob ab. Anna hörte ihn im Büro etwas stammeln, bis er kreidebleich vor ihr stand und ihr wortlos den Hörer in die Hand drückte.

»Ja, guten Tag, hier Anwalt Masaro. Ich habe heute das Urteil des Gerichts erhalten«, er räusperte sich mehrmals, »der Richter stimmt unserer Klage nicht zu.«

»Wie? Ich verstehe das nicht«, fragte Anna. »Dürfen die Nachbarn nun fast in unser Haus fahren oder nicht?«

»Der Richter hat Ihren Nachbarn ein Wegerecht vor Ihrem Haus zugewiesen«, lautete die Antwort.

»Mit dem Auto?«

Ein kaum wahrnehmbares Ja erreichte ihr Ohr.

»Das kann nicht sein!« Anna zitterte. Der Hörer glitt ihr aus der Hand. Sie hob ihn wieder hoch. Der Anwalt hustete und hauchte mit seiner heiseren Stimme. »Doch, so ist es.«

»Und dürfen sie auf dem Weg vor ihrem Grundstück parken?«

»Der Richter hat es den Nachbarn zugeordnet. Seiner Meinung nach spricht nichts dagegen.«

»Ja, aber dann haben wir ja total verloren!« Annas Stimme bekam einen schrillen Klang.

»Ich faxe Ihnen das Urteil zu, und Sie lesen es sich selbst durch. Ich bin sehr erkältet und kann auch nicht lange sprechen.« Er hustete mehrmals. »Zwei Dinge noch: Man muss wissen, dass das Código Civil aus dem Jahre 1889 stammt. Viele Gesetze sind dringend reformbedürftig, sie halten den modernen Zeiten schon lange nicht mehr stand. Und als zweites müsst ihr wissen, dass die beiden Beweise der Gegenpartei vor Gericht nicht ratifiziert worden sind.«

»Ja, aber dann ...«

»Das Urteil stand von Anfang an fest, von Anfang an. Es tut mir sehr leid«, hörte Anna ihn murmeln, bevor er das Gespräch beendete.

Auf einmal gab der Boden unter ihr nach. Sie hatte das Gefühl, in rasender Geschwindigkeit in ein schwarzes Loch zu fallen. Tatsächlich sackte sie von einem Weinkrampf geschüttelt auf den Steinboden. Wolfgang saß schweigsam am Küchentisch.

»Hör bitte auf zu weinen. Ich ertrage es nicht!«

»Ich kann aber nicht anders. Ich will nicht mehr!«, schluchzte Anna. »Das ist so unglaublich ungerecht, ich ertrage es nicht.«

Durch das Faxgerät ratterten bereits die angekündigten Seiten. Anna stand auf und las das Anschreiben vor: »Hiermit möchte ich Ihnen mitteilen, dass ich heute das Urteil im Zusammenhang mit dem Verfahren gegen Mateu Colom Sóler (Angelegenheit: Dienstbarkeit) erhalten habe. Das Gericht lehnt unsere Klage ab und stimmt der gegen uns eingereichten Klage zu, und zwar aus Rechtsgründen, die meiner Ansicht nach unzulässig sind. Als Anlage schicke ich Ihnen eine Kopie des Urteils. Eine Berufung ist möglich. Mit freundlichen Grüßen, Ihr Anwalt Biel Masaro.«

Der Eigentümer der Finca 5379 Mateu Colom Sóler erhält ein erzwungenes Wegerecht (*servidumbre forzosa*) zu Fuß, mit dem Tier und dem Auto über die Finca 5266 in der gesamten Breite und Länge des vorhandenen Weges.

Anna überflog die Begründung: Der Richter maß den Argumenten des Gegenklägers einen höheren Wert bei als ihren und begründete die Gegenklage durch die Notwendigkeit der Erteilung eines Wegerechtes. Da kein anderer Weg vorhanden sei und andere Fincas mit diesem Problem nicht belastet werden dürfen, gebe es keine andere Möglichkeit, als den vorhandenen Weg zu erzwingen. Belastungen und Schädigungen des gebenden Grundstücks könnten, wenn es sie denn gäbe, in einem anderen Prozess eingeklagt werden. Der Weg zwischen den beiden Häusern werde dem Gegenkläger zugeordnet, da das Katasteramt nicht maßgeblich das Eigentum benennen könne und Zeugen den Besitz bestätigt hatten. Die Differenzen zwischen der realen Größe und den Größen des Grundbuchamtes und des Katasters ließen keine eindeutige Zuteilung zu ihren Gunsten zu.

Anna versank in einem Strudel von Worten, sie erinnerte sich an einzelne Wortfetzen, einzelne Sätze aus der Gerichtsverhandlung, in der alle sprechen durften, nur sie selbst nicht, dazu verdammt, passiver Zuschauer ihres eigenen Verfahrens zu sein und nicht angehört zu werden. Ein kluger Schachzug, sie auf diese Weise auszuschalten. Hatte sie sich nicht all die Sätze tausendmal in ihrem Kopf zurechtgelegt, wollte Lücken und Lügen bloß legen, auf

Widersprüche aufmerksam machen und die angeblichen Beweise des Gegners widerlegen? Alles umsonst.

»Verlass dich niemals auf andere, nur auf dich selbst«, hörte sie ihren Vater sagen – eine seiner vielen Lebensweisheiten. »Verlass dich auf deinen Verstand und dein Herz, auf deine Augen und Ohren. Glaube nicht alles, sondern prüfe es!« Sie versuchte, sich den Klang seiner Stimme in Erinnerung zu rufen, tief und ruhig, in einer gleichmäßigen Tonlage. Wie ein Fels in der Brandung hatte er immer dagestanden und seine Familie besonnen durch Kriege und Krisen gesteuert. Zweifel und Fragen tauchten auf und ließen sie nicht zur Ruhe kommen. Auf die Gesetze muss man sich doch verlassen können? Und ihr Anwalt, war er gut genug? Es musste ein Irrtum sein, ein Fehler oder etwas, das sich zunächst nicht erklären ließ.

Dann begann sie, das Urteil zu studieren. Sie biss sich in die Seiten wie eine Bulldogge in ihr Opfer. Da das meiste in einem juristischen Spanisch geschrieben war, schlug sie die Wörter in einem Wörterbuch nach. Sie bestellte eine Übersetzung des spanischen Zivilgesetzbuches und las alle Paragrafen in diesem Zusammenhang, außerdem juristische Interpretationen zum Thema Wegerecht und vergleichbare Urteile. Nächtelang saß sie von einer einzigen Lampe beleuchtet einsam am Küchentisch oder im Bett und fraß sich durch die Seiten, die sie immer besser verstand. Sie las von dem verfassungsrechtlichen Schutz zum Recht auf Intimität. Sie las von dem Grundrecht auf Zugang zum Grundstück, aber auch von dem Grundsatz, dass ein erzwungenes Wegerecht nur dort erteilt werden dürfe, wo es dem gebenden Grundstück, also ihrem, am wenigsten schadet. Wie konnte dieser Richter elementare Grundregeln der Prozessführung, nämlich das Recht auf eine unparteiische Übersetzung und das Recht auf Aussage einfach außer Kraft setzen?

Wie konnte er davon ausgehen, dass ein Zugang dort am wenigsten schadete, wo er eindeutig am meisten schadete?

Sie las vom Europäischen Gerichtshof, der wie ein Lichtschimmer am Ende eines langen Tunnels leuchtete. Siebenundvierzig Prozent aller spanischen beim Europäischen Gerichtshof für Menschenrechte eingereichten Fälle beklagten das Recht auf einen fairen Prozess, im Vergleich zu anderen europäischen Staaten eine erstaunlich hohe Quote für die Verletzung des Artikel 6. Zum ersten Mal in ihrem Leben las sie von ihren Grundrechten, von dem Recht auf ein ordentliches und faires Verfahren und von dem Recht auf ein begründetes und klares Urteil. Schließlich begriff sie: Die prozessuale Wirklichkeit war eine andere als die reale Wirklichkeit.

Da Wolfgang es ablehnte, mit ihr über das Thema zu sprechen, lief Anna zu Nofre, ihrem alten spanischen Freund, der die Ziegen und Schafe in den Bergen hütete. Sie rang mit den Tränen, während sie ihm von der richterlichen Entscheidung erzählte. Nofre hörte ihr schweigend zu, sagte lange Zeit nichts, dann hob er den Kopf.

»Das ist sehr ungewöhnlich. Hat sich der Richter die Situation vor Ort angeschaut?«

»Nein«, schniefte Anna. Sie kannte bereits einige Fälle, bei denen der Richter persönlich erschienen war, weil in ihrem Ort besondere Verhältnisse aufgrund der Unzugänglichkeit herrschten.

»Ich glaube, die Entscheidung wäre anders ausgefallen, wenn nicht ihr in dem ersten Haus wohnen würdet, sondern die Familie von Mateu.«

Am Ende ihrer Unterhaltung sagte er nach einer nachdenklichen langen Pause »Das ist Rassismus.« Dieses Wort hallte lange in ihr nach. Sie kannte seine Bedeutung nur aus dem Fernsehen und aus Büchern, die von den Schicksalen armer Emigranten aus den Entwicklungsländern erzählten, es war ein theoretisches Wort ohne Bezug zu ihrer Realität. Ausgerechnet sie sollten ein Opfer von Rassismus sein? Es waren doch die Einwanderer, die Verfolgten aus Krisen- und Kriegsgebieten, die aus verschiedensten Gründen in ihrer Menschenwürde herabgesetzt wurden, doch nicht sie, die aus der Mittelschicht eines angesehenen Industrielandes kamen.

Margalida, die sie besuchte, wusste es da schon besser.
»Ich habe dir ja gesagt, ihr hättet euch besser einigen sollen.«
»Aber wir wollten uns immer einigen. Ihr wollt das immer nicht verstehen! Wir haben den lieben Leuten nebenan niemals, selbst in unserer Klage nicht, den Weg zu ihrem Haus verboten, nur nicht mit dem Auto direkt vor unserer Haustür. Wir haben ihnen sogar einen alternativen Weg angeboten. Wir möchten, dass alles so bleibt, wie es war. Mit unserer Klage haben wir unsere legale Situation klarstellen wollen, nämlich dass kein Wegerecht eingetragen war, weder bei ihm noch bei uns. Diese Institution Grundbuchamt hat doch eine Bedeutung oder nicht? Wozu gibt es denn diese Behörden, wenn sie keine rechtliche Relevanz haben?«
»Vielleicht ist das bei euch anders als bei uns?«
»Kann sein, trotzdem leben wir doch in einem gemeinsamen Europa.«
»Aber in verschiedenen Ländern mit eigenen nationalen Auslegungen.«
»Ja, klar, das will euch auch keiner nehmen. Aber das sieht mir mehr nach einer Bananenrepublik aus. Man muss sich als Käufer doch auf die Kaufunterlagen und auf die Instanzen verlassen können, die diesen Kauf beglaubigen. Ich verlange, dass ein Richter die hiesigen Gesetze und die

Verfassung seines Landes respektiert. Es kann doch nicht sein, dass Jahre hinterher einer ankommt und behauptet, es sei alles ganz anders oder es sei Tradition.«

»Als Nächstes kommt ein Bauer von da drüben oder von da«, mischte Wolfgang sich ein und zeigte mit dem Finger Richtung Süden und Westen. »Er behauptet, eine Ecke von unserem Grundstück gehöre ihm. Er zeigt einen Wisch, auf dem steht, dass er 80.000 Peseten im Jahre 1988 dafür bezahlt hat. Er schleppt ein paar alte Kumpels als Zeugen vor Gericht, die all das bestätigen. Ich frage dich: Wie wird dann der Fall entschieden? Na?«

Marga zuckte betrübt die Achseln.

»Ich sag´s dir: Der Richter wird diesem Mann Recht geben, und unser Grundstück ist wieder ein Stück kleiner geworden. Eure Gesetze leisten betrügerischen Absichten Vorschub.«

»Aber die Leute haben früher nicht immer alles eintragen lassen,« erklärte Marga.

»Wozu auch? Kostet Geld, macht Arbeit und den Behörden traut sowieso keiner. Aber hinterher haben wir die Probleme und dürfen zahlen.« Wolfgang kickte vor Wut einen Stein weg.

»Tut mir sehr leid für euch. Aber ich weiß nicht, wie ich euch noch weiter helfen kann.«

»Weißt du eigentlich, worum es hier wirklich geht?« In Annas Stimme schwang ein triumphierender Ton, den sie immer anschlug, wen sie etwas wusste, was die anderen nicht mal ahnten. Erwartungsvoll schaute Margalida sie mit ihren großen dunkelbraunen Augen an.

»Es geht um Geld! Nur um Geld und um Macht!« Anna lief ein paar Schritte auf und ab.

»Eine neue Zufahrt, so wie sie für das Grundstück nebenan tatsächlich notwendig wäre, kostet: 140 Euro pro

Quadratmeter für den Boden, plus Entschädigung von 200 Euro für jeden Baum. Dazu kommen die Kosten für die Erstellung eines befahrbaren Bodens, das Tor und eventuell einen neuen Zaun. Das macht bei einer Auffahrt von 200 Quadratmetern ungefähr 35.000 bis 40.000 Euro.«

Anna vergewisserte sich, ob alle ihr folgten und fuhr fort: »Diese Summe will der Mateu natürlich nicht ausgeben. Außerdem will er nicht einen Zentimeter von seinem Land für eine Auffahrt hergeben, noch einen einzigen Baum dafür fällen. Er gibt lieber das Geld für einen Rechtsstreit aus, weil das viel billiger ist! Zumal wir alles zahlen müssen, wenn wir verlieren. Falls wir danach seine Zufahrt verlegen wollen, müssen wir die Kosten dafür übernehmen, so steht es im Gesetz. Verstehst du? Es geht einzig und allein darum, dass er in der besseren Position steht und nicht so viel Geld für eine neue Zufahrt zahlen muss.«

»Und woher weißt du das?«, fragte Marga.

»Ich habe mir andere Urteile besorgt. Und eines davon betrifft die Finca gleich da drüben, in der gleichen Zone«, sie zeigte mit dem Finger in Richtung Westen. »Ich habe mit dem Besitzer gesprochen. Dennoch frage ich mich: Wie kann es sein, dass in einer fast identischen Situation so unterschiedliche Urteile gefällt werden?«

Ihre spanische Freundin blickte sie resigniert an, zuckte seufzend die Achseln und sagte leise: »Ich weiß es nicht.«

Wolfgang war Annas Ausführungen mit einer stillen Bewunderung gefolgt. Er griff sich das Urteil und suchte auf der ersten Seite den Namen des Richters: Jaume Gonzalez Barbor. Es war ihm ein Rätsel, warum die Prozessordnung und die zivile Gesetzgebung für einige galt und für andere nicht. Aber wie sollte er jemals beweisen können, dass in ihrem Fall etwas faul war?

Wolfgang war Niederlagen nicht gewohnt. Es war, als hätte sich Blei über ihn gelegt. Jede Bewegung, selbst jeder noch so kleine Handgriff verlief unkoordiniert. Das morgendliche Aufstehen gelang nur schleppend. Der Gang zur Bar Paloma schien unnütz. Seine Gedanken waren schwer und düster. Das Gefühl der Wut brodelte nun schon so lange in ihm. Anfangs war es, als würde er einen kleinen Eiswürfel in seinem Arm spüren. Dieses kleine Stück wuchs, wanderte den Arm hinauf, wurde dabei größer und größer und landete schließlich als Eisklotz in seinem Bauch. Mit jedem Millimeter, den er weiter wuchs, wurde auch seine Kälte immer eisiger. Sie drohte ihn innerlich zu zersprengen, nahm ihm den Atem und vergiftete sein Herz.

Viele Politiker in diesem Inselparadies, sagte Wolfgang sich, sind korrupt, die eine oder andere Partei findet das sogar völlig normal und schützt ihre großen und kleinen Sünder. Das Volk steht den Skandalen emotionslos gegenüber, sind sie doch selber ein Teil des Geschäftes. Eine gängige Praxis seit den Zeiten von Juan March, dem legendären, katalanischen Geschäftsmann, der sich überall Freunde erkaufte und dabei viel für das Wohl der armen Bevölkerung leistete. Auch heute noch ließen die Funktionäre, wie sie vom Volk genannt wurden, Papiere unbearbeitet in ihren Schubladen verschwinden und verdienten sich ein kleines Zubrot zu ihrem kargen Lohn. Einige Politiker gar schöpften ohne Maß aus den Staatskassen.

Und nur die Richter sollten Götter in Weiß sein? Sollten sie immun sein gegen die Verführungen von Freundschaftsleistungen oder Geld? Hier war es eine ganze Gesellschaft, die traditionsgemäß von dieser Praxis lebte, und nur die Richter sollten frei sein?

Wolfgang glaubte nicht an diese ehrenhafte Vorstellung, genau wie ein Großteil der spanischen Bevölkerung der Justiz ihren Sinn für Gerechtigkeit absprach. Um wie viel schlimmer musste es den Völkern ergehen, die gegen ihren verhassten Diktator und sein totalitäres, Menschen verachtendes Unrechtsregime protestierte? Sie hielten es einfach nicht mehr aus und nahmen selbst Folter, Verletzungen und den Tod auf sich, um für ihre Freiheit und Würde zu kämpfen. Das Maß war voll. Auch Anna ging an ihm vorbei, als kenne sie ihn nicht. Jeder andere Mensch wurde besser behandelt als er, vorbei das Lächeln, das Blinzeln, die kleinen Aufmerksamkeiten und Blicke, vorbei die kleinen wichtigen Gesten wie der Klaps auf den Hintern, das Händedrücken und sich in den Armen halten und – der Sex. Beide verharrten in Lethargie und ausgedehntem Schweigen, um sich von dem Schock zu erholen.

Einfach Nichtstun, den Schlag verkraften, irgendwann wieder aufstehen, und dann:

Selber zuschlagen. Auf seine Art. Die Einzige, die half.

»Warum werden Richter eigentlich nicht kontrolliert?«, fragte er Anna eines Abends.

Ihre Schultern hingen nach vorne, wie bei den alten Männern, die tagein, tagaus ihren Garten mit Gemüse bepflanzten. Hatte da jemand das Wort an sie gerichtet, einer, der sich komplett in sein Schneckenhaus zurückgezogen hatte? Müde blickte sie hoch.

»Keine Ahnung. Vielleicht kann man sich ja beschweren und wir wissen es nur nicht. Vielleicht, weil sie einen Eid geleistet haben – und weil man ihnen vertraut«, antwortete sie.

»Vertrauen, ha, dass ich nicht lache.« Er stand auf und schenkte sich Wein nach. »Du immer mit deinem Vertrauen! Du bist doch so naiv. Die haben alle Interessen und Freunde. Oder sind einfach nur träge geworden. Die haben die Pflicht zu überprüfen!« Seine Aggressivität war nicht mehr zu übersehen.«»Die kommen mit allem durch, weil sie von hier sind. Politiker leisten doch auch einen Eid. Was ist mit denen, frag ich dich, he? Der Eid ist für den Arsch, sag ich dir. Du musst mal aufwachen!«

Obwohl Anna ahnte, dass er wahrscheinlich recht hatte, fühlte sie sich zu unrecht angegriffen. Wolfgang stürzte das Glas in einem Zug herunter und schenkte sich nach. »Und jetzt frag ich dich: Wie kann man so jemanden stoppen?«

»Was für einen Jemand?«

»Na, so einen Richter oder Anwalt, einen, der kokainsüchtig ist und korrupt.«

»Weiß ich nicht. Wahrscheinlich nur durch Kontrolle oder eine Beschwerde. Soweit ich weiß, ist das möglich.« Sie zuckte die Schultern.

»Falsch. Reine Theorie, bloßer Papierkram, eine Formalie. Ein Richter hackt dem anderen kein Auge aus! Alte Bauernregel. Das würde Jahre dauern und ist im eigenen Land in den seltensten Fällen von Erfolg gekrönt. Nein, nein, der kann nur dadurch gehindert werden, indem du ihm ins Knie schießt. Dann kann jeder erkennen, dass er korrupt war. Schon der primitive Bauer hat das erkannt und sich auf diese Art gewehrt. Es ist nicht immer der Böse, der zur Waffe greift. Er kann nur nicht anders. Das ist ein Gesetz, welches seit Jahrhunderten existiert: Du kannst die Korruption nur mit Gewalt bekämpfen.«

Anna sah Wolfgang an. Was war nur aus diesem friedlichen Mann geworden, fragte sie sich. Sprach da ihr Liebster, den sie kannte oder zu kennen glaubte? Ihr war, als hätte ihr Gang nach Golgota ein schreckliches Geheimnis offenbart. Sie verabscheute diese Art von Kampf. Gewalt war eine nie endende Spirale, die es zu unterbrechen galt. Trug er schon immer diese Aggressivität in sich und hatte sie diese noch nicht bemerkt? Sie konnte sich nicht daran erinnern, ihn je so gewaltbereit zu sehen.

»Das meinst du doch wohl nicht ernsthaft?«, fragte sie ihn wütend.

»Dann sag du mir doch, wie wir uns wehren können. Uns wird der Parkplatz vor unserem eigenen Haus genommen, damit der liebe Nachbar seinen legitimen Zugang hat. Ha! Ihm wird nicht ein Umweg zugemutet, aber uns. Nein, keiner hat gefragt. Keiner! Wir durften nicht mal aussagen! Und was können wir gegen dieses Unrecht tun? Gar nichts, wir sind Personen dritter Klasse!« Seine geröteten Augen verengten sich zu engen Schlitzen und seine sonst vollen Lippen zu schmalen Strichen. Mit einem Zug schüttete er den Wein herunter.

»Wir können uns mit der nächsthöheren Instanz wehren«, lautete ihre Antwort, leise und zögerlich.

»Das gilt nur für Leute mit Geld und Zeit, das weißt du doch, oder?«

»Ja«, antwortete sie kleinlaut.

»Und, haben wir noch Geld? Können wir uns das noch leisten?«

»Nein.«

»Also los, sag mir, welche Mittel du wählen würdest?«

Anna guckte verzweifelt auf den Fußboden. Die Quadrate blieben stumm. Fussel lagen herum. Ein paar Ameisen erkundeten die Gegend. Sie wusste keinen Ausweg. Sie steckten in einer Sackgasse.

»Anna, ich sag dir jetzt was: Sie müssen bestraft werden! Sonst lernen sie nichts daraus. Es geht nur so, glaub mir.«

»Aber was ist, wenn wir uns irren? Wenn es doch noch eine Möglichkeit gibt?« Tränen stiegen in ihre Augen. Sie versuchte, den Kloß in ihrem Hals herunterzuschlucken.

»Was, wenn sie dich schnappen? Du willst doch nicht den

Rest deines Lebens wegen so einem Typen im Knast verbringen. Du kannst mich doch nicht allein lassen!«

»Man muss es ja nicht selber tun«, sagte Wolfgang düster. »Es gibt für so etwas Profis. Das Geld ist auf jeden Fall besser angelegt, als es den Anwälten in den Rachen zu schmeißen. Unser Anwalt ist doch auch so eine Knalltüte. Und du – hah, ich höre noch deine Worte: Der schreibt so gut! Dass ich nicht lache! Hat der Biel Masaro ein Gutachten machen lassen, wie ich es verlangt habe? Nein, fand er unwichtig. Wir haben ja unsere Kaufurkunde, meinte er. Ha, und was ist die wert? Einen Dreck ist sie wert! Das bringt doch alles überhaupt nichts.«

Er lief in die Küche, kam aber sofort wieder.

»Und dem hier von nebenan, dem hätte ich schon längst einen Denkzettel verpassen sollen. Weißt du, wie die Einheimischen das machen? Nein?«

Anna traute sich kaum ihren Wolfgang anzuschauen und so starrte sie auf den Boden.

»Ab in den Brunnen! Oder in die nächste Zementgrube. Das gibt 'n gutes Fundament, findet nie jemand. Was meinst du, wie viele hintertriebene, hinterlistige Typen schon in irgendeinem tiefen Brunnen in den Bergen verschwunden sind? Aber leider, leider habe ich auf dich gehört. So etwas muss man nämlich gleich am Anfang klarstellen, dann ist Ruhe! Aber jetzt – jetzt knöpf ich mir als erstes den Richter vor. Der hat die Verantwortung für die Scheiße, die er uns angetan hat! Der hat die Schuld, weil er den Komplott der Nachbarn unterstützt hat. Weil er sich kaufen ließ!« Wütend schüttete er sich wieder von dem Wein nach. »Das Einzige, was ich brauche, ist seine Adresse.«

»Das machst du nicht!« Anna sprang auf und lief schreiend aus dem Zimmer. »Ich verbiete es dir!«

»Du kannst wie ein Idiot kämpfen und dich verteidigen, aber am Ende wirst du verlieren. In einem korrupten System mit korrupten Richtern wirst du nie Recht bekommen«, rief er ihr hinterher. »Sieh das doch endlich mal ein!«

Im zweiten Stockwerk donnerte die Schlafzimmertür mit einem lauten Knall zu.

»Du bist ja gemeingefährlich!«, hallte ihr Schrei durch die Türen nach unten. »So kann ich nicht leben!«

»Die anderen haben keine Angst vor dem Gesetz, weil sie lügen und betrügen«, sprach Wolfgang zu sich selbst. »Das Einzige, wovor sie Angst haben, ist, dass sie eins auf die Fresse kriegen.«

Von diesem Tag an brach die Eiszeit in *Can Xut* ein, trotz der angenehmen Temperaturen beherrschten frostige Dissonanzen ihr Haus. Beide verkehrten in steifen Umgangsformen miteinander und tauschten nur noch die notwendigsten Informationen aus. Wolfgang verbrachte sehr viel Zeit außerhalb ihrer Finca, verschwand, ohne ihr wie früher zu sagen wohin, und war auch telefonisch kaum zu erreichen. Er ging seine eigenen Wege. Anna ging wie ein Roboter ihren Pflichten nach, sie machte sauber, kümmerte sich um die wenigen Gäste, pflegte die Pflanzen und trank nur noch selten Kaffee mit Bekannten auf dem Marktplatz. Zweifel erschütterten ihr Vertrauen in Wolfgang tief.

VERGELTUNG

Endlich überwältigte ihn das Gefühl von ungeahnter Leichtigkeit und hob ihn in die Lüfte. Sein Körper schwebte in Zeitlupentempo ruhig und schwerelos empor, weich und federleicht. Mit den Augen eines Kindes, das er einmal war, sah Wolfgang weiße, wattige Wolken unter sich stehen. Ach, da jetzt hineinfallen und baden, frohlockte er. In strahlendes Weiß gehüllt, fühlte er pures Glück und vor allem Erleichterung – ein erhabener Zustand von allumfassendem Einssein mit seinem Ich und dem Außen.

Er hatte es getan.

Vor der Tat beschlichen ihn noch leise Zweifel, aber die Wut, die in ihm brannte, hatte ihn vorwärts getrieben. Es schrie nach Gerechtigkeit in ihm, nach Ausgleich, nach Strafe an dem Mann, der in seinem Leben Unrecht statt Recht gesprochen hatte. Es schrie schon so lange in ihm. Schuldig! Schuldig! Du hast die Schuld! Du musst bestraft werden! Nur auf diese Weise konnte er sich selber erlösen. Nur so würde der Richter sich immer daran erinnern.

Der erste Schuss, den er aus seiner Pistole Kaliber 45 abfeuerte, traf das rechte Knie von Jaume Gonzalez Barbor. Der zweite seinen linken Oberschenkel. Der Richter, der von der morgendlichen Fitnessrunde in Joggingkleidung zurückgekehrt war, sackte in sich zusammen und schrie vor Schmerz. Wolfgang stand mit tief heruntergezogener Schirmmütze und dunkler Kleidung hinter einer dunklen

Wand aus dicht gewachsenen Zypressen auf dem Grundstück eines Nachbarn. Über die Mauer hinweg sah er, wie die Zielscheibe seines Hasses vor dem stählernen Rolltor lag und wimmerte.

Die Korruption schleicht auf leisen Sohlen und infiziert jede Schicht. Nur der Zufall oder Verrat bringt sie ans Tageslicht, dachte Wolfgang grimmig.

Der Angeschossene presste die linke Hand auf die stark blutende Wunde im Oberschenkel, mit der anderen Hand wühlte er in seinen Hosentaschen. Nachdem er das Gesuchte, wahrscheinlich sein Handy, nicht fand, schaffte er es, zwei Meter weiter zur rechten Seite seines Eingangsportals zu robben. Gleichzeitig drehte er sich mehrmals hektisch um. Die Straße lag einsam und frisch asphaltiert auf dem Kamm eines Berges, doch den traumhaften Ausblick über die Stadt, hinter der sich das Meer wölbte, nahm er nicht wahr. Zuerst wedelte er mit der Hand aufgeregt in die Kamera der Fernsprechanlage, dann versuchte er, sich an der Wand hochzuziehen, während die andere Hand dem silbernen Knopf auf der polierten Platte entgegenfieberte. Bevor er stehen konnte, brach er zusammen.

Du wirst es überleben, dachte Wolfgang, und schlich auf der anderen Seite davon. Voller Genugtuung und innerer Befreiung. Er lief wie auf Wolken. Der ungeheuerliche Eiswürfel, der sein Inneres abschnürte, begann zu schmelzen, tropfte und wurde kleiner und kleiner. Als er zu Hause ankam, bemerkte er, dass seine Nachbarn das Tor offen gelassen hatten. Scheiß drauf, dachte er, auch du wirst eines Tages zahlen, für dein ungehobeltes Benehmen, deine täglichen Attacken und deine Ignoranz. Wenn das Gesetz dich nicht verurteilt, werde ich es eben tun.

Weit entfernt hörte er heftiges Klopfen und fremde männliche Stimmen. Jemand schüttelte ihn unsanft an der Schulter, sein diffuser Traum verschwand.

»Du redest ja im Schlaf! Und deine Fäuste, so geballt!«

Wolfgang entkrampfte seine Finger, rieb sich die Augen und blickte in die grünen Augen der Frau, die er liebte. Ein Gefühl von Milde und Ausgeglichenheit stieg in ihm hoch, fast hätte er sie umarmt, doch der verschlossene sauertöpfische Gesichtsausdruck, mit dem sie auf ihn herunter sah, gab ihm keine Gelegenheit.

»Anna?«, sagte er nun hellwach und in sehr ernstem Ton. »Wir müssen miteinander reden. Hör mir bitte zu. Bitte!«

»Dafür haben wir jetzt keine Zeit«, rief sie. »Unten stehen Typen von der Guardia Civil.«

»Was wollen die?«

»Keine Ahnung, haben sie mir nicht gesagt.«

Wolfgang sprang aus dem Gästebett, seit ihrem Streit schlief er eine Etage tiefer, alleine. Mit zackigen Bewegungen schlüpfte er in Jeans und T-Shirt und lief die Treppe nach unten. Zwei Männer in Zivilkleidung erwarteten ihn bereits ungeduldig.

»Wolfgang Meyer?«

»Ja, der bin ich.«

»Weisen Sie sich bitte aus!«

Wolfgang holte seinen Ausweis hervor.

»Es liegt eine Anzeige gegen Sie vor wegen schwerer Körperverletzung. Kommen Sie!«

»Von wem kommt die Anzeige?«, fragte Wolfgang.

»Das werden sie schon noch erfahren. Kommen Sie!«

Anna stand auf der Treppe und sah mit beklommenem Herzen, wie Wolfgang von beiden Beamten an den Armen ergriffen und auf die Rücksitzbank eines dunkelblauen BMWs gesteckt wurde. Mit einem kurzen Seitenblick registrierte sie, dass Mateu und Lucia das Geschehen aus sicherer Entfernung von ihrem Tor aus verfolgten. Lag ein Ausdruck der Genugtuung auf ihren Gesichtern?

»Wo bringen sie ihn hin?«, rief sie.

»In das Hauptquartier in die Stadt. Das kann dauern«, antwortete der mit den kurzgeschorenen Haaren, bevor er einstieg. Der Fahrer legte den Rückwärtsgang ein und fuhr vom Hof.

Anna guckte ihnen mit panischem Gesichtsausdruck nach. Was hatte Wolfgang verbrochen? Was sollte sie tun? Einen Anwalt besorgen? Es war später Abend, fast aussichtslos für bürokratische Rettungsaktionen.

Die Zentrale der Guardia Civil war ein langgestreckter, brauner Klotz und lag in einer Seitenstraße abseits der Avenida mitten im Zentrum. Nach zwanzig Minuten fand Anna einen Parkplatz, irgendwo abseits in dem Labyrinth überfüllter Straßen. Auf dem Weg verlief sie sich, fragte Passanten nach dem Sitz der Guardia Civil, doch die Leute machten unterschiedliche Angaben, sie verlief sich weiter. Mittlerweile schlug es elf Uhr nachts. Endlich, nachdem sie das Gebäude erreicht und die Sicherheitskontrolle passiert hatte, gelang es ihr herauszufinden, wo Wolfgang steckte. Die Antworten waren einsilbig: Im Untergeschoss. Kein Zugang für Nichtautorisierte. Kann sein, dass er nach dem Verhör rauskommt. Wann das ist? Kann man nicht sagen. Sind heute unterbesetzt.

Sie setzte sich auf einen der Kunststoffstühle in einem langen dunklen Flur unweit des Eingangs. Die Zeit schien stehen zu bleiben. Es roch streng nach *Lejia,* einem chlorhaltigen Putzmittel, das ihr zu Kopfe stieg. Mit jeder Stunde, die sie auf den grauen Steinboden starrte, fiel es ihr schwerer die Augenlider aufzuhalten. Sie sehnte sich nach frischer Luft. Sie sehnte sich nach Wolfgang.

Am Anfang bestimmte Wut ihre Gedanken, im Geiste schwang sie bereits Reden über fehlende Verantwortung und ausufernden Egoismus, doch dann wurde ihre Stimmung versöhnlicher, bittender, friedlicher.

Bilder aus glücklichen Tagen erschienen vor ihrem geistigen Auge: Ihr erster Tag auf der Insel, ihr Ankunftstag am Meer, endlich am Meer! Wie sie sich nach dem Schwimmen in kindischer Freude zusammengepresst im Sand rollten, wie ein Stück Sushi Maki in Sesam Bröseln. Später die Einweihungsparty von *Can Xut* mit all ihren Freunden, die nach einer grandiosen Party in dem völlig überfüllten Haus auf dem Boden und im Garten in den Hängematten schliefen. Ein Wochenende, das das WG-Feeling aus früheren Jahren wieder aufleben ließ. Hippie happening pur! Immer, wenn sie ihn brauchte oder ihm etwas mitteilen wollte, war Wolfgang zur Stelle gewesen und hatte ihr zugehört. Und nun saß er in einem Gefängnis. Hatte er wirklich jemanden verletzt? Wie konnten sie so weit sinken, sich so weit voneinander entfernen?

Nach Stunden, die ihr vorkamen wie Tage, sah sie einen Schatten aus der Tiefe auf sich zukommen. Trotz der dunklen Augenringe und der verstrubbelten Haare sah er gut aus, ein kräftig gebauter Mann mit hohem Wuchs, lässigem Gang und freundlichem Gesichtsausdruck. Ihr Herz quoll über vor Freude, augenblicklich verschwanden ihre Sorgenfalten und machten grenzloser Erleichterung Platz. Sie stand auf und ging auf ihn zu. In den letzten Stunden der Warterei hatte sie ihm alles verziehen, wenn er doch nur heil wieder herauskommen würde.

Wolfgang nahm sie fest in seine Arme und drückte ihr einen feuchten Schmatzer auf die Nasenspitze, so wie er es immer machte, wenn sie einander zugetan waren.

»Es gibt Nächte, die vergisst man nicht! Eben haben sie noch Fotos von mir gemacht und Fingerabdrücke abgenommen, als ob ich ein Schwerverbrecher wäre.«

»Bist du das denn nicht?«, fragte sie scherzhaft.

»Sehr witzig, Anna. Komm, lass uns hier verschwinden. Ich hab´ Durst.«

Schnellen Schrittes steuerten sie auf den Ausgang zu.

»Und? Hast du den Richter erledigt?«, fragte sie und brach fast in Lachen aus.

»Na klar. Ich habe doch ein Klasse Alibi. Dich!«

Abrupt blieb Anna stehen. Das konnte nicht sein Ernst sein. Wollte er sie etwa in seine Gewalttätigkeiten hineinziehen?

»Kleiner Scherz! Im Traum kann man vieles. Aber du wirst kaum glauben, mein Schatz, wem ich diese kleine Spritztour in die unterirdischen Gefilde der spanischen Polizei verdanke.«

Und wem, wollte sie fragen, da machte er eine ausladende Geste mit der rechten Hand, als wäre er ein Zirkusdirektor, der seinen nächsten Akrobaten vorstellt. »Unserem lieben Nachbarn, Joan.«

Ihr blieb der Mund offen stehen und Wolfgang nahm wieder Fahrt auf. »Er behauptet, ich hätte ihn angegriffen und ihm den Arm in einer Tür eingequetscht. Ich habe dem Mann, der mich verhört hat, gesagt, dass das nicht wahr ist. Der hat mich irgendwie verstanden und war ganz in Ordnung, sonst wäre ich wahrscheinlich nicht so schnell rausgekommen. Netterweise ließ er noch verlauten, dass Joan kein medizinisches Gutachten hat.«

»Das bedeutet Aussage gegen Aussage, oder?«

»Es sei denn – «, er zögerte und atmete tief durch, »es sei denn, er hat wieder irgendwelche Freunde, die etwas bestätigen.«

Eine nächtliche Ruhe erfüllte die Straßen, nur ein paar Mopeds düsten ihrer Wege. Anna konnte sich nicht mehr genau daran erinnern, wo sie geparkt hatte und so suchten sie mit ineinander verhakten Händen die dicht an dicht stehenden Fahrzeuge vor den Häuserblöcken ab, bis sie endlich ihren verbeulten Jeep wiederfanden.

»Ich hoffe, du hast kapiert, um was es hier geht, Anna.« Wolfgang schloss ihr die Beifahrertür auf. »Die wollen uns fertig machen und uns zum Aufgeben zwingen. Die wollen, dass wir aufgeben und sie alles bekommen, was wir aufgebaut haben. Die drehen uns die Lebensadern zu, schon gemerkt?«

Anna war das unwichtig, sie war froh, Wolfgang wieder bei sich zu haben und so kuschelte sie sich im Auto an ihn und küsste ihn. Für eine kleine Ewigkeit hielten sie sich fest umschlungen. Seine Nase tauchte in ihre Halsbeuge und sog den blassen Rest ihres zitronigen Parfüms in sich auf – endlich wieder zuhause.

Während der Rückfahrt wollte Anna alles über die Stunden in der Gemeinschaftszelle wissen. Wolfgang beschrieb die an der Wand hängenden, harten und schmalen Holzpritschen, auf denen man unmöglich schlafen konnte inmitten des grellen Neonlichts. Die beiden Zellengenossen, junge südamerikanische Kleingangster, deren Nähe er dank des verständnisvollen Beamten entronnen war, wünschte er nie wieder zu begegnen. Das Schlimmste aber sei die verdreckte Toilette in dem vergitterten Raum gewesen, bei der jeder sehen konnte, wie der andere scheißt.

In langsamem Tempo lenkte Wolfgang den Jeep der dunklen Wand des Gebirgsmassivs entgegen, die nachts noch höher und gewaltiger zu sein schien. Der fast volle Mond hatte sich hinter der gezackten Silhouette emporgehoben und sich auf seine Bahn Richtung Westen begeben. Sie hätten auch ohne Licht fahren können, denn die gesamte Umgebung leuchtete in dem mondhellen Licht. Jeder Pfosten und jeder Baum am Straßenrand, auch das Schaf, das die Serpentinen kreuzte, warf einen Schatten auf die asphaltierte Straße. Die Müdigkeit war von ihnen abgefallen. Eine nachdenkliche, gemeinsame Stille war der angeregten Unterhaltung zuvor gefolgt, fast wie früher, als sie sich noch nicht so gut kannten. Ihre erste große Krise war überwunden und ihre Verbundenheit gereift.

Bald würde es hell werden.

Teil 3

DER PLAN

2009 breitete sich die Krise wie ein böser Virus auf der ganzen Welt aus. Die Pleite der amerikanischen Investmentbank Lehmann Brothers führte zu einer weltweiten Finanzkrise und in Spanien platzte die Immobilienblase; viele Bauunternehmer, mittelständische und kleine Betriebe meldeten Konkurs an.

Am Ende des Jahres trafen sich in der Hauptstadt der Insel mehrere tausend Bürger unterschiedlichsten Alters und sozialer Herkunft, um zum ersten Mal gegen die korrupten Politiker ihrer Regierung zu demonstrieren. Unter ihnen auch Anna und Wolfgang, Luis und Neus. Die beiden Frauen schwenkten Toilettenbürsten und Schrubber in die Luft, andere Demonstranten trugen schwarze Fahnen, um symbolisch den Bedarf nach Säuberung und Trauer Ausdruck zu verleihen. Es waren jedoch keine Vermummten, keine Krawallmacher, keine kurzgeschorenen Rechtsradikalen, keine jungen Rebellen, sondern das bürgerliche Volk jenseits der vierzig, das sich auf die Straße gewagt hatte und einer Truppe von Trommlern durch die engen Gassen der Hauptstadt folgte. Zu ihren Schlägen hallten im Stakkato die Chorrufe: »Hoy es lunes. Estoy in mi despacho« (Heute ist Montag, ich bin im Büro) und »Arriba los manos! Arriba los manos!« (Hebt eure Hände! Hebt eure Hände!) Auch in Madrid versammelten sich die »Empörten« (*Los indignados*) auf den Plätzen der Innenstadt und demonstrierten: gegen die Korruption, die politische Herrschaft und die mangelnde Transparenz bei demokratischen Entscheidungen. Auf ihren Transparenten stand *No falta dinero, sobran ladrones* (Es fehlt kein Geld, das nehmen die Diebe) und *Poco pan y mucho chorizo* (Wenig Brot, viel Wurst, was bedeutete: wenig zu essen, dafür viele korrupte Politiker).

In dem verschlafenen Dorf hinter den Bergen hatten diese Entwicklungen kaum Spuren hinterlassen. Der Umbau der Bar Paloma nahm langsam Fortschritte an. Wie eine Insel thronte ein runder Tresen im Umfang von fünf Metern in der Mitte des weitläufigen Raumes, die Toiletten und die ehemalige Küche waren entkernt und vergrößert worden. Noch befanden sich die Arbeiten im Rohbau, Zementstaub und Dreck bedeckten den Boden und der Arbeitsstaub lag millimeterdick auf den Maschinen und Materialien. Wolfgang kam jeden Tag, beaufsichtigte die Arbeiten und gab seinen beiden polnischen Handwerkern Anweisungen.

Luis und er wollten gerade vor dem Lärm der Kreissägen flüchten, als ein älterer Herr vor ihnen stand und mit stoischem Gleichmut auf Katalanisch nach Luis fragte. Der Bote zog einen Brief aus seiner breiten Umhängetasche und hielt ihm wortlos eine Empfangsbestätigung zur Unterschrift hin. Während Luis unterschrieb, warf er einen argwöhnischen Blick auf die beiden Arbeiter, dann verließ er mit einem kurzen *Adeu* die Baustelle.

Es handelte sich um einen sofortigen Baustopp. Angeblich habe er das bestehende Gebäude vergrößert und über siebzig Prozent der bestehenden Bausubstanz eingerissen.

»Wie schön, dass die nicht gleich mit Bulldozern angerückt sind«, meinte Luis trocken.

Wolfgang spürte, wie die Wut in ihm stieg. »Können die in der Bauabteilung nicht rechnen, oder was? Oder wenigstens die Pläne richtig lesen? Wenn sie nur einmal hier gewesen wären, wüssten sie, dass das eine Lüge ist. Warum überprüfen sie denn so was nicht, bevor sie jemanden verleumden?«

Aber Luis ließ das Schreiben völlig ungerührt. »Reine Schikane. Als ich die Baugenehmigung für den Umbau der Bar beantragt habe, habe ich Onofre kennengelernt.«

»Und?«

»Er sagte mir, dass ich den Umbau nur genehmigt bekomme, wenn ich Joan als Baumeister beauftrage und zusätzlich noch eine – Gebühr zahle. Direkt an ihn! Sonst würde ich Probleme mit dem Küstenschutzgesetz bekommen. Probleme von ganz oben, die man nicht schnell und einfach lösen könne.«

»Das sagst du mir erst jetzt! Mierda.«

Sie hatten die Bar hinter sich gelassen und liefen über ein weit ausuferndes, felsiges Gelände am Rande der Steilküste. Luis erzählte ihm von einer Begegnung mit seiner Nachbarin, einer älteren Dame aus Frankreich mit dem Namen July Monturi, die nach langen Jahren der Abwesenheit bei ihm aufgetaucht war und Fragen gestellt hatte. Warum kündigte an ihrem Eingangstor ein Schild den Bau von zwölf Luxusappartments an? Sie wollte nicht bauen. Wer hatte das veranlasst und mit welchem Recht, hatte sie Luis erbost gefragt. July sei für ihr Alter eine bemerkenswert zähe tatkräftige Persönlichkeit, eine französische Miss Marple mit schlohweißen, kurzen Haaren, und hatte später herausbekommen, wer die vermeintlichen Eigentümer waren.

»Die Gemeinde hat ihr Grundstück gekauft und dann günstig weiterverkauft, aber es gehört eigentlich noch der alten Frau?«

»Yep. Sie haben es sich widerrechtlich angeeignet«, antwortete ihm Luis.

»Unglaublich, wie weit die gehen.«

»Hombre! Alleine kann man solche Deals kaum durchziehen. In diesem Fall heißen die Eigentümer Mateu Colom Sóler und sein Onkel Onofre, der Leiter des Bauamtes. Und Joan, dein Nachbar, sollte hier bauen.«

»Als wenn der nicht genug zu tun hätte.« Wolfgang schüttelte den Kopf.

»Der Notar hat wahrscheinlich auch seine Finger im Spiel gehabt.«

»Habe ich richtig verstanden: Die drohen dir mit dem Küstenschutzgesetz und sie bauen?«

»In einer Zone, in der nicht gebaut werden darf.« Beide wussten, dass im Namen des Küstenschutzgesetzes viele Häuser, die sich seit Jahrzehnten in der ersten Meereslinie befanden, einfach abgerissen wurden. In der Cala Tuent war vor kurzem ein jahrhundertealtes Haus dem Erdboden gleichgemacht worden. Nur die großen Hotelanlagen an den Küsten blieben stehen, obwohl sie illegal gebaut worden waren und direkt am Meer standen.

»Aber ich hab dem Onofre die kalte Schulter gezeigt und den Antrag auf Umbau trotzdem eingereicht. Nur der Form halber, weißt du. Dann wurde er nicht bearbeitet. Ich kenne nämlich eine junge Maus im Amt, die das Papier ein wenig aufgehalten hat. Ehemalige Schulfreundin.« Luis zwinkerte mit den Augen und grinste. »Und wenn die Gemeinde nicht innerhalb eines Monats darauf antwortet, gilt der Antrag als genehmigt. Und deshalb machen wir einfach weiter. Wie alle anderen auch.«

Beide kletterten über den Zaun und gelangten auf die von Schlaglöchern zerfetzte Straße, die von oben zur Bar *Paloma* führte. Luis zeigte mit der Hand ein wenig abwärts.

»Dort unten sind mein Onkel und mein Vater verunglückt. Die alte Steinmauer, die die Straße trägt, und da die

Wurzeln der Johannisbrotbäume, siehst du da ...«, er stockte und wendete den Blick gen Himmel, »die Wand sackte durch den starken Regen ab und hat einen Teil der Straße mit sich gerissen. Zufälligerweise genau der Teil, auf dem ihr Wagen fuhr«, er schüttelte den Kopf. »Heutzutage fahren Laster und Betonmischer von etlichen Tonnen Gewicht die Wege, die früher ein Eselskarren gefahren ist. Und keiner ist zuständig, weil es angeblich private Straßen sind. Privat, damit die Gemeinde nicht dafür aufkommen muss. Sauerei nicht wahr?«

Wolfgang guckte betroffen auf den Weg, der sich anmutig durch die grünen Terrassen mit den knorrigen Olivenbäumen schlängelte. Die Araber hatten sie einst zur Bewirtschaftung angelegt. In dieser Idylle mochte man kaum an schicksalsträchtige Unfälle denken. Und so wischte er Vorstellung eines Autoabsturzes von sich und atmete tief durch. Was sagt man in so einem Moment? Ihm fiel nichts ein.

»Mein Beileid.« Schnell fügte er noch hinzu, »Das ist idiotisch.«

Nach einigen Minuten des Schweigens wollte er noch etwas loswerden, eine Gemeinsamkeit, die ihm gerade erst bewusst geworden war. »Ich habe auch keine Eltern mehr.«

Für einen kurzen Moment starrte Luis ihn an, dann nickte er verständnisvoll, bevor er weiterging. Von oben näherte sich in Schlangenlinien ein verbeulter Fiat. Der Fahrer, ein alter Mann mit weißen Haaren, schien entweder besoffen oder kurzsichtig zu sein, denn er hielt den Wagen nur mit Mühe in der Fahrbahnmitte.

»Ach, die haben mal wieder oben in den Bergen gefeiert«, stellte Luis fest und sprang zur Seite, um nicht angefahren zu werden. »Hast du auch Lust auf ein Bier?«

Wolfgang bejahte und so liefen sie zügig zurück zu Bar *Paloma*.

Unter den Pinien strahlte das dunkle Blau des Meeres, eine Schar Möwen verfolgte mit heiseren Schreien ein zurückkehrendes Fischerboot. Wolfgang setzte sich in einen der Metallstühle und trank mit durstigen Zügen das *Mahou*, das Luis ihm gebracht hatte. Er legte die Füße auf die Brüstung, hinter der es steil bergab ging.

»Die Terrasse hier kannst du im Wesentlichen so lassen, aber das Geländer scheint mir nicht mehr so stabil zu sein.« Zum Beweis rüttelte er mit dem Fuß daran.

»Wird gemacht, Chef.« Luis begann, sich einen Joint zu drehen. »Und, was machen wir heute noch?«

»Faul sein! Noch ein Bier trinken! Und über Frauen sprechen, das ist wesentlich erfreulicher.« Wolfgang befand sich in einer entspannten, fast fröhlichen Stimmung und so saßen die beiden lange auf der Terrasse. Dann klingelte zuerst bei Luis und kurz danach auch bei Wolfgang das Handy. Kurz vor Sonnenuntergang gesellten sich Anna und Neus zu ihnen. Sie hatten Salat und Schnitzel mitgebracht. Zur Abwechslung mal deutsches Essen, hatte Anna gemeint. Für unsere spanischen Freunde! Ihre Augen blitzten und strahlten mit den Grübchen und Lachfalten um die Wette, während die ersten Sterne am wolkenlosen Himmel zu funkeln begannen.

»Neulich sind zwei Journalisten aus Madrid bei Gabriel aufgetaucht«, sagte Neus fast beiläufig, nachdem die letzten Krümel verspeist waren. Sie zündete den Stick an, den Luis gedreht hatte.

»Manchmal, wenn du grad da bist, scheinst du ja doch aufzupassen.«

Neus streckte Luis die Zunge aus. Er freute sich darüber sie zu necken und nahm ihr grinsend den Stick ab.

»Also der Gabriel ist ein Nationalist, einer, der die Leute aus dem Dorf deckt. Die stecken alle irgendwie mit drin.

Der Bürgermeister lässt sich umsonst in seinem Haus die Elektrik machen. Dafür bekommt dann der Guillem eine Baugenehmigung für seinen Pool, auch wenn er die normalerweise nie bekommen würde, verstehst du Anna?«, fragte Luis.

»Natürlich verstehe ich das. Ich bin ja nicht blöd«, fauchte sie.

»Eine Hand wäscht eben die andere«, ergänzte Wolfgang.

Anna warf ihm einen drohenden Blick zu. Bitte bleib ruhig, reg dich nicht auf und misch dich nicht ein.

»Die beiden Yuppies überlegen, Onofre wegen Bestechung und Amtsmissbrauch anzuzeigen«, lächelte Neus geheimnisvoll.

»Und July, meine alte Nachbarin, hat das Gleiche vor«, ergänzte Luis. »Der wird sich noch wundern.«

»Aber ohne Beweise nützt das nicht viel«, meinte Anna.

»Sie haben das Gespräch mit ihrem Handy aufgenommen.« Neus Mandelaugen leuchteten. »Und ich ... habe eine Kopie!«

»Weiß das dein Chef?«

»Keine Ahnung. Aber das juckt den nicht im geringsten. Die glauben immer, sie hätten alles unter Kontrolle und wären unverwundbar. Die glauben, sie können sich ungestraft über das Gesetz erheben.« Den letzten Satz hatte sie früher oft von ihrem Vater gehört.

»Ach, können wir nicht mal damit aufhören, das führt doch zu nichts.« Anna hatte das Thema für sich abgeschlossen, schien aber die Einzige zu sein, denn Luis sprang wie von der Tarantel gestochen auf einen Tisch und reckte in Siegerpose seine Faust gen Himmel. Seine knochige Figur hob sich im Schein der Kerzen zu imposanter Größe hervor.

»Jetzt sind wir dran!«, rief er wie von Sinnen, »somos los sietes. WIR sind die Sieben. Jetzt ficken wie sie. Wir – ficken – sie!«

Und Neus guckte, als wenn er sie damit gemeint hätte.

DIE KRISE

Wer einmal eine Steinlawine beobachtet hat, weiß, mit welcher zerstörerischen Macht und explosiven Kraft sie sich innerhalb von Zehntelsekunden entlädt und ein Feld der Zerstörung hinter sich lässt. Eingesickertes Wasser gefriert und sprengt den porösen Felsen von innen. Nichts kann seine enorme Sprengkraft aufhalten. Der geborstene Fels reißt alles mit, was lose auf der Erdoberfläche liegt.

Im Laufe des Jahres 2011 wurden unzählige Verfahren gegen große bekannte Namen eröffnet, die Zahl der Richter auf den Inseln deswegen verdoppelt. Das drohende Haushaltsdefizit und der drohende Konkurs der Mittelmeerstaaten verschärfte den Krieg um die Einnahmen. Die Sozialleistungen der Bürger und Leistungen des Staates (Müllabfuhr, Schwimmbäder, Schulen, Straßenbau, Kultur etc.) wurden drastisch gekürzt, die Abgaben des Bürgers dagegen erheblich erhöht. Um ihre ständig wachsenden Liquiditätsprobleme zu lösen, versuchten die Behörden, ihre Bürger zu höheren Geldabgaben mittels Strafen zu pressen. Die Schulden stiegen trotzdem. Eine grundlegende Revision eines ineffizienten und überdimensionierten Staatsapparats wurde versucht, aber nur zaghaft und langsam umgesetzt. Schemenhaft zeichnete sich der Untergang einer politischen Klasse ab, die sich jahrzehntelang aus den Staatstöpfen bedient hatte, unfähig, sich selbst und den Staat, dem sie dienten, zu reformieren.

Der junge Abhörtechniker, der mit der Aufgabe betraut worden war, den Richter Jaume Gonzalez Barbor abzuhören, legte die Kopfhörer zur Seite und schaute auf seine Armbanduhr. Noch fünf Minuten, dann ist Pause, freute er sich. Wenn der Richter keine Termine wahrnehmen musste, verließ er immer gegen elf sein Büro, um in einer Bar drei Straßenecken weiter Tapas zu essen. Während Carlos seine Thermosflasche und die leere Colaflasche in seinen Rucksack packte, wanderten seine Gedanken zu dem Umbau seiner Garage. Er würde schnell in den Baumarkt fahren, um die langen Schrauben zu kaufen, die bei seinem letzten Besuch nicht vorrätig gewesen waren. Als er sich umdrehte, bemerkte er, wie die Aussteuerungsanzeige auf seinem Bildschirm unerwartet in die Höhe schlug. Hastig warf Carlos sich die Kopfhörer über und lauschte.

»... heimlich still und leise beseitigen, bevor eine Klage auch nur einen von uns erwischt.«

Carlos traute seinen Ohren nicht. Da hörte er monatelang juristisches Fachgeschwafel, fertigte jeden Abend nach Dienstschluss Protokolle an, die nichts Wesentliches offenbarten, und nun das!

»Ich kann für deinen Klienten momentan nichts tun, die Angelegenheit ist zu heikel.« Das war die Stimme von Jaume.

»Du hast alles geopfert zum Wohle der Partei, deine Frau ist dir davongelaufen, deine Karriere ... «

»Meine Karriere, hör doch auf! Als wenn es darum ginge!« Jaume wirkte verärgert. »Wir haben keine Kontrolle mehr über das, was das Leben mit uns macht.«

»Der Sánchez hat seine Sexpartys und Reisen auf Staatskosten finanziert. Er will auspacken und kooperiert mit den Ermittlern.«

»Sein Problem! Damit habe ich nichts zu tun.«

»Sollen wir jetzt einfach aufgeben?«
Stille. Der Pegel schlug nicht aus.
»Ich bin nicht mehr sicher, ob das System uns allen Sicherheit gewährt. Wir sind darauf angewiesen, aber ich fürchte, wir stecken alle zu tief ...«
»Ich habe bereits meine guten Kontakte in Madrid spielen lassen«, unterbrach Jaume und legte auf.

In dem Büro drei Türen weiter las Francisco Rodriguez ein an ihn gerichtetes Schreiben. Die Arbeit der Operation ´Weiße Weste´ wurde mit sofortiger Wirkung für beendet erklärt – aus Gründen von Etatkürzungen. Sein Team sollte unverzüglich aufgelöst und in andere Abteilungen versetzt werden. Ihm war klar, dass wieder politische Kräfte ihren Einfluss auf die Justiz geltend gemacht hatten. Mit dem Schreiben, das er in den Händen hielt, hatte der spanische Generalstaatsanwalt in Madrid den balearischen Staatsanwälten die Zuständigkeit für die Ermittlungen entzogen und wollte auf weitere Nachforschungen verzichten. Damit hatte er ihnen einfach ein Stoppschild vor die Nase gehängt. Am meisten frustrierte Francisco die Tatsache, dass die Jagd auf die Verbrecher eine Sache war, die Verfahren und mögliche Strafen eine andere. Das Recht hatte zu entscheiden, aber was war, wenn das Recht selbst willkürlich war? Was, wenn das Recht gar nicht rechtens, weil es zu überholt und zu alt war, da die Politik nicht in der Lage war, es entsprechend zu ändern? Von den notwendigen Modernisierungen und Anpassungen an die EU-Gesetze ganz zu schweigen. Außerdem war der wehrlose Bürger den Richtern seiner Provinz ausgesetzt, die sich mit ihren oftmals unbegründeten Entscheidungen straflos außerhalb jeder Legalität bewegen konnten. Diese Gesetzeshüter hatten nichts, auch keine Amtskollegen, zu befürchten. Er kannte zwei Fälle, in denen der Staatsanwalt sich weigerte, die entsprechenden strafrechtlichen Schritte gegen den Richter einzuleiten. Die Verfahren wurden in die Länge gezogen und letztendlich eingestellt, weil sich angeblich nie ein Verstoß ergeben hatte. Und jetzt sollte zu allem Überfluss ein Richter, der Mitglied der konservativen Richtervereinigung war, die Nachfolge nach dem überraschenden Tod des Leiters der Antikorruptionsbehörde übernehmen.

Plötzlich stürzte der junge Carlos in sein Büro, ohne anzuklopfen, wie es nicht den Benimmregeln eines Tontechnikers im ersten Berufsjahr entsprach. Seine Augen flackerten und die behäbige Ruhe, die sein phlegmatisches Wesen sonst unterstrich, war wie weggeblasen.

»Chef, das müssen Sie sich anhören! Schnell!« Er wedelte aufgeregt mit den Armen.

Doch zu seiner großen Verwunderung blieb Francisco sitzen.

»Chef, alles klar mit Ihnen? Sie sehen ein wenig krank aus, wenn ich das sagen darf.«

Franciscos Wangen waren eingefallen und seine Lippen umspielte ein bitterer Zug.

»Wir können hier einpacken, Carlos. Alles, was wir an Beweisen haben, wird uns nichts nützen, weil unsere Abhörmaßnahmen illegal sind.«

»Illegal? Aber wir haben doch einen Auftrag, der ... «

Francisco fiel ihm ins Wort.

»Wir hatten! Vergangenheit, Carlos. Alles Schnee von gestern. Hier wird mit zweierlei Maß gemessen. Ausländische Abhörtechniker fragen nie nach einer Begründung oder Erlaubnis, wenn sie dieses oder jenes Gespräch aufnehmen sollen. Aber wir ... sobald wir in unserem eigenen Stall Mist finden, soll er verschwinden. Ungesehen, verstehst du? Sag den anderen Bescheid. Die weiße Weste hat abgedankt. Ich muss jetzt raus hier.« Francisco erhob sich und ließ Carlos mit weit aufgerissenen Augen in seinem Büro stehen.

Mit jedem Schritt, der ihn von dieser Abteilung wegtrug, reifte der Wunsch, sich wieder versetzen zu lassen. Zurück in die Mordkommission, die er viele Jahre erfolgreich geleitet hatte. Dort waren die Grenzen klar umrissen, es gab den Täter und das Opfer und nicht ein schwer zu durchschauendes Geflecht verschiedenster Interessengruppen, die mit der Rückendeckung ihrer einflussreichen politischen Freunde rechnen durften. Er fühlte sich ausgebrannt und müde. War es Burnout oder endlich an der Zeit in Rente zu gehen? Womöglich litt er unter Depressionen? Wie stand es um seine Loyalität für den Staat, dem er sich verpflichtet fühlte? Wie stand es um seine Loyalität für die Demokratie, die es zu verteidigen galt? Welche wog mehr? Am Ende seiner beruflichen Laufbahn spürte er den unauflösbaren Widerspruch zwischen Demokratie und seinem moralischen Gewissen, denn die führenden Mitglieder der Regierungspartei waren selbst zutiefst korrupt.

Somos los sietes, hatte Luis verkündet. Wir sind DIE SIEBEN.

Neus, Wolfgang, Anna, das Paar aus Madrid, July und seine Wenigkeit wurden an der Sicherheitsschleuse eines imposanten Eingangsbereichs von den beiden Uniformierten wachsam kontrolliert. Ihre Taschen und Jacken durchfuhren auf dem Laufband den Scanner. Danach formierten sie sich vor einem gläsernen Kabuff, hinter dem ein blasser und schmächtiger Mann hockte. Neus fragte den Portier nach dem Büro und dem Namen des Leiters der Antikorruptionsabteilung. Der Mann wirkte etwas irritiert, es war nicht klar zu erkennen, ob seine Irritation aufgrund der

Frage oder des anmutigen Wesens in dem knappen Kostüm vor ihm rührte.

»Den Chef? Der lebt nicht mehr«, sagte er.

Die Sieben wechselten kurze Blicke untereinander.

»In welche Abteilung wollt ihr denn? Operation dreiköpfige Schlange, Operation Gürtel, Operation goldener Falke, Operation weiße Weste. Für welche habt ihr eine Anmeldung?«

»Nun, mir wurde telefonisch mitgeteilt, dass es heute zwischen zehn und zwölf Uhr möglich ist, persönlich Kontakt zu Señor Vidal aufzunehmen«, antwortete Neus und das war nicht gelogen.

Gewissenhaft und sichtlich überfordert wühlte der Pförtner in einer Mappe. Das musste eine neue Anordnung sein, von der er noch nichts wusste. Schließlich wies er sie in das oberste Stockwerk mit der Bemerkung, dass der Fahrstuhl momentan nicht funktioniere.

Gefolgt von seinen Blicken stiegen sie die weitläufige Treppe in dem klassizistischen Gebäude hinauf, und bogen, oben angelangt, in den rechten Flur ab. Überall geschlossene Türen und eine merkwürdige Ruhe in den hohen Hallen. Wie aus dem Nichts trat ihnen ein Mann entgegen, er fragte, ob er ihnen helfen könne. Sie wollten zu Señor Vidal. In welcher Angelegenheit? Neus antwortete, es ginge um eine Anzeige gegen einen Mitarbeiter ihrer Gemeinde.

Jeder fürchtete die Folgen, aber einige Wenige hatten es trotzdem gewagt, die Gemeinde wegen fehlerhafter und willkürlicher Entscheidungen zu verklagen. Die Anzahl der verlorenen Prozesse und die Entschädigungszahlungen, die die Gemeinde daraufhin leisten musste, waren dramatisch gestiegen und standen in keinem Verhältnis zu den anderen Ausgaben im Haushalt. Die weniger Mutigen litten zwar auch unter der Willkür der Gemeinde, doch die Angst, keine Aufträge mehr zu erhalten oder mit anderen Nachteilen kämpfen zu müssen, die Angst um die eigene Existenz in einem Ort, in dem man sich täglich über den Weg lief, die Angst wegen eigener kleinerer Schwarzgeschäfte aufzufliegen und die Angst vor der Ungewissheit eines Prozessausgangs ließ sie schweigen.

Nach mehreren Minuten tauchte ein weiterer Beamter auf, ein untersetzter, drahtiger Typ, der auch nicht Vidal hieß und sich ebenfalls nach dem Grund ihres Besuches erkundigte. Er schien in der Hierarchie ein Stück höher zu stehen als der Beamte zuvor, denn er bat sie, in dem Vorraum seines Büros zu warten. Während er verschwand, um die Akte zu suchen, scherzte Luis mit July, seiner Nachbarin, und flirtete nebenbei heftig mit Neus. Das junge Paar nutzte jede Gelegenheit sich zu berühren. So tänzelten die Finger von Luis auf dem Rücken von Neus und ihr Busen streifte beinahe unabsichtlich seinen Oberarm. Als sie sich auf seinen Schoß setzte, der Raum bot zu wenige Sitzgelegenheiten für so viele Besucher wie sie, vergrub Luis sein Gesicht in ihrem schwarzen langen Haar; das Paar ähnelte verspielten jungen Kätzchen, die sich gegenseitig neckten und manchmal die Krallen ausfuhren.

Im Gegensatz zu den beiden Turteltauben waren die beiden Journalisten mit dem Zweitwohnsitz auf der Insel damit beschäftigt, zu Telefonieren und auf dem iPad herum zu tippen. Beide durften ihren Flieger nach Madrid auf keinen Fall verpassen und hatten sich unter dem Zeit- und Arbeitsdruck, unter dem vielbeschäftigte Freiberufler leiden, nur mit vielen Überredungskünsten davon überzeugen lassen, mitzukommen. Doch July hatte sie umstimmen können. Jeder braucht eine Zeit, um zu lernen. Auch eine Zivilgesellschaft. Aber unverantwortliches und kriminelles Handeln darf nicht toleriert werden, hatte sie mit fester Stimme verkündet. Nun hofften sie inständig, der beschrittene Weg würde ein Anfang zur Aufklärung bedeuten.

Endlich erschien der Vertreter von Señor Vidal mit einem freundlichen Lächeln und einer Akte in seiner Hand.

»Hier habe ich sie gefunden, ihre Anzeige.«

»Und?«, fragte Wolfgang.

»Sie konnte noch nicht geprüft werden. Wir haben sehr viel zu tun.«

»Nach fünfeinhalb Monaten! Immer noch nicht bearbeitet?«

»Ja. Wie ich bereits sagte, sind viele andere vor ihnen. Es geht alles der Reihe nach. Hier sehen Sie unseren Eingangsstempel.«

»Aber warum bekommen wir keine Nachricht von Ihnen?«, fragte Anna entmutigt. Sie stand am Fenster stand und genoss den Blick auf die Dächer der Stadt.

»Selbst die Europäische Kommission ist in der Lage den Menschen, die Beschwerden bei Ihnen einreichen, innerhalb von drei Wochen zu antworten«, ergänzte Neus. »Nach einer Prüfung seitens der Kommission hat die nationale Regierung dann zwei Monate Zeit ihre Stellungnahme abzugeben. Warum geht denn hierzulande immer alles so langsam? Und das in einem Land mit der höchsten Anzahl von Staatsbediensteten pro Einwohner.«

Der Beamte zuckte mit den Schultern. »Wir tun unser Möglichstes. Außerdem haben wir bald Neuwahlen.«

Alle verstanden. Wenn Wahlen anstanden, wurden alle Vorhaben und Gesetzesentwürfe mindestens ein viertel Jahr vorher und ein halbes Jahr danach auf Eis gelegt. Während dieser Phase befand sich das Land in einem Zustand allgemeiner Lähmung.

»Unsere Abteilung kann das leider nicht leisten. Wir müssen auch abwägen. Das tut mir leid.«

»Aber sie könnten doch einfach antworten, dass unsere Anzeige mit der Nummer XY bei ihnen eingegangen ist und demnächst bearbeitet wird, oder?«, fragte die Madrilenin.

»Könnten wir jetzt bitte den Chef der Abteilung sprechen? Unsere Zeit ist sehr begrenzt«, bat ihr ungeduldiger Partner, der das Klingeln seines Handys endlich unterband.

»Der ist leider in einer Sitzung.« Der Beamte hob mit einem bedauernden Blick die Schultern.

Neus verdrehte die Augen. Diese Standardausrede hatte sie schon oft gehört.

»Wann denken Sie, ist er wieder abkömmlich?«, fragte July höflich.

»Das kann dauern.«

»Wie lange?«, fragte Neus genervt nach.

»Mindestens zwei Stunden.«

Ihre Enttäuschung war nicht zu verhehlen. Erneut ergriff July das Wort.

»Wir werden uns nun beraten und später wiederkommen. Sie waren sehr zuvorkommend.« Sie zwinkerte dem Beamten freundlich zu.

»Dann ist Mittagspause.«

»Aber heute sind doch zwei Stunden öffentliche Sprechzeit, wieso ist er denn dann nicht da?« Luis wollte sich nicht abwimmeln lassen.

»Ich bin sein Stellvertreter und in diesem Fall für Sie da.«

»Vielen Dank für ihre Hilfe, aber wir möchten uns gerne mit ihrem Chef unterhalten.«

»Wir haben Beweise!«, platzte es aus Anna heraus.

Der Beamte nickte. Seine Hand wies zur Tür.

Nachdem ihre Schritte im Treppenhaus verklungen waren, ging er mit der Akte in sein Büro, das direkt an das Vorzimmer angrenzte, und legte sie unter einen Stapel Dokumente in die unterste Schublade seines Schreibtisches.

Dann holte er sein Handy hervor und tippte eine Nummer ein.

»Onofre? Du glaubst nicht, wer eben hier war ... Nein, nicht einer, sondern alle. Alle Sieben.« Er hörte dem Leiter der Bauabteilung zu. »Nein, natürlich grillen wir dich nicht, mach dir keine Sorgen.«

Aus dem vierten Stockwerk sah der Beamte auf das parkähnliche Gelände hinunter, auf dem sich auch die Parkplätze befanden. Er versuchte die Besucher zu erspähen und sah gerade noch, wie die Gruppe zu Fuß durch das Haupttor auf die Straße verschwand. Er wischte sich mit einem Taschentuch die Schweißperlen aus dem Gesicht und griff diesmal zu dem Telefon, das auf dem Schreibtisch stand.

»Chef, wir haben hier ein technisches Problem mit den PCs. Die Bebauungspläne sind weg. In den Datenbanken? Den IT-Spezialisten anrufen? Ok.«

Francisco saß auf einem Barhocker am Tresen der Bar, die sich schräg gegenüber von dem Eingang des Consells befand. Er las die *Ultima hora*, doch aus den Augenwinkeln bemerkte er, wie eine Gruppe von sieben Menschen unterschiedlichen Alters und Aussehens die weißen Mauern hinter sich ließ, die Straße kreuzte und die Bar betrat. Der bestangezogenste von ihnen, ein hochgeschossener Mann, schien sehr ungehalten.

»Ich habe euch gleich gesagt, dass das nichts bringt. Vergeudete Zeit und vergeudete Energie.« Missmutig nahm der Madrilene ein Handygespräch an und ging wieder nach draußen. Sie setzten sich an einen der Tische und rückten ein paar Stühle heran.

»Und jetzt?«, fragte seine Partnerin.

»Wir müssten gegen jeden Einzelnen eine Klage einreichen«, sagte Neus.

»Oh nein, das kann man uns nicht zumuten!«, rief Anna. Sie hatte die Nase gestrichen voll von gerichtlichen Auseinandersetzungen.

»Oder eine Beschwerde«, sagte Neus.

»Aber wo? Uns hört doch eh keiner zu.«

»Bei der EU. Gibt es da nicht so was wie einen Bürgerrechtsbeauftragten?«

Francisco klappte die Zeitung zusammen. Luis war aufgestanden und stand neben ihm.

»Können Sie mir bitte Ihre Zeitung überlassen?« Francisco fixierte den jungen Mann mit der wilden Mähne, die hinten zu einem Knäuel zusammengebunden war, für mehrere Sekunden. Seine dunklen tiefliegenden Augen kamen ihm bekannt vor, doch wo hatte er ihn schon einmal gesehen? So sehr er sich anstrengte, er konnte sein Bild nicht einordnen. Wahrscheinlich war es zu lange her.

»Was starren Sie mich so an? Kennen wir uns?«, wollte Luis wissen.

»Nein, ich glaube nicht. Mach Dir nichts draus, ich bin nur ein wenig müde.« Er reichte ihm die Tageszeitung.

»Tja, dann ... danke.«

»Man weiß eigentlich selten, wem man trauen kann und wem nicht«, murmelte Francisco und starrte in seinen zweiten *Suau*, den ihm die Kellnerin vor die Nase gestellt hatte.

»Und welchen Politiker man sich an die Wand des Büros hängt oder besser nicht«, erwiderte Luis, und zeigte auf die erste Seite der Tageszeitung, auf der von dem Prozess gegen den Ministerpräsidenten berichtet wurde. Francisco schwenkte die Eiswürfel in dem Glas und nahm einen Schluck von dem Brandy, während Luis sich mit der Zeitung zu den andern setzte.

Die Kellnerin, eine füllige Frau um die fünfzig, nahm die Bestellung der Gruppe auf.

Danach diskutierten sie, was am Besten zu tun sei. Die gestressten Zweitwohnbesitzer aus Madrid wollten die Insel endlich verlassen und auf weitere Investitionen verzichten. Neus überlegte, ob sie ihren Vater hinzuziehen sollte, allerdings lag sie mit ihm gerade in Streit. Es würde sie sehr viel Überwindung kosten, ihn um Hilfe zu bitten. Seitdem ihre Mutter mit ihrem Liebhaber abgehauen war, sei er ungenießbar. Wolfgang enthielt sich und Luis und Anna wollten weiter versuchen, den Leiter der Operation Schlange zu sprechen. July hatte die gesamte Zeit über geschwiegen. Nun verkündete sie in festem Ton: »Wir werden die Presse informieren. Wozu haben wir denn hier zwei wie euch?«

Francisco sah über den großflächigen Spiegel an der Wand hinter dem Tresen, wie die Gruppe ein Problem diskutierte. Er wurde das Gefühl nicht los, es könnte mit dem Ministerium, in dem er arbeitete, zusammenhängen. Doch heute war ihm nicht danach, sich mit ein paar unverfänglichen Sätzen nach dem Grund ihrer lebhaften Diskussion zu erkundigen. Die Welt würde sich auch ohne ihn weiterdrehen. Er würde nach Hause gehen, sich in sein Bett legen und darüber nachdenken, wie er sein zukünftiges Leben als Rentner ertragen würde. Mit einem Zug schluckte er den Rest seines Brandys hinunter, legte Kleingeld auf den Tresen und verließ die Bar.

Wenig später gingen auch die Sieben auf die stark befahrene Straße hinaus. Allen war klar, dass ein weiterer Besuch bei der Antikorruptionsabteilung mit Beschwichtigungen und leeren Absichtserklärungen enden würde, ihnen blieb nur noch der Weg in die Öffentlichkeit. Die Zeiten für eine internationale Vernetzung im world wide web standen gut.

DIE FAMILIE

»Sánchez hat ausgepackt«, sagte Mateu. »Gabriel hat es mir gerade mitgeteilt.«

Sánchez war Mitglied der Partido Popular, der Partei, die im November 2011 die Wahlen mit großer Mehrheit gewonnen hatte. Sein Bruder war Unternehmer und hatte lukrative Aufträge von dem Ministerium erhalten, dem Sánchez vorsaß.

Onofre saß neben Mateu in einem Korbstuhl an der Außenwand eines Cafés unweit der Plaça. Die beiden waren die einzigen Gäste, der Regen plätscherte stetig herab und lief in kleinen Bächen in die Gullilöcher. Es gluckste und gluckerte, entfernt hörte man das Grollen eines Gewitters. Ein paar Touristen in Plastikumhängen eilten Richtung Bahnhof. Onofre nahm einen Schluck von seinem Sherry. Er starrte auf die Kreise, die die Tropfen auf den Pfützen hinterließen.

»Er wurde bereits aus der Partei ausgeschlossen. Mit dem haben wir nichts zu tun.«

»Dann ist ja alles in Ordnung.«

Mateu zündete sich eine Zigarre an. Eine Zeitlang hingen die beiden ihren Gedanken nach, bis Onofre sich einen Ruck gab.

»Die Baupläne ... ich habe die von 1987 genommen, aber eigentlich sind sie nicht mehr gültig.«

»Wer soll das kontrollieren?«, fragte Mateu.

Onofre zuckte mit den Schultern. »Gegen mich läuft eine Anzeige, von mehreren Leuten, auch hier aus dem Dorf. Die Zeiten sind unruhig. Und die Schmiergelder ... hinterlassen unter Umständen Spuren.«

»Kommt darauf an, wo man sie versteckt. In der Schweiz sind sie doch sicher.«

»Mateu, sie geben das Geld auch aus. Sie verstecken es nicht, so wie du. Sie leben über ihre Verhältnisse.«

Mateu verzog den Mund und zog an seiner Zigarre. Ihm war der Luxus zuwider. Er brauchte keine Yachten und steckte dem Kapitän am Ende der Tour dreitausend Euro Trinkgeld zu, wie es der Chef einer angesehenen Zeitung getan hatte. Es war ihm vollkommen unverständlich, wie die Politiker und gekauften Presseleute mit dem Geld, das sie in Umschlägen erhielten, herumprassten, als wären sie Könige.

»Der Umweltschutzverein GOB ist nicht erpressbar«, sagte Onofre, »es gibt auch andere, die neugierig geworden sind. Vor ein paar Tagen musste unser Bürgermeister einige unangenehme Fragen von ein paar Journalisten aus Madrid beantworten. Sie waren verdammt gut informiert. Zu gut, wenn du mich fragst.«

»Mir macht eher der Sánchez Sorgen. Wird er uns auch reinreiten?«

DIE ANKUNFT

Luis stand an der Bar in einem schmuddeligen Café im Hafen, in das sich nur selten Touristen wagten, und knallte Wolfgang die Zeitung auf die Brust. Ein Säufer daddelte in der Ecke an einem Spielautomaten und schlürfte Bier dazu, der Barbesitzer stapelte neue Getränkekisten in eine Abseite hinter der Bar, ein paar Fliegen schwirrten über dem Tresen, und im Fernseher verkündeten die stummen Bilder einer Wettervorhersage ein Sturmtief aus dem Norden, während die Gruppe Maná von den süßen Brüsten einer Frau schwärmte.

Wolfgang überflog die Zeilen: Es war ein umfangreicher Artikel über Misswirtschaft und Amtsmissbrauch in einigen balearischen Ministerien, das war allen hier durchaus bekannt, wenn auch nicht aus der Presse. Aber dann die Neuigkeit: Der spanische Generalstaatsanwalt habe weitgehende Ermittlungen gegen Politiker und Unternehmer aufgenommen, die mit illegalen Geschäften das nationale Gemeinwohl geschädigt hatten. Die bisher erfolgten Abhörmaßnahmen seien illegal und könnten als Beweismittel nicht zugelassen werden. Dennoch weise das Netz von Scheinfirmen, die illegale Erstellung von Bebauungsplänen und die Zahlungen an Mitglieder der PP auf einen Skandal größeren Ausmaßes hin, den es schonungslos aufzuklären gelte. Auch gegen den Bürgermeister, Architekten und andere Angestellte im Gemeindeamt seien Ermittlungen wegen Vorteilsnahme, Bestechung, Betrug, Verstoßes gegen die Bauvorschriften und Amtsmissbrauch im Gange.

Wolfgang las den Artikel ein zweites Mal, nur um sich zu vergewissern, ob er richtig gelesen hatte. Dann strich er sich um den Bart, den er sich mittlerweile hatte stehen lassen und der ihm einen verwegenen Touch gab und die Reife eines Mannes im besten Alter unterstrich.

»Die beiden aus Madrid haben gute Arbeit geleistet, hätte ich ihnen gar nicht zugetraut. Aber das Beste kommt noch«, sagte Luis und grinste sein Gewinnerlächeln. »Blättere mal nach hinten.«

Im Anzeigenteil umrundete ein roter Kreis etwas Kleingedrucktes in der Rubrik Zwangsversteigerungen.

»Na, Chef, jetzt bist du sprachlos, was? Neus meinte, Gabriel habe momentan richtig viel zu tun. Onofre, Mateu und Joan scherten sich einen Dreck um die Bauvorschriften und Bebauungspläne und sind verklagt worden. Sie rechnen wohl mit einer verdammt hohen Kaution. Von den Regressforderungen ganz zu schweigen.« Luis hüpfte von einem Bein auf das andere. »Das gibt ne Riesenparty, Alter.« Er streckte seine Arme zur Seite, hob sie abwechselnd nach oben und begann *ball de bot* zu tanzen.

Wolfgang traute seinen Augen nicht. Stand da tatsächlich, dass die Finca *Can Posteta* zum Verkauf stand? Der Leadsänger im Hintergrund beschwor die Rückkehr der Liebe seines Lebens zu fröhlichen Gitarrenklängen *Vuelve a mi vida morena mía, vuelve a mi vida a mi corazón, vuelve a bailarme, vuelve a amarme, vuelve a mi vida a mi corazón.*

– *Mi corazon no sabe olividar.* Mein Herz vergisst nicht. Er würde auch niemals vergessen, wie er mit ein paar Mitschülern aus dem Prüfungsfach Mathe bei seinem Mathelehrer eingeladen worden war – kurz vor der Abiturprüfung! Teppiche aus Nepal schmückten die Wände, neben einem lilafarbenen breiten Sofa stand eine Opiumpfeife, ob sie benutzt wurde oder nur zur Dekoration dort stand, blieb ein Geheimnis; Speere, Masken und hölzerne, bemalte Schilde zierten den Flur – in der Altbauwohnung von Herrn Wiber sah es aus wie im Völkerkundemuseum. Schaut euch ruhig um, hatte er sie aufgefordert. Und während einige Mitabiturienten durch die Wohnung streiften und hemmungslos sein Schlafzimmer in Augenschein nahmen, bereiteten andere in der weitläufigen Küche exotische Dips mit dem freakigsten Lehrer der Schule zu – in einer völlig ungezwungenen, lockeren Atmosphäre –, bis er, Wolfgang, die Abiprüfung auf dem Schreibtisch entdeckte, offen, als wäre sie zur Ansicht liegen gelassen worden. In Windeseile schrieb er so viele Aufgaben ab, wie er konnte, mit klopfendem Herzen, aber ohne die geringste Reue. Am Ende bekam er im Prüfungsfach Mathe eine Vier, weil die gute Abschlussarbeit die miserablen Zensuren in den Semestern zuvor ausglich. Er hatte sein Abi bestanden. Was wäre aus ihm und den anderen Schülern geworden, wenn Herr Wiber ihnen nicht die Tür zu einer neuen Welt geöffnet hätte? – Eine Tür, die ihm viele neue Chancen ermöglicht hatte. Mit dem Gefühl großer Dankbarkeit erinnerte er sich an das Geheimnis, das sie miteinander teilten und niemals verraten würden. Im gleichen Zuge fragte er sich jedoch, ob er den Verrat dieses Politikers nur deshalb guthieß, weil Anna und er als Nutznießer davon profitierten?

Mittlerweile war die dicke Renita eingetreten, ihr gewaltiger Hintern steckte in hautengen, schwarzen Leggins und Luis drehte mit ihr, von einem Bein aufs andere springend, Pirouetten. Die Zahnlücken, die ihr Lachen entblößte, tanzten mit. Wolfgang bestellte Schnaps. Für alle.

Nach wochenlangen Streitereien, Türschlagen, Gepolter, hysterischem Keifen und Geweine zogen Joan, Lucia, Jordi und die kleine Magdalena aus. Danach breitete sich eine Ruhe in *Can Xut* aus, die Anna und Wolfgang nur von ihren Wanderungen in den Bergen kannten. Die Gebirgskette, die das Tal wie eine Muschel umschloss, war von dem pudrigen Weiß nächtlicher Schneefälle überzogen, die Temperaturen rapide gesunken. Unter dem blauem Himmel strahlten die Berggipfel in ihrem neuem Gewand wie majestätische Riesen.

Ihre Tätigkeit als Hotelier hatten sie aufgegeben. Mit der finanziellen Unterstützung und der unternehmerischen Erfahrung von Margas Vater widmeten sich beide Frauen ihrer neu gegründeten Firma, die den Vertrieb einheimischer Produkte förderte. Der Renner waren Zitronen-, Orangen-, und Pfirsichmarmeladen, das mit Kräutern verfeinerte Meersalz und kugelförmige Mandelkekse mit Orangenmarzipanfüllung, ummantelt von gerösteten Pinienkernen. Unter dem Label *SABOR DEL SUR* wurden sie vom dem INSULANER in die Delikatessenregale Deutschlands und Spaniens mit zunehmender Nachfrage verkauft. Die harte Arbeit des letzten Jahres trug allmählich Früchte. Anna war so glücklich, dass sie am liebsten den Himmel umarmt hätte.

Die neuen Nachbarn, die die Finca *Can Posteta* ersteigert hatten, ein sympathisches, jung gebliebenes Paar um die sechzig, wäre nie auf die Idee gekommen, über den Vorhof ihrer Nachbarn fahren zu wollen. Es erschien ihnen absurd und respektlos und ohne jeglichen Vorteil für sie. Bereits bei ihrem zweiten Gespräch hatten sie, innerhalb von dreißig Minuten und vollkommen unkompliziert, eine Lösung gefunden, die beiden Seiten diente. Ohne viel Zeit zu verlieren wurde eine Zufahrt zu dem Grundstück von *Can Posteta* gebaut, die am Rande des Grundstücks von *Can Xut* verlief. Die Änderung wurde mit Handschlag besiegelt und später in das Grundbuchamt mit geteilten Kosten eingetragen. Damit hatten beide Eigentümer nicht nur den Wert ihrer Häuser immens gesteigert, sondern vor allem ihre Lebensqualität.

Ein nachbarschaftlicher Krieg, der fast neun Jahre währte, fand innerhalb einer halben Stunde sein Ende.

Mitte des Jahres 2012, als das Wort Krise immer noch eines der meist verwendeten, geschriebenen und gedachten Wörter war (der etwas Belesenere unterschied zwischen der Wirtschaftskrise, der Finanzkrise, der Schuldenkrise, der politischen Krise und der Europakrise), kam Annas Mutter mit ihrem neuen Freund zu Besuch. In freudiger Erwartung wurde das Haus von oben bis unten blitzblank geputzt und eines der Gästezimmer neu gestrichen. Annas Bauch war in der Zwischenzeit zu einer prallen Kugel gewachsen, sie befand sich im neunten Monat. Alle drei freuten sich riesig auf das Kind, besonders die zukünftige Großmutter, die mehr Zeit mit ihrer Enkelin verbringen wollte, als sie damals für ihre eigene Tochter übrig hatte. Wolfgang schätzte ihre resolute, tatkräftige und humorvolle Art und verstand sich sehr gut mit seinen Schwiegereltern.

Schon bei ihrem ersten Besuch war die Begeisterung von Annas Mutter für die Schönheit in ihrem südländischen Paradies grenzenlos gewesen, ganz so, wie es ihrer Tochter ergangen war, als sie das erste Mal auf der Insel in dem kleinen Dorf eingetroffen war und sich verliebt hatte. Doch manchmal hallten die resignierten Worte ihrer Tochter in ihr nach: »Ich glaube nichts mehr. Ich habe mein gesamtes

Vertrauen, das ich einmal für die Welt besaß, verloren. Am schlimmsten aber ist, wenn man sich nicht wehren kann, weil hoch bezahlte Leute nicht ihrer Pflicht nachkommen, wenn einem keiner zuhört und dein Gegner immer wieder auf dich eintritt, dich fertig macht, dir die Luft zum Atmen nimmt, dann, in diesem Fall von psychischem Terror kann ich verstehen, wenn man sich rächen will. Wenn die Instanzen, die eine Demokratie tragen, nicht funktionieren, was dann, Mama, was dann?«

Nach langem Zögern hatte sie geantwortet: »Dann darfst du ungehorsam sein. Das – mein Kind – hat schon Ghandi gesagt.«

***

Kurz vor Weihnachten erhielt Mateu ein Paket. Es war klein und wog nicht viel. Mateu steckte in es unter sein verwaschenes bläuliches Hemd, damit keiner der anderen Insassen bemerken konnte, dass er von draußen etwas erhalten hatte.

Er war nicht nur zu unerträglich hohen Geldstrafen verurteilt worden, sondern sollte die nächsten sechs Monate im Gefängnis verbringen. Sein Anwalt Gabriel Coll hatte Antrag auf Haftschonung gestellt, sodass er wenigstens die Nächte zuhause verbringen würde, wenn der Haftrichter es endlich genehmigte. Als sie sein Haus durchsuchten und das Schwarzgeld aus den Vermietungen in dem Ölkanister fanden, hatte sein Frau fast einen Kreislaufkollaps bekommen. Vor Gericht hatte er alles abgestritten, er war sich keiner Schuld bewusst. Doch die getürkten Rechnungen, der Steuerbetrug und die Zeugenaussagen bezüglich der Schmiergelder waren niederdrückend gewesen. Er hatte nie damit gerechnet, dass man sein Tun für rechtswidrig halten würde. Was war bloß mit seinem Land geschehen? Er verstand dieses Spanien mit seinen neuen Regeln nicht mehr. Joan hatte immer schon gesagt, dass die EU daran schuld war. Die Verfahren gegen Onofre standen noch aus, aber ihn würde es sicher nicht so hart treffen, dessen war er sicher.

Seine feingliedrigen Finger glitten in die Spalten und rissen das Paket auf. Es enthielt seine Lieblingskekse, die, die innen mit Marzipan gefüllt und außen mit gerösteten Pinienkernen bestückt waren. Wie kleine, runde Igel sahen sie aus. Schon bei dem bloßen Anblick und dem Gedanken an den wundervollen, süßen Geschmack lief ihm der Saft im Mund zusammen.

Zum ersten Mal in seinem Leben fühlte Mateu sich schutzlos und ausgeliefert. Die Monotonie der Alltagsroutine im Gefängnis der Inselhauptstadt wurde durch die kolumbianische Mafia gestört, die hier das Sagen hatte. Es gab niemanden an seiner Seite, der ihm half, außer dem einen oder anderen Gefängniswärter, der ihm aufgrund von kleinen Zuwendungen gut gesonnen war. Die anderen Insassen mieden ihn. Zwei Kolumbianer hatten versucht, ihn zu erpressen und ihm gedroht, Mitglieder ihres Clans würden seine Frau und seinen Sohn besuchen. Sie kannten sogar ihre Namen. Wenn er nicht weiter Geld abdrücken würde, müssten sie Zeichen setzen, unter Umständen sogar Schmerzen verursachen. Die Angst aus seiner Kindheit, in Armut zu versinken, wurde verstärkt durch die Angst um seine Familie und um sich selbst. Er vermisste seine geliebte Umgebung, die Zitronenbäume, die Berge, das gute Essen seiner Frau, seine Zigarren und – Sicherheit.

In dem Paket mit den süßen Beigaben fand er eine Weihnachtskarte aus seinem Heimatort. Auf der Rückseite stand in altertümlicher Handschrift »*Molts anys i feliç nadal,*

María.« (Viele Jahre und glückliche Weihnachten.)

Zunächst überlegte Mateu, ob er das Paket mit den süßen Leckereien dem dicken Aufsichtsbeamten schenken sollte, dessen Menschlichkeit durch Zugaben zu vergrößern war, doch dann, überwältigt von seinem eigenen Appetit, öffnete er die rote Packung und steckte eine der Mandelkugeln in seinen Mund. Fein gemahlene Mandelmischung, fast wie Marzipan, mit Orangenlikör verfeinert, umhüllt von dünnem Teig aus Pistazien und Walnussmehl, außen gespickt mit gerösteten, karamellisierten Pinienkernen und Tropfen von Honig. Freudig erregt legte er sich auf sein Zellenbett und ließ eine Kugel nach der anderen in seinem Mund verschwinden, um sie dort genüsslich schmelzen zu lassen und seine Geschmacksnerven endlich wieder zu verwöhnen.

Versunken in Erinnerungen an die Zeit vor Weihnachten, wanderten seine Gedanken zu dem Schlachtfest, das seine Familie seit Generationen immer Mitte Dezember zelebrierte – eine Tradition aus alten Zeiten, die für Vorräte im Winter und für magere Zeiten vorsorgen sollte. Das getötete Schwein wurde dabei an den Hinterfüßen aufgehängt und am Hals aufgeschlitzt, damit es ausbluten konnte. Mit einem scharfen Messer wurde die Haut abgetrennt, danach die Beine und zuletzt der Kopf. Er sah sich selbst die Wirbelsäule des Tieres öffnen, Lunge und Leber entfernen, danach die Rippen, die den Bauch zum Vorschein brachten.

Er sah die vielen Hände der Familienmitglieder und Freunde, die Ärmel bis zu den Ellenbogen hochgekrempelt, wie sie die Innereien säuberlich trennten, das Fleisch zerlegten und zerkleinerten, damit es in den großen Schüsseln der weiteren Verarbeitung zu den verschiedensten Würsten und inseltypischen Speisen zugeführt werden konnte.

Er roch den süßlichen Geruch des noch warmen Blutes in den Schüsseln und sah den Dampf des heißen Wassers aus den Kesseln emporsteigen, in dem die Knochen ausgekocht wurden, während andere Helfer mit der Herstellung von Schmalz beschäftigt waren oder Fleischteile in Salz einlegten.

Ein Lächeln huschte über sein vom Alter gezeichnetes Gesicht, denn er spürte die Freude des gemeinsamen Schaffens; er sah seinen Enkel, der bis zu den Ellenbogen in der großen Schüssel mit dem rotbraunen Fleischmus versunken war, um es zu vermengen. Nach Stunden gemeinsamer Konzentration hatten sie alles verarbeitet. Die *Ximbomba* und die *Flauta* ertönten und endlich durften die frittierten Innereien sowie die neuen Würste mit Kohl und getrockneten Feigen oder Orangen probiert werden.

Plötzlich loderte das Feuer in seinen Erinnerungen grell auf. María tanzte mit einer Dämonenmaske wie eine Irre um das Feuer herum. Andere Dämonen umkreisten sie mit ausladenden Bewegungen und grinsten ihn dabei mit rotglühenden Augen an. Einer war der Kolumbianer, der ihn in dem Schwimmbad des Gefängnisses so lange unter Wasser gedrückt hatte, bis er fast ersoffen war. Dann sah er wieder Blut aus dem Schwein fließen, es hörte nicht auf, tropfte ununterbrochen in feinem Strahl in die Schüssel, die bereits überlief. Ihm war übel und sehr kalt. Erschrocken setzte er sich auf und versuchte die unerwünschten Bilder abzuschütteln, doch ein zutiefst beunruhigender Gedanke setzte sich beharrlich fest. María konnte weder lesen noch schreiben, lediglich ihren Namen in wildem Schwung skizzieren. Von wem kam dieses Geschenk?

Plötzlich begann sein Magen heftig zu rumoren und blähte sich unnatürlich auf, sein Schließmuskel öffnete sich, blitzartig durchfuhren ihn Krämpfe, er wollte sich übergeben, doch es quoll nur weißer Schaum aus seinem Mund. Sich vor Schmerzen krümmend brach er zusammen, rief mit letzter Kraft nach der Aufsicht, röchelnd und in Todesangst.

Der Uniformierte fand ihn eine Stunde später zusammengerollt vor der Tür auf. Während er die Mitte der Zelle durchschritt, fiel sein Blick auf die Karte und den in fein geschwungenen Bögen geschriebenen Schriftzug *Molts anys i feliç nadal*. Der Wärter holte sein Funkgerät aus der Gürteltasche. Sein Blick ruhte auf der geöffneten Keksschachtel, doch dieses Mal würde er sich beherrschen.

»Manche frommen Wünsche gehen eben nicht Erfüllung«, murmelte er und senkte den Blick.

EPILOG

In dem Dorf hinter den Bergen am Meer druckte eine der beiden Ortzeitungen im Dezember 2012 mehrere Mitteilungen, die hier nicht unerwähnt bleiben sollen. Das aufmerksame Auge fand sie vor den Todesanzeigen in einer kleinen Spalte neben den Artikeln über die wachsende finanzielle Not der Gemeinden:

Eine kleine, aber stetig wachsende Gruppe, die sich TRANSPARENCIA nannte, erregte durch Flyer, Auftritte im Internet und Artikeln in den Zeitungen geteilte Aufmerksamkeit, weil sie Dokumente und Zahlen über die Gemeindetätigkeiten bekannt machte, die sonst nie das Licht der Öffentlichkeit erblickt hätten. Eigentlich waren die Behörden zu Transparenz verpflichtet, jedoch unsicher, wie diese umzusetzen sei. Die Frage, was eigentlich veröffentlicht werden durfte und was nicht, lernte eine hohe Beamtin aus Regierungskreisen sehr schnell, als sie die wahren Zahlen zum Haushaltsdefizit verkündete. Sie wurde ihres Amtes enthoben.

Eine andere Mitteilung erwähnte den Abriss eines alten Gebäudes und eines Restaurants, die sich beide zur Freude der Touristen und Einheimischen nahe am Meer befanden. Doch trotz Widerspruch, ohne eine je eine Antwort von den zuständigen Ministerien erhalten zu haben, konnten sie den Abrissbrigaden nicht standhalten. Die Besitzer, die mit diesem Akt der Zerstörung nicht nur ihres Heimes, sondern auch ihres Einkommens beraubt wurden, schmerzte dieses radikale Vorgehen sehr. Die vermeintliche Legitimation beruhte auf einer widersinnigen Auslegung des spanischen Küstenschutzgesetzes, das bereits von der Europäischen Kommission mit Mehrheit gerügt wurde.

Doch keine Sorge, verehrter Leser, verehrte Leserin, es handelte sich bei dem Abriss nicht um die Bar *Paloma*.

Eine farbiges Foto im unteren Bereich der Zeitungsseite zeigte einen stolzen Luis mit einem Baby in seinen erhobenen Händen, inmitten einer Gruppe von sechs lachenden Menschen. Sein neu eröffnetes Restaurant garantierte den Gästen eine ausgefallene, auch für Vegetarier ausgerichtete Speisekarte, eine gut ausgebildete Bedienung und warb mit der einzigartigen Schönheit des Standortes.

Das *Paloma* blieb eine Oase hoch über dem mediterranen Meer.

Dieser Roman ist inspiriert von Realität und Fiktion. Sämtliche Figuren sind erfunden. Das hier beschriebene Gerichtsverfahren basiert auf wahren Begebenheiten.

GLOSSAR

acta notarial
Eidesstattliche Versicherung:
a) eine besondere Beteuerung, mit der eine Person bekräftigt, dass eine bestimmte Erklärung der Wahrheit entspricht
b) ein in bestimmten Fällen vor Gericht zugelassenes Mittel der Beweisführung

adeu
Auf Wiedersehen, Tschüss

Amazonas
mittelsüßer, mallorquinischer Rumlikor, 53% Alk.

avenida
Boulevard, Prachtstraße, Allee

ball de bot
mallorquinischer Volkstanz

Bultaco
Von 1958 bis 1983 katalonischer Motorradhersteller von Don Paco Bultó,
2014 Wiedereinführung der Marke

ca de bou
spanische Hunderasse, wurde früher zum Stiere hüten und Bullenbeißen eingesetzt. Auch als Kampfhund während der britischen Besatzungszeit (1708 - 1802)

calçots
Art Frühlingszwiebel oder Lauchzwiebel, wird gegrillt

carajillo
Schuß Alkohol in Espresso

castellano
Spanische (kastilische) Sprache, auch español genannt. Sie ist die offizielle Amtssprache Spaniens. In den autonomen Gemeinschaften gelten auch die drei Co-Sprachen: Katalanisch (mit der Varietät Valencianisch), Baskisch, Galicisch

cortado
spanische Kaffeespezialiät, die aus Espresso und aufgeschäumter Milch besteht

dejamos el tigre dormir
lassen wir den Tiger schlafen (sinngemäß: keinen Staub aufwirbeln)

entrada
Eingangsbereich, (Flur)

ecritura de compraventa
Verkaufsurkunde (notariell beglaubigt)

flauta
Flöte

GOB
Grup Balear d´Ornitologia i Defensa de la Naturalesa - Umweltschutzverein der Balearen

greixonera
Tonschalen zum Kochen (Feuer oder Ofen) / typisch mallorquinisches Kochgeschirr

hierbas
Kräuterlikör

juicio verbal
Mündliche Verhandlung, wird hauptsächlich durch Zeugenaussagen bestimmt.
In der in diesem Buch beschriebenen ersten Verhandlung wurde ein Gewohnheitsrecht auf Durchfahrt *libre transito* eingeklagt, das durch zwanzigjährige Handlung erworben und fortgeführt werden sollte.
WICHTIG: In vielen südlichen Ländern Europas führt eine zwanzigjährige Nutzung oder Bewirtschaftung eines Grunds zum Besitz des Nutzers, auch wenn er vorher nicht der Eigentümer war.

juicio ordinario
Ordentliches oder ordnungsgemäßes Gerichtsverfahren mit einem höheren Wert als das *juicio verbal*. In der hier beschriebenen zweiten Klage (1. Instanz) ging es um die Abwehr des vorher erteilten Gewohnheitrechts auf freie Durchfahrt und in der Antwort, die als Gegenklage eingereicht wurde, um den Erwerb des Titels eines Wegerechts, das im Grundbuch als Belastung *carga* eingetragen wird. Maßgebend sind die schriftlichen Beweismittel.

langostinos
Die echten Scampi oder auch Kaisergranat, ähneln mit ihrem rosa-farbenen Panzer im Aussehen einem Hummer

und gehören zu den Langusten. Mit max. 30 cm Länge gehören die Langostinos, wie sie auch genannt werden, zu den kleineren Vertretern ihrer Gattung.

lejia
Chlorhaltiges, flüssiges, stark riechendes Putzmittel

libre transito
Freie Zufahrt

los indignados
Die Empörten. Auch Movimiento M-15 genannt.
Spontane Proteste der spanischen Bevölkerung 2011 / 2012

Mahou
spanisches Bier, Sitz der Brauerei ist Madrid

membrillo
spanische Quittenpaste; Dulce de *membrillo* ist eine Delikatesse, die in Spanien zu einer Scheibe Manchego-Käse gegessen wird

menu del día
Mittagsmenü

Mi corazon no sabe olividar
Mein Herz vergisst nicht

Molts anys i feliç nadal
Viele gute Jahre und glückliche Weihnachten

No falta dinero, sobran ladrones
Es fehlt kein Geld, das nehmen die Diebe

plaça
Marktplatz, Dorfmitte

pa amb oli
Weißbrot mit Olivenöl (früher: das Brot der Armen, heute: mit Käse, Schinken, ausgepressten Tomaten bestrichen)

patatas al forn
Kartoffeln (gebacken oder als Auflauf) aus dem Ofen

persianer
Lamellenartige Fensterläden, früher aus Holz, heute oft Aluminum

pintado a mano
Hand bemalt

Poco pan y mucho chorizo
wortwörtlich: viel Brot, wenig Wurst. Sinngemäß: viele Arme und reiche Politiker

posesión
Landsitz, auch: Besitz (nicht Eigentum)

servidumbre forzosa de paso
durch gerichtliche Entscheidung / Urteil auferlegtes (erzwungenes) Wegerecht

se vende
zu verkaufen

sin cargas
Eintrag im Grundbuchauszug, der besagt, dass der Grund ohne Belastungen ist

Sobrassada
luftgetrocknete, streichfähige Rohwurst von der spanischen Insel Mallorca aus Schweinefleisch, Speck, edelsüßem Paprikapulver, Salz und Gewürzen

Suau
mallorquinischer Brandy

Traspaso
Übertrag, hier: abzugeben

Turrón
spanische Süßware, die aus aus Mandeln, Honig, Zucker und Eiklar besteht und in der Weihnachtszeit kredenzt wird

Ultima hora
spanische Tageszeitung („Letzte Stunde")

va a la mierda
Schimpfwort: Geh in die Scheiße! Du endest schlecht.

Ximbomba
Spanische Stab-Reibtrommel. Ein Musikinstrument aus der Klasse der Membranophone

zona rural protegida
ländliche geschützte Zone

NACHTRAG

Dieses Buch ist aufgrund fünfzehnjahrelanger Erfahrung in Spanien entstanden. Die Bedeutung des Gewohnheitsrechtes, das in den südlichen Ländern der EU gesetzlich verankert ist, ist nur wenigen Menschen hierzulande bekannt. Ebenso, wie Korruption im täglichen Leben in allen Gesellschaftsschichten Anwendung findet. Manch einer wird sagen, oh, das kennen wir bereits alles, das gibt es auch in Deutschland. Dort konnte man Schmiergelder bis 1999 von der Steuer absetzen.

In den südlichen Ländern der EU (Italien, Portugal, Ungarn, Griechenland) bleibt es eine weitverbreitete Tradition, um sich Vorteile zu verschaffen. In der Korruptions-Wahrnehmungs-Index-Rangliste von Transparency International ist Spanien inzwischen von Rang 30 auf Rang 40 zurück gerutscht – und bei Umfragen für den EU-Korruptionsbericht haben beinahe zwei Drittel der Spanier zu Protokoll gegeben, sie seien im Alltag direkt mit Korruption konfrontiert. Der größte und weitreichendste Fall in Spanien ist als der Fall Gürtel bekannt: 40 Angeklagten wird 2015 der Prozess gemacht und 450 Millionen Euro mussten als Sicherheit hinterlegt werden.

Auf der Homepage des BKA findet sich folgende Information, Deutschland betreffend:

Korruption

Der Schwerpunkt der polizeilich bekannt gewordenen Fälle der Korruption lag im Jahr 2009 – wie schon in den Jahren zuvor – im Bereich der allgemeinen öffentlichen Verwaltung, wobei sich der im letzten Jahr festgestellte Trend einer Verlagerung der polizeilich festgestellten Korruptionsfälle in den Bereich der Wirtschaft fortgesetzt hat. Gleichwohl ist wie in den Jahren zuvor insbesondere im Bereich der Korruptionsfälle in der Wirtschaft von einem beträchtlichen Dunkelfeld auszugehen ist.

DANKSAGUNG

Ausdrücklich möchte ich Heinz danken, ohne dessen hilfreiche Unterstützung ich dieses Buch nie hätte zu Ende schreiben können. Außerdem gilt mein Dank: Meinen Eltern, die mir Zeit zum Schreiben gaben, in dem sie meinen Kindern ihre Aufmerksamkeit schenkten, meinen Kindern für ihre Geduld, meinen mallorquinischen Freunden, die mich einweihten, sowie allen Erstlesern, die mit ihren Fragen, Anmerkungen und stets willkommener Kritik zu Verbesserungen beigetragen haben.

Andreas Meyer (1. Teil) und ganz besonders Hans Peter Roentgen (2. + 3. Teil) gebührt ein riesengroßer Dank für das Lektorat. Er lehrte mich neu Sehen und ebnete mir den Weg. Ohne den Zuspruch eines unbekannten Freundes wäre das Feuer zu schreiben zu einer Glut verkommen und vielleicht erloschen.

Ebenso gilt mein Dank den Lesern! Wenn Euch KOMPLOTT IM SÜDEN beeindruckt oder gefallen hat, lasst es bitte den Rest der Welt wissen.